Blanca Busquets

In jener sternenklaren Nacht

Weiterer Titel der Autorin:

Die Partitur des Glücks

BLANCA BUSQUETS

In jener sternenklaren Nacht

Roman

Übersetzung aus dem Katalanischen
von Ursula Bachhausen

Lübbe

MIX
Papier aus verantwortungsvollen Quellen
FSC
www.fsc.org
FSC® C083411

Dieser Titel ist auch als E-Book erschienen

Titel der katalanischen Originalausgabe:
»Paraules a mitges«

Die Übersetzung dieses Werkes wurde gefördert durch
das Institut Ramon Llull

institut
ramon llull
Katalanische Sprache und Kultur

Textredaktion: Petra Zickmann, Frankfurt/Main
Umschlaggestaltung: Jeannine Schmelzer
Umschlagmotiv © depositphotos: Jim_Filim;
© shutterstock: Mihai-Bogdan Lazar | Marina99 | gyn9037
Satz: Greiner & Reichel, Köln
Gesetzt aus der Adobe Caslon Pro
Druck und Einband: CPI books GmbH, Leck – Germany

Printed in Germany
ISBN 978-3-7857-2562-7

2 4 5 3 1

Sie finden uns im Internet unter: www.luebbe.de
Bitte beachten Sie auch: www.lesejury.de

Annabel

Als Vater nach einem Priester verlangt, kommt das für uns drei sehr überraschend, schließlich hat er immer gesagt, seit seiner Erstkommunion habe er keine Kirche mehr von innen gesehen. Doch wir trauen unseren Ohren nicht, als er sagt, warum.

»Ich habe … einen Mann … umgebracht …«, stößt er mühsam hervor.

Meine Geschwister und ich schauen uns kurz an, dann sagt Albert: »Das bildest du dir ein, Vater. Du hast niemanden getötet.«

Als Vater das hört, wird er noch unruhiger, es sieht aus, als wollte er aufstehen, um den Priester selbst aufzusuchen. Mit vereinten Kräften können wir ihn gerade noch aufhalten und sanft zurück ins Bett legen. Sein Röcheln ist grässlich, man hört, wie er vergeblich nach Luft ringt.

Und trotzdem fängt er wieder an: »Lasst mich, ich muss beichten … So kann ich nicht gehen …«

»Aber Vater, du glaubst doch nicht an Gott.«

»Ich weiß, aber für alle Fälle …«

Aha, für alle Fälle also. Schon unsere Großmutter hat immer gesagt, dass uns die heilige Barbara erst einfällt, wenn es donnert. Mit einem Wink gibt Nina uns zu verstehen, sie werde den Priester holen, und verschwindet. Ich beuge mich über Vater.

»Keine Angst, der Pfarrer kommt gleich.«

»Gott sei Dank«, antwortet er, nun entspannter.

Aufmerksam mustere ich ihn und hätte zu gern gewusst, was es mit dieser ungeheuerlichen Bemerkung auf sich hat. Vater wirkt ruhiger, auch wenn er unverändert keucht. Mit einem Mal fängt Albert an, ihm Fragen zu stellen, als säßen sie im Wohnzimmer auf dem Sofa und hielten ein Schwätzchen.

»Also wirklich, Vater, wie kommst du bloß darauf, du hättest einen Mann umgebracht? Wann soll denn das gewesen sein? Hast du etwa bei der Jagd auf jemanden geschossen?«

Vater war Jäger, als er jung war, zumindest sagt er das.

»Nein, nein, ach was … Nein, nein … Es ist Jahre her«, stößt er hervor und macht eine schwache Handbewegung.

»Ach ja? Wie viele Jahre? Was ist passiert?«

Albert kommt direkt auf den Punkt, und ich tue nichts, um ihn zu bremsen, denn ich will nicht, dass Vater stirbt, ohne uns zu erklären, was er gemeint hat.

Vater schnauft und sagt: »Damals in dieser Nacht ... in dieser unendlich langen Nacht.«

Er verstummt und scheint das Bewusstsein zu verlieren. Doch Albert lässt nicht locker.

»In welcher Nacht, Vater?«

Mit einem Mal schlägt er die Augen auf und sieht uns an. Dann fallen sie wieder zu, und er sagt: »Am 23. Februar.«

»Am 23. Februar?«, wiederholen wir beide gleichzeitig.

Vater nickt, noch immer schwer atmend. Dann verlangt er wieder nach dem Pfarrer. Ich nehme seine Hand, und Albert redet beruhigend auf ihn ein, der Priester sei schon unterwegs. Wir schauen uns einen Augenblick lang fragend an. Dann trete ich ein Stück zurück, setze mich auf einen Stuhl und schließe die Augen. In diesem Haus riecht es nach Tod. Und am 23. Februar 1981 war der Geruch nach Tod allgegenwärtig, wenngleich es ein anderer Geruch war. Der erste Gedanke, der mir durch den Kopf schießt, ist, ob Vater womöglich etwas mit den Militärs zu tun hatte, die an jenem Abend den Staatsstreich angezettelt hatten. Ob er ihnen irgendwie geholfen hatte. Oder ob es umgekehrt war, und jemand war zu ihm gekommen und hatte ihm einen Befehl erteilen wollen, und als er sich weigerte, hatte dieser Jemand ihn bedroht, und er musste sich verteidigen.

Aber das kann nicht sein. Vater war hier im Dorf, und er hatte mit den Militärs nichts zu tun. Er kümmerte sich um den Hof und Mutter um die Parfümerie. Dass es einen

Putschversuch gegeben hat, haben hier alle aus dem Radio erfahren, denn im Fernsehen wurde darüber erst spät in der Nacht berichtet.

Ach ja, das Fernsehen. Seinerzeit war es noch schwarzweiß. Zumindest bei meinen Eltern, einen Farbfernseher bekamen sie erst 1985. Wozu brauchen wir denn einen neuen?, brummte Vater, wenn das Gespräch darauf kam. Und Mutter verdrehte die Augen, seufzte und ließ die Sache auf sich beruhen. Meine liebe Mutter. Falls Vater etwas Schlimmes getan hat, wusste sie mit Sicherheit nichts davon, denn sie liebte ihn bis zum Schluss auf ihre typische sanfte, herzliche Art. Sie hatte für jeden eine zärtliche Geste und einen liebevollen Blick.

Ach Unsinn, Vater hat bestimmt nichts getan. Es heißt doch, das Gehirn wird kurz vor dem Tod nicht mehr ausreichend mit Sauerstoff versorgt, und man fängt an zu halluzinieren. Das muss es sein.

»Ihr wart nicht da. Ihr wart beide nicht da …«

Bei diesen Worten schlägt er die Augen auf und versinkt gleich darauf in schwermütige, beklemmende Lethargie. Nein, ich war nicht hier. Ich schaue Albert an, der hastig erklärt: »In der Nacht war ich nicht im Dorf. Ich hab zu der Zeit in Ripoll gewohnt.«

Beschwören kann ich es nicht, aber ich meine, mein Bruder sei rot geworden. Wie auch immer, Nina war bestimmt zu Hause. Sie muss hier gewesen sein. Wir schweigen beide, bis unsere Schwester mit dem Pfarrer zurück ist. Aus dem Hausflur dringt Murmeln zu uns, und dann steckt der Priester den Kopf zur Tür herein. Mit einem »Gott segne euch« betritt er rasch das Krankenzimmer.

»Gütiger Himmel, ich dachte nicht …«, sagt er, kaum dass er Vater erblickt. Und befindet: »Wir müssen ihm die Letzte Ölung spenden.«

Vater öffnet ein Auge und sieht ihn. »Herr Pfarrer, ich habe einen Mann umgebracht.«

Der Priester lässt sich anscheinend nicht aus der Fassung bringen. »Das erzählst du mir gleich. Keine Bange, Gott vergibt alles.«

»Ich glaube nicht an Gott, aber ich habe wirklich einen Mann getötet.«

Vater scheint wiederaufzuleben, nun da er den Priester vor sich hat. Der dreht sich um und schaut uns an.

»Wenn ihr uns jetzt bitte allein lassen wollt … Das fällt unter das Beichtgeheimnis.«

»Nein, nein!«, widerspricht Vater. »Sie sollen bleiben. Sie müssen es erfahren … alles.«

Ich mag nichts hören aus dieser Nacht. Ich will nicht an sie erinnert werden. An endloses Warten, das kein glückliches Ende genommen hat, sollte man sich nicht erinnern. Besser, man behält nur das im Gedächtnis, was gut ausgegangen ist oder irgendwie angenehm war. Und es gibt nichts Schlimmeres, als ohne Hoffnung, ohne Zukunft zu warten. Albert zieht Nina in eine Ecke. Vermutlich fragt er sie, ob sie weiß, was Vater da über den 23. Februar redet. Als sie zurückkommen, schütteln beide den Kopf. Das heißt, Nina hat auch keine Ahnung. Vielleicht der Junge … Aber wenn der Junge da überhaupt schon auf der Welt war, dann war er noch ganz klein und ging noch nicht bei uns ein und aus.

Eigentlich würde ich jetzt gern gehen, nur Vaters Wunsch hält mich zurück. Obwohl es mich neugierig macht, behagt mir der Gedanke, seine makabre Geschichte zu hören, gar nicht. Die arme Nina. Bevor sie sich hinsetzt, um Vater mit großen Augen anzustarren, hat sie rasch noch eine neue Plastikflasche mit einer durchsichtigen Flüssigkeit an den Ständer gehängt, von dem Schläuche bis zum Arm des Sterbenden führen.

»Das wird ihn beruhigen«, sagt sie mit einem leisen Lächeln.

Als Jugendliche wollte Nina Nonne werden. Vater machte damals ein Riesentheater. Was ist mit den Frauen in dieser Familie nur los, warum seid ihr bloß alle so sehr darauf aus, den Schleier zu nehmen?, murrte er. Damit spielte er darauf an, dass Mutter bereits Novizin im Konvent von Vic gewesen war, als er sie sich angelte. Ausgerechnet ihm hatte das passieren müssen. Eine Weile war er zum Essen ins Kloster gegangen, wie viele Männer, die mittags sonst nicht wussten, wohin, und da gab es eine Novizin, die ihm jeden Tag das Essen servierte, eine Novizin, die er kannte, weil sie aus demselben Dorf stammte, eine engelsgleiche Novizin, die ihm ein Lächeln entlockte. Und das wollte etwas heißen, denn Vater zum Lächeln zu bringen, war geradezu ein Ding der Unmöglichkeit. Die Novizin Schwester Isabel, meine Mutter, streifte mit den Ärmeln ihrer Robe immer so sanft sein Haar, dass Vater eine Gänsehaut bekam. Dann waren es nicht mehr nur die Ärmel, sondern das ganze Habit, mit dem sie ihn sacht berührte. Es waren leise, subtile Andeutungen, Kleinigkeiten, eine eigene Sprache aus Blicken, Gesten und leisem Erbeben, wenn sie ihm eine Extraportion zuteilte oder den besten Nachtisch aufhob. Ihr Nonnengewand verfing sich in der Kleidung meines Vaters. So sehr, dass es eines Tages durch die Luft flog. So etwas soll vorkommen; weder meine Geschwister noch ich haben je erfahren, was geschah, doch Fakt ist, dass die hübsche Novizin aus dem Kloster binnen Kurzem meinen Vater heiratete und ich wenig später zur Welt kam. Es heißt, ich war ein Achtmonatskind.

Vater hatte Mutter hergebracht, ins Haus seiner Familie, das er geerbt hatte. Aber du musst mir erlauben, unsere Kinder im christlichen Glauben zu erziehen, hatte sie ihn damals offenbar gebeten. Und er hatte zugestimmt, sie solle tun, was sie wolle, und aus uns so gute Christen machen, wie es ihr beliebe. Dennoch war er nicht darauf gefasst gewesen, dass seine jüngste Tochter ebenfalls Nonne werden wollte, wie ihre Mutter. Ein Glück, dass sie sich das wieder aus dem Kopf geschlagen hat, rief er, als Nina sich dann doch dagegen entschied.

Und jetzt hat er den Pfarrer rufen lassen. Ich selbst gehe

selten zur Kirche, aber ich habe Gutes über den Mann gehört. Verstohlen mustere ich ihn, er ist im mittleren Alter und sieht ganz vernünftig aus. Und nun, da er sich anschickt zuzuhören, nun, da wir alle uns anschicken, Vaters Beichte zu lauschen, nun ist der Kranke wieder eingeschlafen. Vielleicht stirbt er ja und behält die Sache für sich, wünsche ich mir plötzlich. Wer weiß schon, ob er sich diesen Unsinn nicht bloß aus den Fingern gesogen hat.

Ich betrachte ihn traurig. So werden wir wohl oder übel alle einmal enden. Es sei denn, der Tod reißt uns mitten aus dem Leben. Oder wir sterben vor Kummer. In Vaters Arm steckt die Infusionsnadel, die ihm Nina gelegt hat, vermutlich auf Anweisung des Arztes, der hergekommen war, weil Vater sich weigerte, ins Krankenhaus zu gehen. Das war vor drei Tagen. Nina rief mich an: Annabel, du musst kommen, es geht zu Ende. Und ich ließ alles stehen und liegen. Ich überließ meinen Mann sich selbst, meine Kinder, meine Schüler, einfach alles. Und nun sitze ich hier und wache über die letzten Seufzer meines Vaters. Bei Mutter war es anders. Sie war noch jung, als sie vor zehn Jahren plötzlich zusammenbrach und von einem auf den anderen Tag alles vorbei war. Ich trauerte sehr um sie. Wir verkauften den Parfümladen, der ohnehin nicht mehr so viel abwarf wie früher, und wenn jetzt Vater stirbt, werden wir sehen müssen, was von alldem hier bleibt. Um den Hof kümmert sich ja ohnehin schon seit geraumer Zeit der

Junge. Als der heute kam, wirkte er sehr niedergeschlagen. Bestimmt macht er sich auch Sorgen um seinen Job. Und wie es aussieht …

Jedenfalls anders als früher. Als ich nach Barcelona ging, um mein Lehramtsstudium aufzunehmen, gab es reichlich Arbeit. Ich brauchte natürlich Zeit für meine Vorlesungen und um mich in die Bücher zu vertiefen, jobbte aber nebenher an den Nachmittagen als Kellnerin im Mauri. Dort war gerade der Teesalon eröffnet worden, in dem es verlockend nach Schokolade duftete und der Naschkatzen wie mich um den Verstand bringen konnte. Ich weiß nicht, ob es mein Faible für Schokolade war oder weil mir die Arbeit gefiel, jedenfalls blieb ich.

»Er ist wieder eingeschlafen«, sagt der Pfarrer. Er dreht sich mit einem resignierten Seufzer zu uns um und macht einen Vorschlag: »Ich spende ihm jetzt die Krankensalbung, und wenn er aufwacht, wird er uns schon erklären, was es mit dem … mit dem … na ja, mit dem, den er getötet haben will, auf sich hat.«

Wir drei nicken still. Der Pfarrer macht sich bereit, er legt eine Stola um und holt ein Töpfchen mit Öl heraus, mit dem er seinen Daumen anfeuchtet. Dann macht er auf Vaters Stirn das Kreuzzeichen und murmelt dabei etwas vom Heiligen Geist, der heiligen Salbung, Krankheit und Sünde und Amen. Amen, wiederholen wir mechanisch. Das Sakrament bewirkt keine Wunder, Vater liegt unverändert da, bewusstlos und röchelnd. Wir rücken dem Pfarrer einen Stuhl hin, damit er sich setzen kann.

»Ich will noch etwas warten …«, bemerkt er in einem Ton, der wohl besagen soll, dass er gehen wird, wenn Vater nicht auf der Stelle ein Lebenszeichen von sich gibt, weil er anderes zu tun hat.

Anscheinend hat er noch mehr Sterbende zu besuchen. Das Dorf ist groß; wer weiß, ob er diese Litanei heute noch einmal wiederholen muss. Bestimmt denkt der Pfarrer nicht über seine Worte nach, wenn er sie von sich gibt. Vermutlich nicht mal bei der Messe. Ich würde ihn gern fragen, woran er denkt, wenn er diese Formeln herunterbetet.

Als ich im Mauri arbeitete, achtete ich auch nicht bewusst darauf, was ich zu den Gästen sagte – Was darf's denn sein? –, und auf ihre Antworten, die ich Wort für Wort wiederholte, während ich sie notierte. Es waren vor allem Damen, die nachmittags ins Mauri kamen, elegante, parfümierte Damen, die miteinander Spanisch sprachen und die ich insgeheim ebenso um die heiße Schokolade beneidete, die sie tranken, während sie ihre familiären Probleme ausbreiteten, wie um ihre viele freie Zeit, während ich nicht wusste, wo mir der Kopf stand. Morgens Vorlesungen, nachmittags ins Mauri, abends lernen, und auch an den Wochenenden hockte ich zu Hause im Dorf und paukte. Ich ging nur sehr selten aus. Du musst nicht arbeiten, Annabel, sagte meine Mutter, ich gebe dir das Geld, das du brauchst.

Aber das wollte ich nicht. Meine Eltern bezahlten mir schon mein Zimmer in der Studenten-WG, in der noch zwei andere Mädchen aus der Gegend wohnten, die ich allerdings vorher nicht gekannt hatte. Ich wollte über mein eigenes Geld verfügen, selbst verdientes Geld. Außerdem wusste ich, dass es daheim keine unendlichen Reichtümer gab. Vater kümmerte sich zwar um den Hof, aber er gehörte ihm nicht. Und Mutter hatte meine Großmutter in der Parfümerie zunächst unterstützt, als die krank wurde, und das Geschäft nach ihrem Tod übernommen, das schon, doch so viel gab der Laden nicht her.

Wenn man ihn betrat, roch es immer intensiv nach Parfüm. Mochte meine Mutter auch aus dem Kloster kommen, in der Welt der Düfte kannte sie sich ausgezeichnet aus. Ein angenehmer Geruch war für sie trotz ihrer Berufung und religiösen Hingabe ein Muss, und sie sagte, es gebe für jeden den passenden Duft, man müsse ihn nur finden. In ihrem Laden gab es Parfüms, Kölnischwasser, Seifen, Shampoos, Gele, kurz: alle möglichen Produkte, die die Herzen der Frauen aus dem Dorf höherschlagen ließen, weil die sich das Flair von Städterinnen geben wollten und meinten, dafür bräuchten sie diese sündhaft teuren Fläschchen.

Der Laden meiner Mutter hatte in unserer Gegend ein gewisses Renommee, und bald kamen Frauen von überallher, weil sich herumsprach, dass Mutter Sonderangebote hatte, wie es sie in den Parfümerien der nächstgelegenen

Stadt nicht gab. Unterm Strich bleibt natürlich weniger für mich, sagte sie zu ihren Kundinnen und verzog das Gesicht, als müsste sie in einen sauren Apfel beißen, aber so kann ich Ihnen eine Freude machen, denn ein Parfüm sollte so teuer nun wirklich nicht sein. Damit überzeugte sie sie. Zudem verschenkte sie Seifenpröbchen und Muster von Duftwässerchen, und die Kundinnen verließen den Laden, als wäre ihnen gerade das Christkind begegnet.

Hier, nimm das, es ist angenehm leicht. Mit diesen Worten gab Mutter mir immer ein Fläschchen *Eau de Cologne* mit nach Barcelona. Dabei lächelte sie mich genauso sanft und ruhig an, wie Nina heutzutage lächelt. Ich nahm das Fläschchen mit und benutzte es, und tatsächlich sagten Kommilitoninnen und Arbeitskolleginnen immer wieder, mmmh, wie gut du riechst, und fragten mich nach der Marke des Parfüms, dabei hatte ich nicht die leiseste Ahnung. Es war der Duft dieses Parfüms, der Jean-Paul anzog.

Der Priester hüstelt und fragt, an uns alle drei gewandt: »Ihr habt nicht vielleicht einen Schluck Wasser?«

Ich stehe auf. »Kommen Sie, nebenan ist es ruhiger.«

Wir gehen hinüber ins Wohnzimmer. Hier riecht es nicht nach Tod, das Zimmer ist sauber und gelüftet, als wäre es bereit für den Empfang der Trauergäste. Häuser scheinen zu wissen, wenn es mit ihren Bewohnern zu Ende geht. Ich wüsste gern, wie viele Generationen hier schon gestorben sind.

»Möchten Sie Wasser oder vielleicht etwas Wein? Wir haben welchen da.«

Der Priester schaut mich mit schuldbewusster Miene an und nickt. »Na, wenn du Wein im Haus hast, sage ich nicht nein.«

Schließlich sitzen wir uns am Tisch gegenüber, eine Flasche und zwei Gläser zwischen uns. Ich schenke dem Pfarrer ein, und er nimmt einen kleinen Schluck, gerade genug, um sich die Lippen zu benetzen. Dann stellt er genau die Frage, auf die ich gewartet habe.

»Glaubst du, dein Vater hat wirklich jemanden umgebracht?«

»Ich weiß es nicht ... Vielleicht gab es einen Unfall, und wir wissen nichts davon. Er sagt, es war damals, als der Putschversuch stattfand, da waren wir schon erwachsen, doch wir können uns nicht erinnern ...«

»Aha. Na, mal sehen, ob er etwas sagt ...«

Ich lächele traurig. »Wenn er überhaupt noch mal zu sich kommt.«

Kaum habe ich das gesagt, läuft mir ein Schauder den Rücken herunter. Ein Schauder, bei dem es mich äußerlich wie innerlich schüttelt, wie man es im Leben nur selten erlebt, und der mich bis in die Grundfesten meines Daseins erschüttert.

Beim Geruch des Weins muss ich an meine Teenagerzeit denken, wenn sich unsere Clique aus dem Gymnasium samstagabends oder sonntagnachmittags bei einem

Klassenkameraden traf, der sturmfreie Bude hatte, ohne dass unsere Eltern wussten, was wir dort trieben. Irgendwer brachte Wein oder Bier mit, und sobald wir die Flasche geleert hatten und ein bisschen beschwipst waren, spielten wir Flaschendrehen. Erst ließen wir sie unter den Jungs kreisen, dann unter den Mädchen, oder umgekehrt. Und die beiden, auf die sie zeigte, mussten sich küssen. Es war wahnsinnig aufregend, und es gab jede Menge Getue und Gelächter, obwohl der Kuss in der Regel nicht der Rede wert war; ein kurzes Streifen der Lippen, und schon fuhren die Protagonisten wieder auseinander und stürzten mit hochroten Köpfen davon. Und wehe, du warst mit dem dran, auf den du ein Auge geworfen hattest, dann stimmten die anderen ein Pfeifkonzert an, weil sie Bescheid wussten, und das Spiel wurde gefährlich, weil dieser Kuss, diese kaum spürbare, zarte Berührung sich auf Dauer in deiner Fantasie einnistete und in deinen Träumen eine immer größere Sache wurde. Dagegen waren die Eltern und Geschwister in einer anderen Galaxie, die Familie war halt die Familie, der Ort, wo du herkommst und wo du, wenn es dir nicht gut geht oder es aus irgendeinem Grund nicht läuft, am Ende wieder landest. Die Familie ist ein Rückhalt. Alles Übrige ist … anderswo.

Die Jungmädchenträume aus der Schulzeit im Dorf setzten meinem Herzen zu, es bekam ein paar Stiche, Beulen und Kratzer, doch gebrochen war es nicht. Wir lachten, weinten und zankten uns mit Klassenkameraden und

Freunden. Bis die Zeit der Unschuld vorbei und der Moment gekommen war, sich auf den Weg zu machen.

Es fiel mir schwer, mich in Barcelona einzuleben. Ich war nie von zu Hause fort gewesen. Inmitten so vieler Menschen von überallher fühlte ich mich unsicher. Wenn ich jetzt daran zurückdenke, muss ich schmunzeln. Bestimmt hatten auch andere Studenten Eltern, die sich in ihren Dörfern um Kühe und Schafe kümmern mussten, aber ich hatte das Gefühl, ich wäre die Einzige. Da waren die anderen, und hier war ich. Und all die anderen waren intelligent und gebildet, ich dagegen war Mittelmaß. Ich kam gegen dieses Gefühl nicht an, aber da mich zum Glück niemand beachtete, fiel ich wohl nicht allzu sehr auf. Immerhin hatte ich wie jeder andere die Aufnahmeprüfung an der Universität bestanden. Und in den Augen der Professoren waren wir ohnehin alle gleich.

Aber es war eine andere Welt, und die gefiel mir anfangs nicht besonders. Ich hatte keine Freunde und vermisste die aus der Schule. Wenn ich freitags wieder ins Dorf kam, konnte es mir gar nicht schnell genug gehen, meine Freundinnen zu sehen. Dann gingen wir Kaffee trinken, und sie fragten mich aus, wie es mir in Barcelona erging. Und ich fühlte mich bewundert, bloß weil ich von zu Hause fort war. Keine meiner Freundinnen war nach Barcelona gegangen. Zwei von ihnen machten in Vic eine Ausbildung zur Kinderpflegerin, und die andere hatte nicht mal einen Schulabschluss. Lächelnd erzählte ich ihnen, wie prima alles laufe, dass der Unterricht interessant war und ich eine Menge lernte. Ich sprach mit ihnen jedoch nicht über meine Ängste, über mein Gefühl, anders zu sein, oder darüber, dass ich abends lange wach lag, weil ich Angst hatte, eins der Mädchen, mit denen ich die Wohnung teilte, könnte in mein Zimmer kommen und mir etwas antun. Bis meine Mitbewohnerinnen eines Tages zu mir sagten: Hey du, du sagst ja nie einen Ton, iss doch abends mal mit uns. Von dem Tag an redeten wir miteinander, und ich fühlte mich ein bisschen besser. Aber nur ein bisschen.

Ich schenke dem Priester noch einen Fingerbreit Wein nach. Litaneien lassen sich mit gut geölten Stimmbändern sicher besser herunterbeten. Er erhebt keine Einwände. Sieh an, vermutlich macht der sich heimlich über den Messwein her. Ich hoffe, er ist nicht wie der, den wir früher hier hatten, der starb nämlich an Delirium tremens.

»Wo habt ihr den Wein her? Der ist gut«, sagt er und leckt sich die Lippen.

»Er ist von hier, aus unserem Weinkeller. Mein Vater hatte immer gern guten Wein.«

Als ich »Vater« sage, wird es mir eng ums Herz. Der Schmerz ist nicht tief wie bei Mutter, deren plötzlicher Tod uns alle unvorbereitet traf. Es fühlt sich anders an, merkwürdiger. Unseren Vater haben wir nie viel zu Gesicht bekommen, und er hat sich nie groß um uns gekümmert. Wir haben als Kinder nicht mit ihm gespielt. Bei ihm drehte sich immer alles nur um seine Kühe. Zu Hause hörte er schweigend zu und begehrte bloß auf, wenn Mutter oder Nina von Priestern oder Gott anfingen. Ich maulte dann auch, mir sagten diese Dinge nicht viel, und als ich alt genug war, um selbst zu entscheiden, beschloss ich, nicht mehr in die Kirche zu gehen, weil ich nicht glaubte, dass Messen zu irgendetwas nütze waren. Als ich das eines Tages meiner Mutter sagte, war sie schockiert. Aber mit fünfzehn verkündete ich, jetzt sei Schluss, und sie konnte mich nicht mehr zum Kirchgang zwingen, denn sie wusste, ich würde mich sonst bei meinem Vater beschweren. Mit Heiligen, Kommunionen und Predigten war es ein für alle Mal vorbei.

Bei den Damen im Mauri waren Priester und Messen allerdings jedes Mal das große Thema. Desinteresse vortäuschend, versuchte ich, ihre Unterhaltungen zu belauschen, die ich faszinierend fand. Ich war nun schon seit einigen Monaten in der Stadt, hatte keine Angst mehr, in meinem WG-Zimmer zu schlafen, und an der Uni bereits die eine oder andere Freundschaft geschlossen. All das hatte mir eine Selbstsicherheit verliehen, die beim Vorstellungsgespräch offensichtlich überzeugt hatte. Im Mauri brauchten sie unter der Woche eine Aushilfe für die arbeitsreichste Phase zwischen fünf und acht Uhr abends. Für mich waren diese Zeiten perfekt, und ich hatte rasch zugesagt.

Jeden Nachmittag kamen Damen zum Kaffeekränzchen,

deren gesellschaftliches Leben sich praktisch im Teesalon und in der Kirche abspielte. Und irgendwer war immer in der letzten Sonntagsmesse gewesen, über den es sich nachher, beim Kaffee im Mauri, ungestraft herziehen ließ. Es konnte jeden treffen, vom Pfarrer mit seiner Predigt bis zu Senyora X, die jetzt allein war, weil ihr Gatte mit der Sekretärin auf und davon war. Ihnen zuzuhören war für mich die reinste Seifenoper. Diese Sorte Damen kamen normalerweise in Grüppchen einmal in der Woche, und anscheinend waren alle aus demselben Holz geschnitzt. Alle sprachen Spanisch, alle lästerten über andere Frauen, und alle waren in der Messe gewesen. Männer erwähnten sie mit keiner Silbe. Die waren offenbar von der Kritik ausgenommen. Sie fragten sich allenfalls, wie es sein konnte, dass ein Senyor Sowieso der armen Senyoreta Soundso etwas Derartiges hatte antun können. Allerdings hätte natürlich auch sie … Und schon entspann sich die immer überaus konstruktive Kritik, die an dem Opfer des Mauri-Kaffeekränzchens kein gutes Haar ließ, und über den Mann fiel kein weiteres Wort mehr.

Ich musste immer grinsen, wenn ich ihnen zuhörte, während ich an den großen Tischen bediente, an denen sie saßen. Die Damen hatten mich mit der Zeit ins Herz geschlossen. Ausnahmslos alle hatten von mir wissen wollen, ob ich vom Land kam, sobald sie mein Spanisch gehört hatten. Ja, gab ich anfangs verschämt zu, doch später merkte ich, dass es sie amüsierte und sie einen Narren an mir gefressen hatten. In ihren Augen war ich wohl ein verirrtes Lämmchen, das sie gewissermaßen als ihr Maskottchen adoptierten.

Jean-Paul setzte sich in dieselbe Ecke, in der auch die Damen immer saßen. In seiner Begleitung waren zwei Frauen und ein Mann, die sich auf Katalanisch unterhielten. Jean-Paul hingegen sprach nicht ein Wort Katalanisch. Bloß ein paar Brocken Spanisch, und damit hatte es sich. Der Rest war Französisch. Die Leute, mit denen er zusammensaß, waren anders als die Damen an den übrigen Tischen. Sie waren zwar gut gekleidet, aber nicht übermäßig protzig oder mit Schmuck behängt. Sie sahen eher aus wie Lehrer oder Ladenbesitzer.

Es war ein besonders kalter Tag im März, und es wurde bereits dunkel. Als ich an ihren Tisch trat, um mich nach ihren Wünschen zu erkundigen, bemerkte ich, wie er mich von oben bis unten musterte. Er hatte glänzende dunkle, durchdringende Augen und vermittelte mir das Gefühl, als würde er mich mit seinem Blick nackt ausziehen, als er auf Spanisch mit starkem französischen Akzent sagte, er hätte gern eine *Orangina.* Also eine Orangenlimonade, übersetzte ich in Gedanken, denn es war nicht das erste Mal, dass ich mit Franzosen zu tun hatte, die denselben Wunsch äußerten.

So haben wir uns kennengelernt. Als seine Begleiter aufbrachen, blieb er allein zurück. Ich hörte ihn eine Entschuldigung murmeln und spürte, wie ich rot wurde, denn mir war gleich klar, dass das etwas mit mir zu tun hatte. Dann bestellte er eine weitere *Orangina* und fragte mich anschließend, ob ich ihm sagen könne, wo die Jardinets de Gràcia seien. Da ich kurz darauf Feierabend hatte und er aussah, als würde er mich absolut nicht verstehen, beging ich den Fehler, ihm zu sagen, wenn du fünf Minuten wartest, zeige ich dir den Weg. Ich wohnte damals nämlich gleich neben den Jardinets de Gràcia. Ich weiß ehrlich nicht, was mich geritten hat, ihm diesen Vorschlag zu machen. Vermutlich hatten mich seine Augen hypnotisiert. Ganz bestimmt waren es seine Augen. Wie auch immer, ich begleitete ihn ein Stück, und so fing alles an.

Der Priester steht auf.

»Ich glaube, ich gehe jetzt. Ich lasse euch meine Handynummer da, und wenn er nach mir fragt, gebt ihr mir Bescheid. Aber richtet ihm aus, dass ihm das Sakrament bereits zuteilwurde und er erlöst ist. Er soll unbesorgt sein, Gott wird ihn mit offenen Armen empfangen, ganz gleich, was er getan hat.«

»In Ordnung, so machen wir es, Herr Pfarrer.«

Ich bringe ihn zur Tür. Der Mann verabschiedet sich mit einem schlichten »Bis dann« und einem Lächeln. Was soll das heißen, bis dann. Meint er, bis er zurückkommt, weil Vater beichten will, oder bis wir uns bei der Trauerfeier wiedersehen oder bis wann sonst? Leise schließe ich die Tür, ich weiß es wirklich nicht.

Jean-Paul schlug ich nicht die Tür vor der Nase zu, im Gegenteil, ich machte sie ihm weit auf. Allerdings nicht bei diesem Mal, sondern beim nächsten. Es sollte einen ganzen langen Monat dauern, bis er wiederkam. Als ich ihn an diesem ersten Abend begleitete, erzählte er mir, er habe einmal im Monat geschäftlich in Barcelona zu tun. Ich traute mich jedoch nicht, nach der Art seiner Geschäfte zu fragen. Er dagegen fragte mich, ob ich schon lange als Kellnerin arbeitete. Nein, antwortete ich und erklärte, ich würde eigentlich nur unter der Woche in Barcelona wohnen, weil ich hier fürs Lehramt studierte. Er tat, als fände er das ganz hervorragend, als könnte einem nichts Besseres passieren, als Grundschullehrer zu sein. Ich mag Kinder, sagte ich verschämt. Seine Begeisterung und das Interesse, mit dem er auf alles reagierte, was ich von mir gab, lösten mir die Zunge, und so kam es, dass ich auf dem kurzen Stück vom Mauri bis zu den Jardinets de Gràcia gestand, vom Dorf zu kommen und erst seit Kurzem zum Studium in Barcelona zu sein. Da rief er aus, Barcelona sei eine fantastische Stadt. Seine Worte überraschten mich, weil die Stadt auf mich sehr laut und dunkel wirkte, dunkel vor lauter Häusern. Im Dorf waren die Häuser immer weiß, von Nebel umwabert. Als ich ihm das mit diesen Worten sagte, gestand er mir, ebenfalls aus einem nebligen Dorf zu stammen. Der Nebel kann einem fehlen, nicht wahr?, fragte er, als er sah, dass ich stehen blieb, weil wir uns trennen mussten. Ja, sagte ich und schaute ihn an. Ich weiß nicht, ob sich dieses »Ja« tatsächlich auf den vermissten Nebel bezog oder auf eine Zukunft, von der noch nicht einmal ich selbst etwas ahnte.

Wir trennten uns mit einem Handschlag. Ich hatte ihm nämlich in einem Anfall von Panik, er könne mich womöglich küssen wollen, hilflos die Hand entgegengestreckt. Im Grunde war es ein absurder Gedanke, dieser Fremde könnte mir gleich beim ersten Mal einen filmreifen Kuss geben wollen, nachdem ich kaum eine Viertelstunde mit ihm unterwegs gewesen war, aber ich weiß nicht, wieso, davor hatte ich Angst. Und heute denke ich, dass ich gut daran tat. Dass er es sich mit Sicherheit herausgenommen hätte, mich zu küssen, wenn ich ihm nicht rechtzeitig die Hand hingehalten hätte. In einem Monat bin ich zurück, sagte er, such dir bloß keinen anderen Job. Und, übrigens, du riechst gut, fügte er noch mit einem Lächeln hinzu. Dann ging er die Straße hoch und verschwand. Er sah toll aus in seiner dicken Jacke, mit den kurzen, akkurat geschnittenen Haaren und dem arroganten Auftreten.

Mein Handy klingelt. Erschrocken zucke ich zusammen. Während ich im Hintergrund Vaters verzweifeltes Keuchen höre, gehe ich ran. Es ist Cèlia.

»Cèlia …«

»Hallo, Mama. Wie geht es Opa?«

»Schlecht … Es ist nur noch eine Frage von Stunden, mein Kind.«

»Oh … Soll ich kommen?«

»Nicht nötig, Cèlia, du hast dich ja gestern schon von ihm verabschiedet. Ich rufe dich an, wenn …«

»In Ordnung.«

Cèlia ist so verantwortungsbewusst. Viel mehr als ihr Bruder, der zurzeit ein ziemlicher Hallodri ist. Mein sechzehnjähriger Ricard, der denkt, ich wüsste nicht, dass er mit Mädchen herumzieht. Aus zehn Metern Entfernung kann man ihm schon ansehen, wie sie ihm den Kopf verdrehen; sechzehn ist für Jungs ein schwieriges Alter, da verlieren sie beim Anblick eines mehr oder minder wohlgeformten Mädchenkörpers leicht die Orientierung. Und die Mädchen wissen das natürlich. Dumm sind sie nicht, die Mädchen heutzutage. Ganz im Gegensatz zu uns früher. Gut, es hat immer schon solche und solche gegeben, das will ich gar nicht bestreiten, und auch wir wussten instinktiv zu verführen, keine Frage. Aber mir war mit sechzehn nicht bewusst, dass ich, wenn ich in kurzen Kleidchen herumlief, anziehend auf Jungen wirkte. Und selbst wenn, weiß ich nicht, ob es mich gekümmert hat. Die Jungs in meinem Alter kamen mir vor wie Kinder, die noch feucht hinter den Ohren waren. Wenn wir Freundinnen Flaschendrehen spielten, dann immer mit Älteren, weil wir sie interessanter und reifer fanden.

An der Uni waren die Jungs dann auf einmal groß und attraktiv. Sie waren erwachsen, wie ich, und schienen im Leben andere Prioritäten zu haben, etwa, sich eine Zukunft aufzubauen. Allerdings musste man durch andere Fakultäten streifen, wenn man ihnen begegnen wollte, denn bei uns gab es nicht viele. Man kann sagen, was man will, der Lehrberuf war immer schon Frauensache.

Als Jean-Paul zurückkehrte, fühlte ich mich an der Uni bereits wie ein Fisch im Wasser. Echte Freunde hatte ich zwar noch nicht gefunden, doch ich erlebte ein angenehmes Miteinander. Sogar mit meinem Akzent aus dem Hinterland fühlte ich mich in guter Gesellschaft, denn ich war nicht die Einzige, der man die Herkunft anhörte. Sämtliche Dialekte Kataloniens waren vertreten. Ich fühlte mich im Kreise meiner Kommilitonen pudelwohl, auch wenn ich nicht so oft wie die meisten anderen mittags auf ein Sandwich und einen Schwatz in die Bar gehen konnte. Ich musste immer rasch nach Hause, um dort vor der Arbeit noch eine Kleinigkeit zu essen und ein bisschen zu lernen. Aber wenn wir zwischen zwei Vorlesungen Freistunden hatten, setzte ich mich mit meinen Kommilitonen ins Café, und dann quatschten wir über alles Mögliche und erzählten uns, woher wir kamen und was unsere Eltern machten. Ein paar der Väter hatten studiert. Von den Müttern nur wenige. Eine rotwangige, resolute Studentin stammte sogar aus einer Bauernfamilie.

Ich sprach seinerzeit mehr schlecht als recht Französisch und hatte mich bei der ersten Begegnung mit Jean-Paul in der Hinsicht tunlichst zurückgehalten. Beim zweiten Mal war ich mutiger. Eines Tages, kurz vor Sant Jordi, war er wieder da, allein. Im Mauri hatte man mich gebeten, an ein paar Wochenenden auszuhelfen, weil es immer mehr zu tun gab. Seit Wochen war ich also nicht im Dorf gewesen. Überall gab es Bücher, die ganze Stadt duftete nach Rosen, und ich wartete auf seine Rückkehr. Komisch, ich war fest davon überzeugt, dass er die Wahrheit gesagt hatte und nach einem Monat zurückkehren würde, und schon eine Woche vor Ablauf der Frist begann ich, mich mit besonderer Sorgfalt zu kleiden und zu schminken, wenn ich zur Arbeit ging, für den Fall, dass ich ihm begegnen würde. Ich fragte mich, was an diesem Mann mich derart faszinierte, wo ich mich doch gerade mal eine Viertelstunde mit ihm unterhalten hatte, und das im Gehen, wobei er auch noch ständig auf mich warten musste, weil seine langen Beine so große Schritte machten. Ich erinnerte mich an ihn mit seinem hochgeschlagenen Jackenkragen und stellte mir vor, wie er vor mir stand und mir einen Kuss gab wie beim Flaschendrehen, nur länger. So einen Kuss, wie ihn die Mädchen aus der Uni und meine Freundinnen im Dorf angeblich schon bekommen hatten. Und ich mit meinen neunzehn Jahren bisher noch nicht, aber das sagte ich nicht, weil es mir peinlich war. Ich erfand immer eine lockere, flüchtige Liebelei, angeblich in Barcelona, wenn ich mit denen aus dem Dorf sprach, oder im Dorf, wenn ich mit denen aus Barcelona sprach, denn nie liiert gewesen zu sein, mochte ja noch angehen, aber nicht zu wissen, wie es sich anfühlte, einen Jungen zu küssen, war etwas ganz anderes. Hätte ich das zugegeben, sähe es so aus, als wollte mich keiner. Manchmal betrachtete ich mich im Spiegel und fand, dass ich gar nicht schlecht aussah, wenn auch nicht so gut wie Nina, die schon von klein auf alle Blicke auf sich gezogen hatte. Aber ich brauchte mich gewiss nicht zu schämen. Vielleicht stand meine Nase ein Stück zu weit vor, und vielleicht waren die Augen zu groß und die Zähne ein bisschen schief, aber davon abgesehen war ich schlank und grazil und verstand es, meine lockigen Haare, die ich mir gut schulterlang wachsen ließ, hübsch zu frisieren.

Eine Viertelstunde vor dem Ende meiner Schicht setzte sich Jean-Paul an einen der kleinen Tische, für die ich nicht zuständig war. Davor kam er allerdings zu mir. *Bonjour*, sagte er und tippte mir auf die Schulter. Ich zuckte zusammen, schrie auf und wurde rot. Sein durchdringender Blick heftete sich auf meine Stirn. Ich tat nichts, ich streckte ihm nicht mal die Hand entgegen, da es mir unpassend erschien. Wir blieben einen Augenblick voreinander stehen, dann sagte er: Gehen wir woanders einen Kaffee trinken, wenn du fertig bist. Er sagte es genau so, es war weder eine Frage noch eine Aufforderung; ich nickte kurz, und er gab mir zu verstehen, dass er sich auf die Seite mit den kleinen Tischen setzen würde. Dort blieb er, bis ich Feierabend hatte. Eine Kollegin flüsterte mir ins Ohr: Hast du ein Glück, Mädchen, der ist echt sexy, der Franzose. Mein Lächeln verging mir aber gleich wieder, als ich sah, wie sie ihn bediente und sich dabei mächtig ins Zeug legte, um ihn anzumachen, dieses Biest. Doch aus dem Augenwinkel bekam ich auch mit, wie er sie höflich abblitzen ließ. Kein Vergleich mit seinem Verhalten mir gegenüber. Da wusste ich, dass ich ihm gefiel.

In meinem Bauch kribbelte es, und dieses Kribbeln breitete sich langsam immer weiter aus; ich fing an, wirres Zeug zu reden, wenn ich an einem Tisch die Bestellung aufnahm, und zu zittern, wenn ich eine Tasse Schokolade servierte. Ich musste mich ungeheuer konzentrieren, um meine Schicht anständig hinter mich zu bringen. Es passiert schließlich nicht oft, dass die Liebe urplötzlich und ohne Voranmeldung zur Tür hereinspaziert und uns fragt, ob wir sie hereinlassen. Und erst recht nicht, dass sie aus Frankreich kommt. Ich sah ihn die dickflüssige Schokolade genießerisch aus der Tasse löffeln. Er blickte auf und erwischte mich dabei, wie ich ihn anschaute. Wir lächelten uns an. Ein magischer Moment.

Gerade als ich Vaters Zimmer betreten will, kommt Nina heraus.

»Er wacht nicht auf«, sagt sie.

»Dann werden wir wohl doch nicht erfahren, was er gemeint hat. Armer Vater …«

Nina macht eine vage Geste. Dann steuert sie entschieden auf den Tisch und die Weinflasche zu. Ich folge ihr und setze mich wieder. Nina holt ein Glas und schenkt sich einen Schluck ein, obwohl sie meines Wissens nie trinkt. Ich frage, ob sie glaubt, dass unser Vater wirklich jemanden getötet hat, oder ob er sich das nur einbildet.

Sie setzt ihr engelsgleiches Lächeln auf, das mich so sehr an unsere Mutter erinnert, und antwortet: »Ich weiß nicht mehr als du, Annabel.«

Sie hat recht; wir werden es erst erfahren, wenn er den Mund aufmacht. Sofern er denn vor seinem Tod noch dazu kommt.

»Und du, wie geht es dir?«, frage ich Nina mit einem verhaltenen Lächeln.

Sie lächelt zurück und blickt mich liebevoll an. »Gut. Die Arbeit läuft gut, und du weißt ja, sie gefällt mir.«

Nina ist Krankenschwester im Hospital von Vic. Sie hat ihre religiöse Berufung nie wieder erwähnt, aber ich bin mir sicher, dass alle, die sie kennen, denken, Kranke zu umsorgen sei das Beste, was sie tun konnte, denn letztlich ist es ja durchaus verwandt mit dem, was sie ursprünglich werden wollte. Ich war immer der Auffassung, dass Nina im Grunde ihres Herzens trotz allem Nonne geworden ist: Sie hat nie einen Freund gehabt, hat nicht geheiratet, geht jeden Samstag zur Kirche, um den Rosenkranz zu beten, und ist immer bereit, allen Leuten zur Seite zu stehen. Nina ist etwas Besonderes, sie gehört zu den wenigen Menschen im Dorf, die keine Feinde haben; alle lieben sie. Als unsere Mutter die Parfümerie übernahm, hat sie ihr oft geholfen, obwohl sie damals noch ein Kind war. Mutter und Nina waren zwei verwandte Seelen, und ich glaube, wir waren alle ein bisschen eifersüchtig, weil wir immer ein Stück außen vor waren. Die beiden lebten in ihrer eigenen Welt, zu der wir keinen Zutritt hatten. Nicht dass sie uns bewusst ausgeschlossen hätten, das nicht, doch sie brauchten nur einen Blick zu wechseln, um einander zu verstehen. Und wir anderen kriegten nichts mit.

In dem Jahr, in dem Nina in Vic das Klosterleben kennenlernen wollte, verging ihr die Lust, Nonne zu werden. Sie verlor damals ein ganzes Schuljahr. Sie wollte das Kloster nicht verlassen, aber Mutter konnte nicht ohne sie sein und besuchte sie fast jeden Tag. Ich dagegen hatte sie nicht besucht, denn ich lebte in einer komplett anderen Welt. Wie alle Jugendlichen, mit Ausnahme von Nina, hatte ich nur Unsinn im Kopf. Und später lieferte ich mich auf Gedeih und Verderb dem Mann aus, der mich um den Verstand brachte; da sah und hörte ich erst recht nichts anderes mehr. Nur noch Jean-Pauls Stimme, die mir seine honigsüßen französischen Worte ins Ohr raunte.

Wir verließen das Mauri und gingen in die erstbeste Bar, die wir fanden. Dort bestellte er keine *Orangina*, sondern ein Bier, und ich tat es ihm nach. Während wir tranken, sagte er, er habe mich vermisst; er habe gleich auf den ersten Blick gewusst, dass ich die Frau sei, die er sich immer erträumt habe. Oder etwas in der Art. Natürlich schmolz ich dahin. Er wartete auf eine Antwort, und ich, zitternd wie Espenlaub, brachte nur über die Lippen, *moi aussi*. Er begann zu lachen, denn dieser Ausdruck passte nicht, aber anscheinend gefiel er ihm, denn als er wieder ernst wurde, strich er mir sanft über die Wange und sagte, *mon petit chou*. Die Welt um mich herum versank.

Die Bar zu verlassen und auf direktem Weg in meine Wohnung zu gehen, war eins. Um ein Haar hätten wir nicht mal bezahlt, wir waren beide mit den Gedanken woanders und standen schon an der Tür, als der Kellner uns nachrief: Hey, das ist aber nicht umsonst. Kichernd wie Kinder zahlten wir, und im Hinausgehen legte er seinen Arm um mich, und ich schmiegte mich an ihn, als gäbe es niemanden sonst auf der Welt, als wäre ich als Teil von ihm geboren und von ihm getrennt worden, und nun hätten wir uns endlich wiedergefunden. Zum Glück kannte ich in Barcelona nicht sehr viele Leute; hätte mich ein Bekannter gesehen, ich weiß nicht, was er gedacht hätte. Ich wusste nicht, wie mir geschah, das alles war neu für mich, und es war genauso intensiv wie der Duft der Parfüms im Laden meiner Mutter. Wie gut du riechst, sagte er irgendwann erneut. Ich lächelte, meine Mutter verkauft Parfüms, und sie gibt mir immer eins mit, aber ich selbst verstehe nichts davon, sagte ich. Ich auch nicht, aber du riechst gut, erwiderte er. Dann legte er wortlos den Arm um mich. Und ich nahm ihn mit in unsere WG, führte ihn zu meinem Zimmer und schloss die Tür hinter uns. Es war gerade niemand da, die Wohnung war leer. Er küsste mich, und ich ließ mich küssen, aber im gleichen Moment bekam ich ein bisschen Angst. Ich löste mich von ihm und sagte: Du, ich habe das noch nie gemacht, ich weiß nicht, wie. Keine Angst, erwiderte er, das lernt man schnell. Lächelnd begann er, mir die Bluse auszuziehen, die Hose, die Haut, das Herz, einfach alles. Er küsste sanft meinen Hals, legte seine Hand auf meine Brust und wanderte dann weiter nach unten. Im ersten Moment war es mir peinlich, und ich versuchte, mich zuzudecken, aber er sagte, *tu es si jolie*, und da schämte ich mich nicht länger, sondern ließ mich ins Unendliche führen.

Es gibt wundervolle Begebenheiten, die einfach eine Offenbarung sind. Genau das war diese Nacht für mich, eine Offenbarung aus Laken und Liebkosungen, ein Erforschen des intimsten Teils meines Körpers und auch des seinen, vor dem ich zuerst zurückschrak, den ich danach jedoch umso intensiver spürte. Erst in den frühen Morgenstunden schliefen wir ein. Als ich die Augen aufschlug, war es bereits Mittag. Ich hatte versäumt, den Wecker zu stellen, und hatte meine Vorlesungen in der Uni verpasst. Oh nein, war mein erster Gedanke. Dann fiel mir wieder ein, was passiert war, und ich drehte mich um. Er war nicht mehr da, dafür aber eine Nachricht, dass er im nächsten Monat wiederkäme, *attends-moi, ma chère*. Ich lächelte. Das Leben strahlte auf einmal in bunten Farben, und ich hatte einen Mann, ganz für mich allein.

Das Warten wurde mir süß und unerträglich zugleich. Anfangs wusste ich, er würde kommen, doch dann bekam ich Zweifel. Am Ende dieses Monats hatte ich eine Sterbensangst, er würde nicht zurückkehren. Ich hatte nichts von ihm, keine Telefonnummer, keine Adresse, nichts. Ich wusste nicht mal, was er beruflich machte, nur dass es um Geschäfte ging, aber nicht, um welche. Alles, was ich wusste, war, wie er küsste, wie er berührte und streichelte, wie er liebte. Und ich fühlte, dass ich meine Jungfräulichkeit dem Mann meiner Träume hingegeben hatte, denn das war Jean-Paul vom ersten Augenblick an für mich gewesen. Es war in etwa so, wie wenn man das Papier um ein Geschenk aufreißt und entdeckt, was darin ist. Die Erinnerung an diese Nacht begleitete mich Tag und Nacht, und es fiel mir schwer, mich auf meine Arbeit im Mauri zu konzentrieren, und erst recht auf mein Studium. Ich bekam den Gedanken an seinen erst warmen, muskulösen und später verschwitzten Körper nicht mehr aus dem Kopf, an seine heiße Zunge, die über meine Haut leckte, oben, unten, überall, ohne auch nur einen Winkel auszulassen, daran, wie ich nicht aufhören konnte zu zittern, weil ich eine so intensive Lust verspürte, dass ich dachte, ich würde vergehen. Dann hatte er langsam meine Hand genommen und mir gezeigt, wie ich auch ihn zum Vibrieren bringen konnte. Ich spürte auch noch, als wäre es gerade in diesem Moment, wie er mir tief in die Augen geschaut hatte, während er in mich eindrang und ich einen Schrei zurückhalten musste, weil es mir im ersten Moment weh tat, und wie ich dann etwas zu fühlen meinte, das immer größer und größer wurde. Mit unterdrückten Schreien war ich zum Höhepunkt gekommen, kurz bevor er sich in mich ergoss. Na, siehst du, du kannst es doch, war das Erste, was er mir danach mit einem Grinsen sagte. Ich dachte, das sei das Glück. Und dieses Gefühl begleitete mich von da an jeden Tag und jede Nacht.

Nach einem Monat war er wieder da. Und nach dem nächsten und dem übernächsten. Mit der Zeit erzählte er mir, was er machte. Er besaß eine Kette von Schuhgeschäften mit Handelskontakten in Barcelona und Mailand und kam einmal im Monat her, um Ware zu kaufen. Wir bekommen sie dann nach Lyon geliefert, erklärte er. Ob er dort wohne, wollte ich wissen, und er sagte ja, er sei aber nie dort, sondern dauernd unterwegs, da er ja auch seine Läden ständig besuchen müsse. Ich koordiniere das alles ein bisschen, sagte er und räusperte sich. Und es gibt keine Telefonnummer, unter der ich dich erreichen kann?, fragte ich. Das ist nicht so leicht, antwortete er stirnrunzelnd, aber ich kann dir die Nummer eines guten Freundes von mir geben, der immer da ist. Wenn etwas ist, sagst du es ihm, und er gibt mir Bescheid. Aber denk dran, es muss schon einen gewichtigen Grund geben, denn er muss dann extra zu mir kommen, und wenn es bloß wegen einer Lappalie ist, wird er sauer. Okay, sagte ich, denn ich war schon froh, ihn irgendwie lokalisieren zu können. Ich gab ihm die Telefonnummer vom Mauri. In der WG habe ich kein Telefon, erklärte ich, und zu Hause im Dorf … Sie würden es nicht verstehen. Die Nummer im Mauri ist auch nur für den Notfall. Eine Adresse, damit ich ihm schreiben konnte, wollte er mir nicht geben. Er hatte Angst, die Briefe könnten verloren gehen. Macht nichts, sagte ich, dann gebe ich dir meine gesammelten Gedankenergüsse eben einmal im Monat.

Ich lebte wie in einem Märchen. Er schien ganz begeistert von mir, er umarmte mich, küsste mich, ließ mich wieder los. Er raunte mir auf Französisch zu, in diesem schwierigen Leben sei ich sein süßer Trost, und es ging mir durch und durch. Wir schliefen jedes Mal miteinander, wenn er kam, und redeten anschließend die ganze Nacht und erzählten uns Anekdoten aus unserer Kindheit. Er lebte zwar in der Großstadt, stammte jedoch, genau wie ich, aus einem nebligen Dorf. Wir waren wie Seelenverwandte, die sich endlich gefunden hatten. Nach dem dritten Monat sagte er mir schon, an welchem Datum er zurückkehren würde. Und war pünktlich an diesem Tag wieder da und setzte sich an denselben Tisch wie immer. Meine Kollegin versuchte, mit ihm zu flirten, aber ich wusste, er wartete auf mich. Ich hatte meine liebe Not, mich zusammenzureißen, bis ich nach Feierabend in seine Arme sinken konnte. Diese Nacht einmal im Monat wurde zu einer rosafarbenen Wolke, die sich bis zum folgenden Monat hinzog. Ich ließ die Abstände zwischen den Fahrten ins Dorf größer werden. Mir war einfach nicht danach, meine Familie zu ertragen, so gern ich sie hatte. Meine beiden Geschwister waren seltsam und so ganz anders als ich, Vater bekam ich praktisch nicht zu Gesicht, und Mutter sprach nur über ihre parfümierten Kundinnen oder mit Nina über Priester. Unter dem Vorwand, fürs Studium lernen und manchmal auch im Mauri aushelfen zu müssen, stellte ich meine allwöchentlichen Heimfahrten ein. Anfangs fuhr ich nur noch alle vierzehn Tage, später dann einmal im Monat, und damit hatte es sich.

Das Frühjahr ging ins Land, dann der Sommer und der Herbst. Zwischen Jean-Paul und mir wuchs das Vertrauen. Nach der aufregenden ersten Zeit begann ich, mich wieder auf mein Studium und meine Arbeit zu konzentrieren. Meine Mitbewohnerinnen kannten Jean-Paul inzwischen. Sie empfingen ihn ebenso freundlich, wie ich es auch mit ihren Freunden tat, und boten ihm einen Kaffee an, wenn er kam. Ich bemerkte ihre neidischen Blicke. Sie unterhielten sich gern mit ihm, aber mehr war da nicht, denn sie waren allesamt älter als ich, vernünftige, junge Frauen, die schon kurz vor dem Ende des Studiums und der Gründung einer Familie standen. Am meisten hatte ich mit Maria zu tun. Seit sie fünfzehn war, war sie mit demselben Jungen zusammen, und war traurig, dass sie ihn jetzt nur an den Wochenenden sah. Versetz dich mal in meine Lage, sagte ich zu ihr, ich sehe ihn nur einmal im Monat.

Aber eines Tages war es anders. Eines Tages schlug Jean-Paul vor, wir könnten ja mal etwas unternehmen, vielleicht zwei, drei Tage übers Wochenende wegfahren, und wollte wissen, was ich davon hielt. Ich überlegte einen Moment, wie sich das mit meinem Leben als arbeitende Studentin vertrug, und dann sagte ich ja. Ich könnte im Mauri um ein paar freie Tage bitten, und genug Geld für eine kurze Reise mit meinem Geliebten hatte ich auch. Wir suchten ein Wochenende aus, an dem er wieder in Barcelona wäre, und verbrachten vier Tage an der Costa Brava. Wie romantisch, bemerkte Maria, als sie davon hörte, und verdrehte spöttisch die Augen.

Es war Winteranfang, kurz vor Weihnachten, aber Jean-Paul und mir war nicht kalt. Dick eingemummelt gingen wir am Strand spazieren und liebten uns, Tag und Nacht, stundenlang im Bett eines Hotels. Ich hatte das Glück gefunden. Und da sagte ich zu ihm, ich würde dich gern meinen Eltern vorstellen. Ich weiß nicht, was in mich gefahren war. Aber schließlich gibt es in allen Beziehungen einen Moment, in dem die Sache ein bisschen formeller werden muss.

Ich schaue zu Nina, die hinter mir am Fenster stehen geblieben ist, von dem aus der Fluss und die Häuser auf der anderen Seite zu sehen sind. Lächelnd starrt sie ins Unendliche. Was mag ihr wohl durch den Kopf gehen? Ich weiß es nicht.

Ich wusste auch nicht, was Jean-Paul durch den Kopf ging, als er meinen Vorschlag hörte, aber angetan war er nicht davon, das konnte man ihm ansehen. Ich mag nichts Offizielles, sagte er. Ich erstarrte, denn ich stellte mir vor, wie ich unsere Beziehung mein Leben lang vor meiner Familie geheim halten sollte. Das ging doch nicht. Als ich noch überlegte, was ich darauf erwidern sollte, kam er mir zuvor und sagte: Später vielleicht, lass mich darüber nachdenken. Wenn ich im nächsten Monat wiederkomme, reden wir weiter. Ich lächelte schwach und strich ihm über die raspelkurzen Haare. Okay, stimmte ich zu. Er küsste mich erneut. Es war das letzte Mal, dass wir miteinander schlafen konnten, denn wir reisten noch am selben Tag ab und mussten das Zimmer räumen. Während er duschte, betrachtete ich das Stückchen Meer, das vom Fenster aus zu sehen war. Es war grau und dunkel, und der Himmel wirkte bedrohlich. Das verheißt nichts Gutes, dachte ich. Ich weiß nicht, warum, der Anblick des Meeres erschien mir wie ein beunruhigendes Omen. Bevor wir das Zimmer endgültig verließen, drehte ich mich noch einmal zum Fenster um. Was gibt es da zu sehen?, fragte Jean-Paul neugierig. Das große graue Meer, antwortete ich gedankenverloren.

Und nun ruht Ninas Blick auf dem Fluss, der weder grau noch groß ist, obwohl er uns immer vorkam wie ein mächtiger Fluss. Der Ter ist immerhin der Ter, die Lebensader der ganzen Gegend. Dieser Fluss nimmt alles mit, selbst den Nebel, auch wenn der nur mühsam vom Land loszureißen ist, das ihn anscheinend so sehr liebt. Wenn sich die Sonne in der Mittagszeit durchsetzt, zerrt das Land an ihm, um ihn zum Verweilen zu bringen, und bisweilen gelingt es ihm, dass er den ganzen Tag bleibt, wie eine nicht enden wollende Liebkosung. Unwillkürlich trete ich auch ans Fenster. Das Licht eines grauen Tages ruht reglos auf dem dahinfließenden Wasser. Ein Stück der Landstraße ist zu sehen und ein vorbeifahrendes Auto.

»Es ist schön«, sage ich.

»Ja«, antwortet Nina mechanisch.

Dabei ist es kein bisschen schön, es ist feucht und ungemütlich, aber es ist mein Fluss, genauso wie das mein Land ist. Wenn du alt wirst und alle möglichen Nackenschläge einstecken musst und es aussieht, als ob ein bösartiges Wesen seine Klauen nach dir ausstreckt und dir ein Stück deiner Seele herausreißen will, dann bleiben dir nur deine Wurzeln, um Ruhe zu finden. Doch sich das einzugestehen, ist nicht leicht.

Jean-Paul kehrte nicht zurück. Wie immer hatte er mir ein bestimmtes Datum genannt, einen Tag im Januar, doch er tauchte nicht im Mauri auf. Ich war so daran gewöhnt, dass er seine Versprechen hielt, dass ich einen Schrecken bekam. Zuerst redete ich mir ein, ich hätte ihn vielleicht missverstanden und er würde am nächsten oder übernächsten Tag kommen. Doch er kam weder am nächsten oder übernächsten Tag noch nach einer Woche. Da fiel mir die Telefonnummer ein, die er mir gegeben hatte, und ich rief dort an. Eine Frauenstimme antwortete, und ich fragte mit meinem zu der Zeit ziemlich dürftigen Französisch nach Jean-Paul. Ich meinte zu verstehen, dass die andere sagte, sie kenne niemanden, der so heiße. Doch ich ließ mich nicht beirren und sagte, ich sei auf der Suche nach Jean-Pauls Freund. Sie erklärte, es gebe keinen Freund. *Pas d'ami*, sagte sie. Und ich wiederholte beharrlich *l'ami de Jean-Paul*, weil ich mich nicht anders verständlich machen konnte. Und sie, *pas d'ami, pas d'ami*, bis sie schließlich böse zu werden schien, weil sie eine Tirade losließ, von der ich nicht ein Wort verstand, und auflegte.

Da zerging ich wie Butter in der Sonne. Tagelang war ich so nervös gewesen, dass ich nicht mehr konnte. Meine Kollegin im Mauri frotzelte: Was hast du denn mit dem Franzosen gemacht, er war lange nicht mehr da. Und ich hatte den Eindruck, sie genoss es, mich leiden zu sehen, die falsche Schlange. Ich weiß nicht, ob ich mit meiner Jungfräulichkeit auch meine Unschuld eingebüßt hatte, jedenfalls durchschaute ich Dinge, die ich vorher nicht erkannt hatte. Und eins davon war, dass meine Arbeitskollegin ein echtes Miststück war. Doch ich hatte keine Lust, mit ihr zu streiten. Ich hatte genug damit zu tun, zu leiden, weil Jean-Paul nicht kam und unter der Telefonnummer, die er mir gegeben hatte, unbekannt war. *Pas d'ami*, hörte ich im Traum in den endlos langen Nächten.

Doch es kam noch härter. Um dem Ganzen die Krone aufzusetzen, stellte ich fest, dass das Schlimmste eingetreten war, was passieren konnte: Ich war schwanger. Ich hatte immer damit gerechnet, dass das passieren konnte. Aber ich glaubte an Jean-Paul und sagte mir, vielleicht sei das der Weg, wie er bei mir bleiben würde. Doch jetzt wusste ich nicht, was ich davon halten sollte.

Hast du Probleme?, fragte meine Mitbewohnerin Maria eines Tages mit besorgtem Blick. Mir entgleisten die Gesichtszüge, und ich verlor die Beherrschung. Tränenüberströmt redete ich mir alles von der Seele. Alles. Maria hörte schweigend zu, und als ich fertig war, sagte sie, so ein Arschloch, oder etwas in der Art. Nein, nein, widersprach ich, bestimmt ist etwas passiert, bisher ist er immer gekommen, wenn er es gesagt hat. Schon, entgegnete Maria misstrauisch, aber beim letzten Mal bist du ihm damit gekommen, dass du ihn deinen Eltern vorstellen willst, oder? Ja, sagte ich. Und außerdem, fuhr sie fort, wollte er dir unter keinen Umständen eine Telefonnummer, eine Adresse oder zumindest den Namen der Firma geben, bei der er arbeitet? Ich bitte dich, Annabel, komm auf den Boden der Tatsachen zurück. Doch ich wollte nicht zurück auf den Boden der Tatsachen. Und wenn ihm etwas zugestoßen ist?, murmelte ich nur und suchte verzweifelt nach einem Ast, an dem ich mich festhalten konnte, um nicht in einen finsteren, schwarzen Strudel zu stürzen. Schon möglich, räumte Maria ein, aber die Chancen sind gering. Es tut mir leid, aber ich meine es nur gut mit dir, Annabel, und ich glaube, die Chancen stehen fünf Prozent, dass ihm etwas passiert ist, zu fünfundneunzig Prozent, dass er dich verarscht hat. *C'est tout*, setzte sie noch eins drauf.

Zwei Monate, nachdem Jean-Paul endgültig aus meinem Leben verschwunden war, wurde mir klar, dass Maria recht hatte. In der ersten Zeit verlor sie kein Wort mehr darüber, sondern fragte mich allenfalls, wie es mir ging, wenn ich zur Toilette rannte, um alles, was ich gegessen hatte, wieder zu erbrechen, oder wenn ich mich nicht aufs Lernen konzentrieren konnte. Sie schaute mich nur besorgt an und wartete, dass ich etwas sagen würde. Aber ich sagte nichts, nicht einen Ton, weil ich nicht denken wollte. Doch dann hielt sie es eines Tages nicht mehr aus und fragte mich unverblümt: Bekommst du das Kind, oder was? Und plötzlich war das Baby wie ein schwarzer Schatten, der sich über mich, meine Eltern und meine Zukunftspläne senkte, und ich begriff, dass ich mich von dem Traum, Lehrerin zu werden, würde verabschieden müssen. Aber ich sah auch ein süßes Geschöpf, dem ich die Windeln wechselte, mit dem ich spazieren gehen würde und das ich nach Herzenslust küssen könnte, ein Baby, das ich liebte, obwohl es das Kind des Mannes war, der mir so weh getan hatte. Ich schaute auf und sagte: Ich weiß nicht. Du solltest dich mal lieber entscheiden, mahnte Maria, du bist bald im dritten Monat, und je länger du es hinauszögerst, desto traumatischer wird es, wenn du nach London fahren willst. Nach London?, wiederholte ich entsetzt. Ja, du hast doch sicher nicht vor, es hier wegmachen zu lassen, oder?, fragte Maria, hier ist es illegal und teuer, und es gibt keine medizinische Gewähr. Ich starrte sie an. Schon recht, ich habe bloß noch nicht darüber nachgedacht, sagte ich schließlich.

Es war hart, so hart wie der Winter in jenem Jahr. Über Weihnachten, in der Wartezeit, in der ich noch nicht wusste, dass Jean-Paul nicht wiederkommen würde, war ich zu Hause gewesen. Ich hatte es genossen, bei meiner Familie und meinen Freunden zu sein, und mich dabei gefühlt, als besäße ich einen geheimen Schatz, der nur mir gehörte, den Schatz meiner Liebe, meiner Zukunft. Ich war glücklich gewesen und hatte das auch ausgestrahlt, sogar mit Vater hatte ich gescherzt, der mit meinem Verhalten nicht so recht etwas anfangen konnte, wie ich mich erinnere, und mit Albert, der wegen seiner neuen Arbeitsstelle nach Ripoll gezogen war und mir fremd und misstrauisch erschien. Es fiel ihm schwer, auf uns zuzugehen, er redete nicht gern und wurde rot, wenn man ihn auf Frauen ansprach, als wüsste er gar nicht, wie man sich einer Frau nähert, und bräuchte jemanden, der es ihm erklärte. Wir waren schon eine komische Familie aus lauter ungewöhnlichen Menschen, die nichts miteinander gemein hatten. Eine Familie voller Geheimnisse, wie mir schien, und wenn man an das letzte Geständnis unseres Vaters denkt, hat sich daran wohl bis heute nichts geändert. Wie wir am Weihnachtstag zu Tisch saßen – eine Exnovizin, die Parfüm verkaufte, eine Frömmlerin, die den Weg ins Kloster zum Glück aufgegeben hatte, ein zugeknöpfter Bauer, ein schüchterner, seltsamer Junge und ich, eine Studentin mit einem französischen Freund –, gaben wir ein Bild ab, das mich an die besten Filme von Visconti erinnerte. Es war das letzte glückliche Weihnachten.

Danach war alles aus und vorbei, und die Erinnerung wurde zu einer bitteren Pille, die es zu schlucken galt und die doch partout nicht rutschen wollte. Das erste Quartal 1981 war die schwerste Zeit meines Lebens. Sie steckt mir noch heute in den Knochen. Eins wurde mir klar: So schlecht ich mich auch fühlen mochte, und so hart es auch sein würde, ich musste mich überwinden, nachdenken, eine Entscheidung treffen, ob ich dieses Kind behalten und mein Leben von Grund auf umkrempeln wollte oder ob ich, auch wenn ich mir das in diesen Moment nur schwer vorstellen konnte, nach London fuhr, um meine Zukunftsträume verwirklichen zu können. Ich hatte den Glauben an Gott und die Welt verloren; alle Menschen kamen mir schlecht vor, selbst Maria, die sich zu meinem Entsetzen klar für eine Abtreibung aussprach. Allein der Gedanke, das Wesen zu töten, das ich in mir trug, verursachte mir eine Gänsehaut. Ich konnte die Vorstellung einfach nicht ertragen.

Aber ich tat es. Ich weiß nicht, wie, aber ich tat es. Ich fuhr nach London und ließ mir das, was noch nicht einmal ein Baby war, aus dem Leib reißen. Anstelle eines jämmerlichen Lebens wählte ich den Tod.

»Wie geht's deinen Kindern, Annabel?«

»Gut. Ricard nervt allerdings ganz schön. Du weißt ja, er ist sechzehn ... Aber Cèlia ist rundum zufrieden mit ihrem Journalistikstudium. Und so wie es auf dem Arbeitsmarkt aussieht, hat es natürlich etwas für sich, wenn sie noch ein Weilchen an der Uni bleibt. Vielleicht nimmt die Krise in der Zwischenzeit ja mal ein Ende.«

Wir setzen uns wieder hin. Von Weitem ist Vaters rasselnder Atem zu hören. Das Geräusch ist unerträglich, es ist trocken und rau, ein zermürbendes Geräusch. Nina seufzt. Ich versuche, das zwischen uns lastende Schweigen zu brechen, das die röchelnde Agonie unseres Vaters mit solcher Deutlichkeit zu uns dringen lässt.

»Und bei dir, wie läuft's im Krankenhaus? Ist bei euch auch alles so drastisch gekürzt worden?«

»Ja. Du weißt doch, wie es bei uns zugeht.«

»Na, und ob. Das kenn ich zur Genüge.«

Ich weiß, wovon ich rede, immerhin arbeite ich im öffentlichen Dienst. In der letzten Zeit scheint es nur noch Streichungen und Schließungen zu geben, als ob alles vor die Hunde ginge. Wir hatten eine relativ glückliche Phase, in der ich dachte, alles laufe prima; ich hatte meinen Platz in der Welt gefunden und konnte mir ein bisschen was erlauben, Ricard und ich hatten ein wenig Geld zusammengespart und dachten daran, uns in der Cerdanya eine Wohnung zu kaufen, weil die Kinder leidenschaftlich gern Ski fahren und wir dann auch im Sommer dort Ferien machen könnten, und ausgerechnet da war mit einem Schlag alles aus. Ricard verlor seine Arbeit und hat bis jetzt keine neue gefunden. Im Moment gibt er zu Hause Privatunterricht, aber das reicht natürlich hinten und vorne nicht. Zusammen mit einem Exkollegen, der ebenfalls Chemielehrer ist, überlegt er, sich mit etwas im Bildungsbereich selbstständig zu machen, einem Nachhilfeinstitut etwa, obwohl das sehr schwierig ist. Nachhilfe ist derzeit nicht gefragt, schon gar nicht, wenn sie etwas kostet, dafür hat niemand Geld. Überall mangelt es an Geld. Ein Glück, dass ich noch nicht vor die Tür gesetzt worden bin, auch wenn ich weniger verdiene. Und ich sage ganz bewusst »noch nicht«, denn bei der herrschenden Atmosphäre sollte man meinen, wir würden alle von einem Tag auf den anderen auf der Straße landen. Anstatt uns eine Zweitwohnung in der Cerdanya zuzulegen, werden wir am Ende unser Leben in Barcelona aufgeben und in dieses Nebeldorf zurückkehren müssen, ins Haus unserer Familie, in dem ja jetzt nur noch Albert leben wird. Wer weiß, es ist zumindest eine Option.

Anfang 1981 gab es zwei denkbare Optionen, und ich wählte London. Du darfst nicht darüber nachdenken, Annabel, du musst aufhören zu grübeln, ermahnte mich Maria, wenn du diese Entscheidung gefällt hast, darfst du nicht darüber nachdenken, oder du wirst es nicht durchziehen. Wenn du allerdings nicht dahinterstehst, lass es sein, sonst wird es nachher hart. Ich habe mich entschieden, sagte ich schließlich. Eine ganze Woche hatte ich mich nur so dahingeschleppt. Ach, wie schwer es mir fiel, im Mauri zu lächeln und mit den Gästen ein paar Worte zu wechseln; ich konnte ihren Tratsch und ihre Mäkeleien über Leute, die sie am Sonntag in der Messe gesehen hatten, nicht mehr ertragen und dachte, wenn ihr wüsstet, was ich vorhabe, wenn ihr wüsstet, wozu ich gezwungen bin. Wenn ihr wüsstet, dass ich das Kind in meinem Bauch loswerden will. Nein, Annabel, nein, es ist kein Kind, es ist ein Nichts, widersprach ich mir selbst, bloß ein Fünkchen, und das musst du loswerden, bevor daraus tatsächlich ein Kind wird. Die widerstreitenden Gedanken machten mich fertig. Ich wollte bloß weg, weg, weg.

Bringen Sie mir noch eine Tasse Schokolade, meine Liebe, bat mich eine der Damen. Kommt sofort, antwortete ich mit einem Lächeln, und während ich zur Küche ging, den Duft ihrer schweren Parfüms in der Nase, fragte ich mich, ob sie und die anderen mir je verzeihen würden, was ich vorhatte. Aber es ist doch mein Körper, sagte ich mir. Und nicht sie müssen sich um das Kind kümmern, wenn es auf die Welt kommt. Sondern ich. Später lag ich in meinem Bett und überlegte hin und her. Dann bat ich im Mauri wieder um zwei freie Tage und fuhr nach London. Ich hob meine gesamten Ersparnisse ab und nahm einen kleinen Kredit auf, den ich innerhalb eines Jahres zurückzahlen musste. Maria erkundigte sich, ob ich etwas bräuchte, und ich sagte nur, nein, danke.

Von London selbst habe ich nichts gesehen. Und ich bin nie mehr dort gewesen. Damals war ich nur für den Eingriff in der Klinik, blieb über Nacht und kehrte anschließend nach Barcelona zurück. Und meinen ganzen zweiten Urlaubstag hockte ich in meinem Zimmer und starrte die Wand an. Sie hatten mir den Unterleib ausgesaugt, aber auch den Kopf. Ich war vollkommen leer. Ich hatte keinen Hunger, war nicht müde, nichts. Ich wollte nur in meinem Zimmer die Wand anstarren.

Und an diesem schlimmen Tag in Barcelona, dem Tag danach, kam Maria in mein Zimmer und sagte: Hast du gehört, dass es einen Putschversuch gegeben hat, als du weg warst? Wo?, fragte ich. Hier, das heißt, in Madrid. Sag bloß, antwortete ich gleichmütig. Ja, es ist schon wieder vorbei, aber gestern Abend hatten wir ganz schön Angst. Angst wovor?, fragte ich unbeteiligt. Mensch, Annabel, komm zu dir, Angst, dass es wieder wird wie zu Francos Zeiten. Du weißt schon, wer Franco war, oder?, spottete sie schroff und ging. Natürlich wusste ich, wer Franco war, schließlich hatte ich ebenso unter ihm gelitten wie alle anderen, aber von dem, was Maria da redete, verstand ich kein Wort. Es war mir ohnehin egal.

Im Laufe der Zeit habe ich mich im Café, bei der Arbeit, bei allen möglichen Gelegenheiten mit Leuten unterhalten, die mir unbedingt haarklein erzählen wollten, was sie am Abend des 23. Februar gemacht haben und was dieser Versuch, den Lauf der Geschichte zu verändern, für sie bedeutet hatte. Und ich konnte nichts dazu sagen, weil ich nicht das Geringste mitbekommen hatte. Ich bin bestimmt der einzige Mensch in ganz Spanien, der nicht mitgekriegt hat, was an diesem Abend los war, und um noch eins draufzusetzen, behauptet nun mein Vater auf dem Sterbebett, an jenem Abend einen Mann getötet zu haben. Möglicherweise war er irgendwie beteiligt, auf welcher Seite auch immer. Aber da er nicht bei Bewusstsein ist, können wir nicht herausfinden, was damals genau passiert ist. Und wenn er stirbt, ohne es uns zu sagen, wird er sein Geheimnis mit ins Grab nehmen, und wir werden es nie erfahren.

Ich erfand schließlich meine eigene Version für den 23. Februar. Dass ich eine brauchen würde, merkte ich schnell. Die Einzige, die von meiner Londonreise wusste, war meine Mitbewohnerin Maria, und dem Rest der Welt erzählte ich, ich hätte an meinen beiden freien Tagen lernen wollen, sei jedoch krank geworden und hätte mich den ganzen Abend übergeben und kein Auge zugemacht. Am nächsten Tag hätten sie mir zwar berichtet, was geschehen war, aber ich sei so müde gewesen, dass ich eingeschlafen und erst wieder aufgewacht sei, als alles vorbei war. Eine ziemlich windige, verdrehte Geschichte, das ist wahr, aber ich habe daran festgehalten, mein Leben lang. Anfangs hatte ich noch meine Zweifel an diesem Schwindel, doch dann wurde ich kühner, und wenn mich heute jemand fragt, wo ich gewesen sei – denn wenn man nicht weiß, worüber man reden soll, ist das noch immer ein beliebtes Thema unter Leuten in einem gewissen Alter –, dann schmücke ich es bis ins Kleinste aus.

Ach, es ist leicht, über etwas Scherze zu machen, was wir schon beinahe vergessen haben. Allerdings nur beinahe, denn es gibt Dinge, die man in Wahrheit nicht vergisst. Und solche, die ich nie vergessen werde. Da waren Frauen, die mit den Tränen kämpften, Frauen, die zitterten, und Frauen, die so ruhig waren, als wären sie auf dem Weg zum Strand. Als wir in dieser Wohnung der Londoner Agentur, die uns dorthin gebracht hatte, auf einer Bank saßen und warteten, hatte sich eine von denen, die den Tränen nahe waren, zu uns anderen gewandt und verkündet: Meiner hat sich aus dem Staub gemacht. Wir verstanden sie alle, anscheinend war Spanisch die vorherrschende Sprache, obwohl es außer mir noch eine andere Katalanin gab, mit der ich allerdings nicht mehr als zwei Worte wechselte. Es wurde still. Dann sagte eine andere weinerlich: Meiner auch. Eine von den Gleichmütigen musterte die beiden, als dächte sie: Euch passieren ja Sachen. Ich schwieg; ich wusste nicht, ob ich verlassen worden war, immerhin hatte Jean-Paul nie gesagt, er käme nicht zurück. Jean-Paul hatte gar nichts gesagt. Wie dem auch sei, es kam mir vor wie der Club der Sitzengelassenen.

Dann war da eine Klinik, in der alle nett und freundlich waren. Und schließlich der Arzt. Wir geben dir etwas, damit du schläfst, saugen ab, und das war's auch schon, sagte er mit einem Lächeln. Ich machte nur aha, und genau so kam es, sie saugten ab, ich wachte auf, und die Sache war vorbei, und dennoch habe ich dieses Absaugen mein ganzes Leben lang gespürt, ungelogen, ich spüre es noch immer und frage mich, was wohl mit dem Fünkchen passiert ist, aus dem nie mein Kind werden durfte. Es war wie eine kleine Feder, die der Wind davontrug. In meiner Vorstellung war sie winzig klein und makellos weiß. Nach der ersten Leere war sie mit einem Mal da, hui, als wäre sie von irgendwo herangeweht, ließ sich auf meinem Kopf nieder und begleitete mich fortan überallhin.

Am nächsten Tag stand ich auf wie ferngesteuert und ging zur Uni. In meinem Inneren hatte ein Putsch stattgefunden, doch ich, Annabel, war rein äußerlich dieselbe wie sonst; ich besuchte meine Vorlesungen, machte mir Notizen, alles ganz normal. Nur dass ich auswich und mich davonstahl, wenn die anderen auf den Putschversuch zu sprechen kamen. Das war vielleicht ein Ding!, hörte ich sie im Weggehen sagen, um ein Haar hätten wir die Diktatur zurückgehabt, ich dachte, mich trifft der Schlag, meine Nachbarn haben sofort die Koffer gepackt … Und während ich solche und ähnliche Kommentare hörte, dachte ich bei mir, dass ich nichts dazu sagen konnte, aus dem einfachen Grund, weil ich nicht hier gewesen war, sondern mir etwas hatte absaugen lassen, das nun zu einem weißen Federchen geworden war, dessen Schatten ich sehen konnte, wenn ich nach oben schaute. Oje, man wird es bemerken, dachte ich, aber nein, die anderen Studenten sahen nichts, sie achteten nicht auf meine winzige weiße Feder, und die Damen im Mauri nachmittags ebenfalls nicht.

Nur Maria, meine Mitbewohnerin, merkte etwas. Ein paar Tage später packte sie mich an den Schultern und schüttelte mich. Hey, Annabel, ich weiß, es ist hart, aber du musst darüber hinwegkommen. Ich blickte sie an, ohne sie zu sehen. Vielleicht hat sie ja die Feder entdeckt, dachte ich. Aber nein, sie schaute nicht über meinen Kopf, sie blickte mir tief in die Augen. Dieser Drecksack von Jean-Paul hat dir echt übel mitgespielt. Ich gab keine Antwort. An Jean-Paul dachte ich nicht mehr. Ich weiß auch nicht; dieser Franzose, der ein paarmal mit mir geschlafen hatte und dann eines schönen Tages vom Winde verweht war, war nicht länger von Bedeutung. Für mich zählte nur noch eins: Ich durfte die winzige weiße Feder nicht aus den Augen verlieren. Maria nahm mein Gesicht in ihre Hände, Annabel, du musst zu dir kommen. Ich sollte mal mit dir an die frische Luft gehen, so kannst du nicht weitermachen.

Wer jetzt frische Luft braucht, ist Albert. Er sieht aus, als wäre ihm schlecht.

»Ich kann nicht mehr … Kann jetzt mal jemand anders reingehen? Ich würde gern einen Schluck Wein trinken.«

Ich biete mich an, bei Vater zu wachen. Ich betrete das Zimmer und setze mich an sein Bett. Vater, spreche ich den Mann, der nur noch ein Schatten seiner selbst ist, in Gedanken an, an dem Abend, an dem du jemanden umgebracht hast, hat man mir ein Loch in den Bauch gemacht. Ich schaue ihn an und warte auf eine Antwort, aber von ihm kommt nichts, nicht eine Silbe, weder im Geist noch mit dem Mund, überhaupt nichts. Er atmet nur auf eine Weise, dass es einem die Kehle zuschnürt und man selbst kaum noch Luft kriegt. Vielleicht ist das mit dem Tod ja ansteckend.

Der Tod. Habe ich mein Kind umgebracht?, fragte ich mich, als ich aus meiner Betäubung erwachte. Ich habe mir diese Frage eine lange Zeit gestellt. Ich war überzeugt, getan zu haben, was ich tun musste, und trotzdem peinigten mich die Gefühle bis ins Mark. Du bist neuerdings so tranig, meine Liebe, sagten die Damen im Mauri zu mir. Tut mir leid, entschuldigte ich mich, ich habe Prüfungen und bekomme nicht genug Schlaf.

Die Prüfungen waren immer ein überaus nützlicher Vorwand, wenn man sich vor etwas drücken wollte, Vater. Könntest du meine Gedanken lesen, würdest du Dinge über mich erfahren, von denen kein Mensch etwas weiß. Zwei Wochen nach der Abtreibung fuhr ich nach Hause ins Dorf. Ich hatte das Bedürfnis, in meinem Zimmer zu sein, gleich hier nebenan, aus dessen Fenster man ebenfalls den Kopf in den Nebel strecken kann, genau wie im Wohnzimmer. Ich hatte Sehnsucht nach Vaters Murren und Alberts Schweigen und das Bedürfnis, mich von Mutter noch rasch in den Arm nehmen zu lassen, bevor sie mit Nina ein Gespräch über Priester und Parfüms beginnen würde. Das Bedürfnis, die Gerüche aufzusaugen, nicht die der Parfüms, sondern die Ausdünstungen des Holzes, der Steine, des alten Fliesenbodens. Das Bedürfnis, zu Hause zu sein. Also kam ich her, aber erst in der übernächsten Woche, denn vorher war ich mir nicht sicher, ob ich in der Lage sein würde, den Anschein von Normalität zu wahren. Mutter hätte mir bestimmt an den Augen abgelesen, dass etwas im Busch war. Also wartete ich vierzehn Tage. Dann kam ich her, um mich auszuruhen, so wie du dich jetzt ausruhst, Vater. Es ist gut, daheim zu sein.

Ich höre Albert und Nina im Wohnzimmer reden. Albert spricht über seine Arbeit. Mein Bruder hatte mal eine Freundin, mit der es ernst zu sein schien; sie waren ziemlich lange zusammen, und sie war oft bei uns. Albert war damals sehr jung, das war noch vor Jean-Paul und der Abtreibung. Ich weiß nicht, was zwischen ihnen vorgefallen ist, aber Fakt ist, dass sie ihn verließ und Albert sich von dem Tag an nicht mehr getraut hat, sich einer Frau ernsthaft zu nähern. Zwar hat er seit Jahren was mit dieser Montse, die einen so schlechten Ruf hat, aber das mit den beiden scheint eher etwas Lockeres zu sein, sie sehen sich nur ab und an. Ich weiß nicht, ob mein Bruder sich darüber im Klaren ist, dass er nicht ihr Einziger ist. Ich hoffe doch, denn mir scheint, auf Monogamie legt diese Frau nicht allzu viel Wert. Manchmal denke ich, Albert müsste mal einen Schritt in irgendeine Richtung tun, aber er brummt nur hin und wieder, er wäre halt lieber allein als unglücklich zu zweit. Und dann denke ich, oje, der wird jetzt doch nicht etwa Priester, um die Familientradition aufrechtzuerhalten, aber nein, das hat er nie vorgehabt. Er sagt, er sei gern allein. Trotzdem hat Vater mal erwähnt, dass Albert manchmal abends wegfährt und erst am nächsten Tag zurückkommt. Irgendwas wird da schon sein.

Maria hielt ihr Versprechen und ging mit mir »an die frische Luft«, was hieß, an ein paar Abenden in der Woche eine Runde durch Gràcia zu drehen. Marias Freundeskreis bestand aus Künstlern, die in Kneipen saßen, wo alle rauchten und irgendwer Gitarre oder Klavier spielte. Kneipen, in denen über den Sozialismus als Lösung für alle Probleme der Welt debattiert wurde. Ich war keine Sozialistin, bei uns im Dorf hatte dieses Wort einen anrüchigen Beiklang, ganz zu schweigen von den Damen im Mauri, die damit hinter vorgehaltener Hand Leute auf Abwegen betitelten. Auch rauchte ich nicht, fing aber damals damit an. Die erste Zigarette, die mir angeboten wurde, lehnte ich ab. Die zweite, dritte und vierte auch noch. Aber nach der zehnten griff ich dann zu. Ich gewöhnte mir an, Wodka Orange zu trinken. Sozialistin wurde ich zwar nicht, aber ich sympathisierte mit ihnen, weil das gerade in war und weil es so schön war, Gleichheit zwischen den Klassen zu predigen. Das kam aber erst, als ich mich in diesen Kreisen bereits einigermaßen wohlfühlte. Anfangs fremdelte ich.

Wir gingen meistens in eine Bar, in der Studenten der Literaturwissenschaft oder des Theaterinstituts verkehrten, also Leute, die Schauspiel oder Tanz studierten. Für mich war es eine neue Welt. Ich musste mich wieder einmal umstellen und bei null anfangen, aber ich hatte ja schon Übung darin, mich entsprechend auszudrücken und zu verhalten, je nachdem wo ich mich befand, denn die Leute an der Uni, im Mauri oder im Dorf waren ja auch grundverschieden.

Ich stehe auf und streiche über Vaters knochige Hand. Sie ist kalt. Ich ziehe ihm die Bettdecke hoch. Er bemerkt es nicht mal, sondern röchelt weiter. Ich glaube nicht, dass ich seine Hand wärmen kann, wenn sich in dieser Eiseskälte bereits der Tod ankündigt. Ich gehe kurz hinaus zu meinen Geschwistern.

»Meint ihr nicht, wir sollten ihn ins Krankenhaus bringen? Er sieht aus, als ob er leidet …«

Nina wirft mir einen sanften Blick zu.

»Mach dir keine Sorgen, Annabel, er leidet nicht. Er ringt mit dem Tod, aber leiden muss er nicht.«

Nina muss wissen, wovon sie spricht. Vermutlich hat sie schon eine ganze Reihe Patienten in der Endphase gepflegt. Ich ziehe es vor, ihr zu glauben, auch wenn es schwerfällt. Also gehe ich zurück in sein Zimmer, setze mich an die gleiche Stelle wie vorher und berühre wieder seine eisige Hand, die ich nicht zudecken kann, weil dort die Nadel steckt, die ihm immerhin Ruhe spendet.

Seufzend stehe ich auf und laufe ein bisschen herum. Vor dem Schrankspiegel bleibe ich stehen und betrachte mich von Kopf bis Fuß. Was ist nur aus dir geworden, Anabel, frage ich mich, du bist eine gestandene Frau von dreiundfünfzig Jahren; mit der jungen Frau, die auf ihrem Kopf eine Feder hatte, hast du nichts mehr gemein. Meine Haut ist dunkler geworden, gegen das Alter ist man machtlos. Und eines Tages enden wir wie er, wie Vater, der hinter mir im Spiegel zu sehen ist. Und dann müssen wir uns fragen, ob das, was wir getan haben, gut war oder sich zumindest gelohnt hat. Ich beuge mich vor, und der Spiegel wirft mir ein Gesicht zurück, in dem die Zeit allmählich, in zahlreichen mehr oder weniger deutlichen Falten, ihre Spuren hinterlässt. Und das mir, wo ich doch immer eine so straffe Haut hatte.

Du siehst aus wie die Porzellanballerina in einer Spieldose, sagte Jordi zu mir und versuchte, mir über die Wange zu streicheln. Instinktiv wich ich zurück, und er maulte. Hey, was denn, was denn, darf ich nicht mal deine Wange berühren?, fragte er, als hätte ich ihn beleidigt, aber dann fuhr er sanfter fort, du siehst wirklich toll aus. Ich verstand nicht, was er wollte. Wenn er auf eine Ballerina aus war, hatte er doch genügend direkt vor seiner Nase, denen es schon auf zehn Meter Entfernung anzusehen war, weil sie einen eigenen Gang hatten, mit gerecktem Hals und die Fußspitzen nach außen gerichtet, und die Haare fast immer zum Dutt gebunden trugen. Sie kamen in die Kneipe, tranken aber wenig und gingen früh schlafen. Ich bin keine Ballerina, erklärte ich schließlich, weil ich dachte, er hätte mich vielleicht verwechselt. Ich weiß, raunte er leise, ich weiß. Das Lokal hing voller Rauch, und auch er rauchte eine Zigarette nach der anderen. Ihm habe ich dieses Laster zu verdanken. Das soll kein Vorwurf sein, seinerzeit sah man das nicht so wie heute, Rauchen bedeutete, zu einem Zirkel von wenigen Privilegierten zu gehören, die sich mit den ganz großen Fragen beschäftigten. An dem Tag, an dem er zu mir sagte, ich sei wie die Ballerina einer Spieldose, bat ich ihn um eine Zigarette, weil ich nicht wusste, was ich darauf antworten sollte. Eine Zigarette zu schnorren war ein gängiges Ablenkungsmanöver. Außerdem musste ich nicht mehr husten, wenn ich den Rauch inhalierte, und das war schon viel wert.

Es war etwa ein Monat vergangen, seit ich mit Maria zum ersten Mal in der Kneipe aufgekreuzt war. Anfangs hatte sie mich hinschleifen müssen, aber nachher gefiel es mir, auch wenn ich mich noch immer von Zeit zu Zeit vergewisserte, ob die kleine weiße Feder da war. Wenn ich ein Hui hörte, dachte ich resigniert, da ist sie wieder. Und dann wurde es mir eng ums Herz, und ich spürte, wie mir die Tränen in die Augen stiegen. Lange Zeit träumte ich nachts, mir wäre, als mir dieser Lebensspross entfernt wurde, ein anderer eingepflanzt worden, und ich würde dicker und dicker und bekäme so gewaltige Beulen am Bauch, dass ich mich schämte, sie zu zeigen. Um mich vor den

Blicken der Leute zu verbergen, schloss ich mich daher bis zur Geburt in einer Toilette ein, wo ich ein Monstrum zur Welt brachte. Dann schrie ich und schrie, weil ich Angst vor meinem eigenen Kind hatte. Zum Glück endete der Traum jedes Mal an dieser Stelle, und ich wachte auf.

Durch die Kneipenbesuche in Gràcia kam ich mit anderen Themen und anderen Leuten in Kontakt als sonst. Meine Träume von Monstern hörten nach und nach auf. Die kleine Feder juckte mich zwar noch gelegentlich am Kopf, aber mir wurde allmählich klar, dass ich sie irgendwie verscheuchen musste. In dem Umfeld, in dem ich mich nun bewegte, verkehrten Studenten in meinem Alter, die allerdings überwiegend aus der Stadt waren. Lauter Leute, die sich die Köpfe heißredeten über die Geschehnisse, die ich nicht miterlebt hatte, über diese längste Nacht und wie es jetzt weitergehen würde, nachdem der Staatsstreich letztlich verpufft war. Das Wort Sozialismus hallte von den Wänden des Lokals wider und mischte sich in den Tabakrauch und den Alkoholdunst, es lag in der Luft wie die Parfüms meiner Mutter und war die Illusion all der jungen Leute mit ihren langen Pullis, langen Haaren und Rucksäcken, dem damaligen Einheitslook für beide Geschlechter. Maria kleidete sich auch so und hatte ebenfalls ständig einen Rucksack dabei, ich jedoch nicht, und ich wusste, gewisse Leute tuschelten über mich, weil ich mich so ordentlich zurechtmachte und mit meinem Pagenschnitt so brav aussah. Beim ersten Mal haben sie bestimmt gedacht, ich wäre Verkäuferin oder Kellnerin, was ja stimmte. Maria erklärte: Sie arbeitet im Mauri. Was für 'ne Tussi, sagte irgendwer. Und ich dachte, ich höre nicht richtig.

Im Normalfall stellte ich mich in eine Ecke und beobachtete das Geschehen, oder ich ging in die Nähe des Gitarristen, der, je nachdem, was er spielte, mal mehr, mal weniger Leute um sich scharen konnte. Gewöhnlich begann das hoffnungsvolle Musiktalent damit, sein Getränk umständlich neben sich abzustellen und ein paar unzusammenhängende Akkorde zu klimpern, die Zigarette so lange im Mundwinkel, bis er sich ernsthaft an ein Lied machte. Dann klemmte er sie zwischen zwei Saiten, wo sie für die Dauer des Liedes langsam vor sich hinqualmte. Die Asche fiel zu Boden, als gehörte das dazu, als wäre es Teil eines Rituals, als müsste es so sein. So erklangen die ersten Noten von *Que tinguem sort* von Lluís Llach, dem Lieblingslied dieser Kneipe, dieses Moments, dieser Epoche, gewissermaßen der Hymne einer ganzen Generation, dessen Refrain »Així pren tot el fruit que et pugui donar« die Leute lauthals mitgrölten. Sobald das Lied erklang, bildete sich eine Traube um den langhaarigen Gitarristen, dessen Zigarette zwischen den Saiten seines Instruments qualmte, und wer immer er war, er zog uns alle in seinen Bann, weil seine Musik diesen Vorbildern folgte, die wir so dringend brauchten, forderten, suchten. Mir schossen die Tränen in die Augen, wenn wir *No és això, companys, no és això* sangen. Dieses Lied klang schon anders, es war die Überleitung zu den nachfolgenden melancholischen Negro Spirituals, die ein Glück herbeiwünschten, das keiner von uns zu besitzen glaubte. Da musste ich mich sehr zusammenreißen, um nicht Rotz und Wasser zu heulen, denn mit einem Mal, hui, war die kleine Feder wieder da und die Erinnerung an den Mann, der mir das Herz gebrochen hatte.

Um Jordi scharten sich die Leute nicht, denn er kannte auf der Gitarre gerade mal drei Akkorde. Wenn kein anderer darauf spielte, nahm er sie zur Hand und übte den vierten. Als er mich zum ersten Mal ansprach und ich ihn wie hypnotisiert anstarrte, legte er das Instrument zur Seite, verzog das Gesicht zu einer Grimasse, die komisch sein sollte, und sagte: Das mit der Musik ist nichts für mich, ich bin ein Mann der Worte. Ich fing an zu lachen und erwiderte: Mach dir nichts draus, wenn ich anfange zu singen, nehmen auch alle schreiend Reißaus. Jordi hatte den typischen Akzent der Barceloneser, und als er mich sprechen hörte, fragte er sofort, ob ich vom Land sei. Ja, aus der Plana de Vic, erwiderte ich, beklommen, dass ich sogar in einer Kneipe in Gràcia danach gefragt wurde. Um das Unbehagen abzuschütteln, fragte ich zurück: Und du? Ich?, grinsend steckte er sich eine Zigarette an, aus Gràcia, woher sonst? Meine ganze Familie wohnt hier. Er platzte vor Stolz; aus Gràcia zu sein war damals etwas Besonderes, und wer Mitglied eines Komitees war, das zur Festa Major die Straßen herausputzte, erst recht. Tatsächlich redete Jordi über nichts anderes als über die Arbeit, die sie das ganze Jahr hindurch mit der Planung des Straßenschmucks für die Festa Major hatten. Das heißt, er sprach auch über die Zukunft unseres Landes nach den Erfahrungen der jüngsten Vergangenheit, der Diktatur, dem Übergang und über die Frage der katalanischen Nation, ein Begriff, von dem damals nur wenige wirklich wussten, was er bedeuten oder wohin er uns führen sollte. Jordi hielt mir bis spät in die Nacht Vorträge. Ich geh schon mal, verabschiedete sich Maria irgendwann, doch ich blieb und hörte zu, und als ich endlich nach Hause kam, war es drei Uhr geworden, dabei musste ich um sechs schon wieder raus. Dann kam ich einfach nicht aus den Federn und wurde anschließend den ganzen Tag nicht richtig wach, aber ich stellte auch fest, dass ich, wenn ich ein, zwei Tage in der Woche so übermüdet war, alles andere vergaß und Jean-Paul, die kleine weiße Feder, die Reise nach London und den Club der Sitzengelassenen Stück für Stück *ad acta* legen konnte.

Nach und nach machte sich Jordi an mich heran, bis er eines Tages vor mir stand und mir über die Wange strich. Ich zuckte zusammen. Mit dieser Berührung waren mir Jean-Pauls Leidenschaft und der bittere Nachgeschmack der Spur, den sie hinterlassen hatte, auf einmal wieder sehr präsent. Als Jordi sich über meine Reaktion beklagte, schaute ich ihn nur grimmig an, sagte jedoch nichts. In meinem Blick lag so viel Feindseligkeit, dass er das Thema wechselte und anfing, über den Wodka Orange zu reden, den wir beide tranken. Mir war, als hätte man mich in einen Sarg gesperrt, der nach Jean-Paul roch. Plötzlich hatte die Vergangenheit alles besudelt.

Ich trank mein Glas leer und ging zur Toilette. Dort rang ich darum, meine Fassung wiederzuerlangen; ich konnte doch nicht bei Jordi bleiben, ohne ihm auch nur eine zärtliche Geste zu erlauben. Seit ich in London gewesen war, seit jede Spur des Mannes entfernt worden war, der so viele Male mit seiner Zunge meinen Körper erkundet hatte, waren schon drei Monate vergangen, neunzig lange Tage ... Eine Träne lief mir die Wange herab, und mir wurde klar, dass ich ihn nicht vergessen, sondern mir das nur eingebildet hatte. Vermutlich gaukelt uns der Überlebensinstinkt vor, wir würden den Stachel vergessen, der sich uns ins Fleisch gebohrt hat, sagte ich mir voller Überzeugung, als stünde ich neben mir und könnte mir selbst weise Ratschläge erteilen. Ich seufzte kurz und kehrte zu Jordi zurück, schnappte meine Sachen und sagte zu ihm: Entschuldige, ich fühle mich heute nicht gut. Schon okay, geh nur, erwiderte er verständnisvoll. Schwankend verließ ich das Lokal. Ich hatte zu viel getrunken.

Jedes Mal, wenn ich in der Kneipe in Gràcia war, trank ich ein, zwei Gläser Wodka Orange. Mindestens. Und ich rauchte von Tag zu Tag mehr. Später kam auch noch Gras dazu, das ich aus Furcht bis dahin nie probiert hatte. Aber inzwischen hatte ich meinen Respekt davor verloren, und es gab immer jemanden, der einen Joint rumgehen ließ. Ich begann, gleichzeitig zu kiffen und Alkohol zu trinken, und wenn ich es tat, wurde alles bunter, deutlich entspannter und ruhiger; die Vergangenheit tat nicht mehr weh, und alles war wunderbar. Rauchschwaden, Musik, lebhafte Diskussionen über Politik, leidenschaftliche Forderungen nach sozialer Gerechtigkeit, und die Nächte wurden immer länger. Maria bekam ich oft gar nicht zu Gesicht, aber eines Tages erwartete sie mich bei meiner Heimkehr von der Arbeit und sagte: Hör mal, Annabel, meinst du nicht, du übertreibst, du läufst die ganze Woche herum wie ein Zombie, und wenn du mich fragst, rauchst und trinkst du zu viel; ich weiß ja nicht, am Anfang wollte ich dich bloß ein bisschen auf andere Gedanken bringen, aber allmählich bereue ich es. Oh, du brauchst dir keinen Kopf zu machen, erwiderte ich gähnend und versicherte hastig: Ich kann auf mich allein aufpassen, und mir geht es gut. Ich schaute sie dabei nicht an, denn dass es mir gut ging, stimmte nicht. Und sie wusste es. Was macht dein Studium?, fragte sie, ich sehe dich überhaupt nicht mehr lernen. Damit hatte sie den Finger in die Wunde gelegt. Wie zu erwarten, fuhr ich auf: Das ist meine Sache, halt du dich da raus. Schweigend starrte sie mich einen Moment lang an, dann wandte sie sich ab.

Maria hatte recht. Wegen Jean-Paul und der kleinen Feder hatte ich ein ganzes Semester vergeudet. Ich musste ihn unbedingt aus dem Kopf bekommen, und über Bücher gebeugt, war das unmöglich. Ich hatte im Vergessen keinerlei Erfahrung, das lernt man erst im Laufe des Lebens;

mit zwanzig weiß man noch nicht, wie es geht, da führt die Flucht oft über eine rauchgeschwängerte Kneipe und das eine oder andere Glas zu nächtlicher Stunde. Aber gewiss nicht über Bücher. Meinen Job im Mauri behielt ich natürlich; wenn ich ein Mindestmaß an wirtschaftlicher Unabhängigkeit haben wollte, konnte ich ihn nicht hinschmeißen, sondern musste mich bemühen, meinen Verpflichtungen nachzukommen, aber mein Studium ließ ich schleifen, das ging über meine Kraft. Ich hatte keine Ahnung, was zu Hause los sein würde, wenn ich die Prüfungen am Ende des Studienjahrs nicht bestand.

Ohne es zu merken, hatte ich inzwischen begonnen, mich anders zu kleiden; wie die anderen aus der Kneipe trug ich nun lange und eher ungepflegte Haare und hatte stets einen Rucksack dabei, in dem immer ein Päckchen Zigaretten steckte. Zu Hause gab es bereits die ersten Fragen über meinen eigenartigen Aufzug. Lernst du auch ordentlich?, wollte meine Mutter wissen und schaute mir tief in die Augen, als sie sah, wie sehr ich mich verändert hatte. Ja, schwindelte ich, merkte aber, sie wusste genau, dass ich gelogen hatte und dass da noch etwas anderes war, was ich ihr nicht sagen konnte. Vor dem Blick meiner Mutter fühlte ich mich nackt. Mütter wissen alles, auch wenn sie es nie eingestehen würden. Mütter sehen, was hinter unserer Stirn vorgeht, unter unserer Haut, ja, sie denken sogar weiter als wir selbst. Jetzt, da ich selbst Mutter bin, geht es mir bei meinen Kindern nicht anders, und ich bin sicher, meine Mutter sah mir damals an, dass ich Schlimmes durchgemacht hatte. Aber sie schwieg.

Ich kehrte nach Barcelona zurück. Mit jedem Tag eierte ich mehr herum; ich hatte das Gefühl, in einem bodenlosen Brunnen zu versinken, und tat mein Möglichstes, den Kopf über Wasser zu halten. Aber die kleine Feder begann erneut zu kribbeln, sie juckte mich immer kräftiger, bis es weh tat, und ich war machtlos. Und dann hatte ich eines Abends zu viel getrunken und musste wie verrückt lachen. Worüber, weiß ich nicht, denn es gibt ein Stadium der Alkoholisierung, in dem man nicht mehr weiß, warum man eigentlich lacht oder weint, aber auf einmal dröhnen die Ohren vor Gelächter oder der Verstand wird von Tränen überschwemmt. In diesem Fall war es Gelächter. Jordi lachte mit. Wir rauchten eine Zigarette nach der anderen, und ich sah nur noch ihn, sonst nichts. Er rückte immer näher und näher, bis er sich auf mich stürzte und mir einen Kuss gab, den ich voller Inbrunst erwiderte. Und nach diesem unendlichen Kuss bemerkte er nur: Wurde aber auch Zeit, komm, wir gehen. Immer noch lachend, sagte ich ja. In diesem Moment brannte ich vor Verlangen, mit diesem Typen ins Bett zu gehen, der so viel von Politik und so wenig von Musik verstand. Erklär mir, was es mit der katalanischen Frage auf sich hat, sagte ich, als wir die Kneipe verließen. Es sollte ein Scherz sein, aber er nahm mich beim Wort. Während wir eng umschlungen durch die nach dem Kneipenlärm so stille Straße spazierten, beschwor er also ein freies, sozialistisches Katalonien herauf, und ich dachte bei mir, der Kerl ist Extremist, aber das ist mir egal. Denn damals waren Leute, die derlei Gedankengut hegten, Extremisten. In seiner Wohnung hatte er eine *estelada*, eine katalanische Flagge, die zusätzlich zu den vier roten Streifen ein Dreieck mit einem Stern zierte. Die ist doch verboten, rief ich erschrocken. Es sieht ja keiner, wiegelte er ab. Und als er mich auf sein Bett zog, fügte er hinzu: Jetzt ist aber Schluss mit der Laberei.

Plötzlich atmet Vater so tief ein, dass mir das Blut in den Adern gefriert. Er ringt mühsam nach Luft, nach einem kleinen bisschen Luft, die bis zu seinen Lungen dringen und ihn am Leben erhalten soll. Der Atemzug ist wie ein Windstoß, der an den Wänden einer alten eingestürzten Höhle entlangfegt. Es ist ein so furchteinflößendes Geräusch, dass Albert und Nina ins Zimmer gerannt kommen. Albert ist käseweiß. Nina sagt: »Das sind … die letzten.«

Wir haben sie verstanden, sie meint die Atemzüge. Vater schnappt wieder nach Luft. Wieder und wieder. Es klingt beängstigend, und mir stockt vom Zuhören selbst der Atem. Mir scheint, ich sehe den Tod zur Tür hereinschweben wie den Lufthauch, nach dem Vater lechzt, und sich niederlassen auf dem Leib des Mannes, der bleiben will, aber einsieht, dass er gehen muss. Gleich wird er zu ihm ins Bett sinken und mit seinen unsichtbaren Armen nach ihm greifen. Dann wird er ihn davontragen, als wären sie zwei Liebende, die sich endlich gefunden haben, nur um im nächsten Moment zu einer unendlichen Reise aufzubrechen.

Auch Jordi und ich sanken ins Bett. Wir vibrierten nur so vor Lust, die Leidenschaft drang uns aus Mund, Augen und Poren. Alles, was wir wollten, war eine Prise flüchtigen Glücks. Aber nichts geschieht ohne Grund, und deshalb wird es schon seine Bewandtnis gehabt haben, warum es für mich an diesem Tag mit Jordi nicht das kleinste Quäntchen Glück gab. Eher das Gegenteil war der Fall, denn das Übermaß an Alkohol forderte seinen Tribut. Mit einem Mal schob ich ihn von mir herunter, sprang wortlos auf und rannte. Zum Glück hatte ich vorher aus dem Augenwinkel gesehen, wo die Toilette war, und schaffte es gerade noch dorthin. Ich erbrach alles. Alles. Und als ich anschließend im Bad auf einem Hocker saß und mich elend fühlte, fing ich an zu weinen. Jordi wollte von draußen wissen, ob es mir gut ging. Nein, schluchzte ich. Nein, es ging mir nicht gut. Abgesehen von den vielen Tränen, die ich nicht zur rechten Zeit vergossen hatte und die nun alle auf einmal hervorzubrechen schienen, drehte sich mir der Kopf immer schneller und begann fürchterlich zu schmerzen. Jordi kam herein und wollte mich in den Arm nehmen. Ausgerechnet jetzt, wo wir so viel Spaß hatten, seufzte er und versuchte, mich zu umarmen und zum Bett zurückzubringen. Ich schob ihn weg, lass mich, Jordi, siehst du nicht, dass es mir nicht gut geht? Das ist doch normal, du hast einen über den Durst getrunken. Nein, mir geht es nicht gut. Er lachte, und mir rannten unaufhörlich Tränen die Wangen herab wegen Jean-Paul und des Kindes, das ich nicht bekommen hatte. Wegen einer gescheiterten Liebesgeschichte, die mir die Jugend geraubt hatte. Jordi versuchte, seine Hände auf meine Brüste zu legen, doch ich fuhr ihn an: Hau ab, es reicht. Dann ging ich ins Schlafzimmer, um mir die Kleider anzuziehen, die er mir abgestreift hatte. Wie angewurzelt blieb er mitten im Flur stehen. Als ich in Tränen aufgelöst, mit brennendem Magen und hämmerndem Schädel aus der Tür rannte, hörte ich ihn noch sagen: Du bist vielleicht eine Zicke.

Und irgendwann konnte ich auch zu Hause nicht mehr an mich halten. Du bist dünn geworden, sagte meine Mutter, und da platzte ich damit heraus, ich würde die Prüfungen am Ende des Semesters nicht bestehen. Erschrocken fragte sie: Wie kommt das denn? Ich hatte ein Problem und konnte mich nicht konzentrieren, gestand ich. Als ich gerade beschlossen hatte, ihr von Jean-Paul zu erzählen, wenn auch nicht die ganze Wahrheit, kam Nina herein. Lass uns bitte allein, sagte meine Mutter und wollte sie mit einer Handbewegung fortschicken. Nein, nein, sie kann ruhig bleiben, widersprach ich. Nina war ein Engel, sie hatte immer schon beruhigend auf mich gewirkt, und ich vertraute ihr. Also legte ich los. Ich war in einen Mann verliebt, und er hat mich verlassen und … Mir kamen die Tränen, und ich konnte nicht mehr weitersprechen. Ich schlug die Hände vors Gesicht, und Mutter sagte: Ach, arme Annabel, wer ist der Trottel, der dir das Herz gebrochen hat, was hat er gesagt, warum ist er auf und davon? Sie schloss mich in die Arme, und ich spürte, dass kein Kissen der Welt meine Tränen besser trocknen konnte als sie. Ich weiß es nicht, erwiderte ich, ich kannte nicht mal seine Adresse. Wie, was sagst du da, was soll das heißen? Es ist so, wie ich es gesagt habe, er war Franzose und ist irgendwann einfach verschwunden. Für einen kurzen Moment hörte meine Mutter auf, mich zu streicheln. Nun mal raus mit der ganzen Geschichte, forderte sie mich auf, während sie darauf wartete, dass ich den Kopf hob. Ich erzählte wahrheitsgetreu, wie ich ihn im Mauri kennengelernt hatte und was ich von ihm wusste. Ich sprach über alles, nur nicht über meine Reise nach England. Nina hörte aufmerksam zu und sagte nichts.

Vermutlich bin ich den beiden damals vorgekommen wie ein einfältiges Mondkalb; Nina muss gedacht haben, dass ich ihr als große Schwester kein gutes Vorbild war. Aber es war für mich ein Trost, dass sie da war und alles mit anhörte. Wir sprachen nie viel miteinander, aber ich war gern mit ihr zusammen. Meine Schwester hat immer eine unerschütterliche Ruhe ausgestrahlt, bis heute. Als ich zum Ende kam, zischte Mutter mit zusammengepressten Lippen und unterdrückter Wut: So ein Idiot. Dann zog sie mich in ihre Arme und überschüttete mich mit

Küssen. Und wie geht es dir jetzt?, fragte sie mich mit besorgtem Blick. Besser, sagte ich und ließ den Kopf hängen, besser, aber ich habe mein Studium schleifen lassen, und das tut mir leid. Als ich wieder aufschaute, versprach ich: Im nächsten Jahr wird alles anders, so schnell linkt mich keiner mehr. Mutter lächelte traurig. Denk dran, mein Kind, der Mensch ist das einzige Lebewesen, das zweimal über denselben Stein stolpert. Liebe macht blind. Und uns Frauen ganz besonders. Sie drückte mir noch einen Kuss auf die Stirn und ging, da sie den Laden öffnen musste.

Ich blieb auf dem Sofa sitzen. Nina legte mir den Arm um die Schultern. Kaum hatte Mutter das Zimmer verlassen, wandte ich mich zu meiner Schwester um und sagte: Das ist noch nicht alles, Nina. Ich musste nach London. Nina schloss die Augen und schüttelte den Kopf. Oh, mein Gott, sagte sie und fragte, ob er davon gewusst habe. Nein, nein, er ist weggefahren und einfach nicht mehr zurückgekommen. Ich hätte das Kind gern bekommen, aber das wurde mir alles zu viel. Mein Gott, wiederholte sie. Erst in diesem Moment wurde mir bewusst, dass ich soeben ausgerechnet meiner frommen Schwester eine Abtreibung gestanden hatte. Hastig entschuldigte ich mich. Doch sie erwähnte weder Gott noch ihren Glauben. Sie strich mir nur sanft über die Wange und erinnerte mich damit an Jordi.

Jordi. Was musste er von mir denken? Zwei Wochen waren vergangen, seit ich mich in seiner Wohnung übergeben hatte, und ich war nicht wieder in der Kneipe in Gràcia gewesen. Du fällst von einem Extrem ins andere, hatte Maria an jenem Abend zu mir gesagt, entweder du machst die Nacht zum Tag, oder du igelst dich zu Hause ein. Vermutlich erwartete sie, dass ich ihr eine Antwort gab oder in Tränen ausbrach. Doch ich tat keins von beidem, sondern schaute sie nur schuldbewusst an. Nach einem Tag mit grässlichen Kopfschmerzen war ich wieder in der Welt der Studenten gelandet, die sich gezwungen sehen, ein mehr oder minder opferbereites Leben zu führen, und hatte gerade ein paar merkwürdig spartanische Tage hinter mir. Die Vormittage verbrachte ich zu Hause oder ging einkaufen. Nachmittags arbeitete ich. Mir war inzwischen klar geworden, dass ich weinen musste, heftig und intensiv, und dass ich das nur in den Armen meiner Mutter tun würde. Deshalb kam ich damals her, um mich bei ihr auszuweinen. Es ist schon eigenartig, sie fiel mir in dem Moment wieder ein, als es mir schlecht ging, als ich mich verloren fühlte und das Bedürfnis hatte, um Verzeihung zu bitten, weil ich ein Semester verbummelt hatte. Genau wie Vater, der nun auch um Verzeihung bitten musste, bevor er ins Jenseits geht.

Nun stehen wir alle um sein Bett. Nina nimmt eine von Vaters Händen, und ich sehe, wie ihr eine große Träne über die Wange rollt. Ich versuche, das Leiden der scheidenden Seele zu lindern, und streiche sanft über die Haare des Mannes, der nur für seine Kühe Verständnis hatte. Armer Vater, er war uns allen fremd. Genau wie Albert, wenn auch auf eine andere Art. Albert hat ein gutes Herz, aber er ist oft schroff und, wenn Feingefühl verlangt ist, ein bisschen gehemmt. Ich hoffe, er ist auf seine Art glücklich. Es tut mir weh zu sehen, dass er so allein ist. Nina ist zwar auch allein, aber bei ihr ist das etwas anderes.

Vater hat den letzten Seufzer getan. Er schnappt ein letztes Mal nach Luft, reißt die Augen auf und schließt sie endgültig. Es ist vorbei. Das Röcheln, die Angst, alles ist vorbei. Schluchzend wirft sich Nina über ihn.

»Vater! Vater!«

Jetzt laufen auch mir dicke Tränen herab. Immerhin habe ich meinen Vater sehr geliebt. Dann fällt mir ein, dass wir sein Geheimnis nun nie erfahren werden. Wir sind jetzt Waisen. Ich fasse nach Alberts Hand, und er legt mir den Arm um die Schultern. Er weint ebenfalls. Nina gewinnt ihre Fassung zurück, sie richtet sich auf, wischt sich die Tränen ab und bedeckt mit professioneller Miene Vaters Gesicht mit einem Tuch, das sie schon bereitgelegt hatte. Dann ruft sie den Arzt an, damit der Totenschein ausgestellt wird. Ich sehe, wie der Tod die verbrauchte Seele meines Vaters mit sich nimmt.

Alle sterben. Auch Gefühle vergehen. Menschen verschwinden aus unserem Leben. Oder sie tauchen irgendwann in einem ganz anderen Zusammenhang wieder auf, wenn wir längst nicht mehr mit ihnen rechnen. So wie Jordi. Als ich nach jenem Sommer wieder zu Kräften gekommen war, raffte ich mich auf, machte mein Staatsexamen und fing an zu arbeiten. Eine Stelle zu finden war damals noch leichter als heute. Ich ging nicht mehr nach Gràcia. Ich wollte Jordi nicht über den Weg laufen, weil ich ihm nichts zu sagen hatte. Wenn ich mal ausging, dann nach El Born.

Ricard lernte ich in der ersten Schule kennen, in der ich unterrichtete. Wir begannen, miteinander auszugehen, zogen zur großen Empörung meiner Eltern zusammen, und nach einer angemessenen Zeit heirateten wir. Später ging ich dann in die Politik. Als mir klar wurde, welch ein großes Thema die katalanische Frage in der Partei war, der ich beigetreten war, dachte ich noch mit leisem Spott, eigentlich müsste mir hier ja Jordi über den Weg laufen. Und genauso kam es, ich traf ihn tatsächlich auf einer Tagung. Wir grüßten uns zurückhaltend. Er hatte eine Lebensgefährtin und Kinder, genau wie ich. Du hast dich überhaupt nicht verändert, sagte ich zu ihm. Du schon, erwiderte er, du bist jetzt noch hübscher. Ich wurde rot und bedankte mich. Bei dieser ersten Begegnung gab es nichts weiter zu sagen. Aber mit der Zeit gewann ich doch das Gefühl, ihm eine Erklärung zu schulden. Als wir irgendwann einmal gemeinsam zu Mittag aßen, erzählte ich ihm also die ganze Geschichte und bat ihn um Verzeihung. Er fiel mir ins Wort. Nein, Annabel, ich muss mich bei dir entschuldigen, aber ich wusste davon nichts … Ich widersprach grinsend: Nein, man kann doch einen Mann nicht im entscheidenden Moment einfach so abservieren. Er lachte und aß weiter. Das Leben ging seinen Gang, es hatte uns für eine Weile getrennt, doch dann wurden wir Freunde. Und das sind wir bis heute.

Es klingelt. Ich mache die Haustür auf. Der Arzt spricht mir sein Beileid aus und geht mit seinem Koffer hinein, um zu bescheinigen, dass mein Vater zu der und der Uhrzeit an der und der Krankheit gestorben ist.

Während er die Formulare ausfüllt, denke ich, dass ich nie wieder von Jean-Paul gehört habe. Von der kleinen Feder schon. Noch heute taucht sie gelegentlich auf. Gerade jetzt hat sie sich wieder auf meinen Kopf gesetzt. Hui. Und sie tut noch immer weh.

Albert

Wir sind allein. Nur wir drei sind noch da. Der Leichnam wurde zum Bestattungsinstitut gebracht. Der Pfarrer hat uns daran erinnert, dass wir auf dem Friedhof ein Familiengrab haben. Morgen ist die Beisetzung, und dann wird nichts mehr von Vater übrig sein. Sein Geheimnis über den Mann, den er getötet haben will, wird er mit sich ins Grab nehmen. Allerdings glaube ich eher, er hat nicht mehr gewusst, was er sagte. Er war doch schon mehr tot als lebendig und hatte vermutlich Halluzinationen. Wer weiß, womöglich hat er sich eingebildet, er sei einer der aufständischen Militärs gewesen. Oder etwas in der Art.

Trotzdem, als er auf einmal damit anfing, er hätte am 23. Februar jemanden umgebracht, begann ich zu beben. Die Erinnerung an jene Nacht hat mich ins Mark getroffen. Annabel und Nina haben beide keine Ahnung, dass ich vermutlich der einzige Mensch in ganz Spanien bin, der von dem Aufruhr nichts mitbekommen hat, von dem in jener Nacht alle erfasst waren. Es ist völlig an mir vorbeigegangen. Erst am nächsten Morgen auf der Arbeit habe ich erfahren, was passiert war. Oh Mann, war das Einzige, was ich dazu sagen konnte. Gottes Wege sind wahrhaft unergründlich, war mein erster Gedanke, kaum geschieht in unserem normalen Leben etwas Unvorstellbares, sorgt er dafür, dass wir auf anderen Pfaden wandeln. Ich hatte meine liebe Not, den ganzen Tag so zu tun, als wäre ich hellwach, dabei hatte ich so gut wie gar nicht geschlafen und konnte mich kaum auf den Beinen halten.

Nina meint, wir sollten zu Abend essen. »Wir können hier nicht rumsitzen und Hunger schieben. Morgen wird ein langer Tag, da müssen wir fit sein …«

Heute war schon ein langer Tag. Nachdem Vater seinen letzten Atemzug getan hat, kam nach und nach das ganze Dorf vorbei. Mich bringt so was aus der Fassung. Zum Glück haben sich Nina und Annabel darum gekümmert, die Beileidsbekundungen entgegenzunehmen, wie es sich gehört, und den Leuten lächelnd etwas anzubieten. Dabei war es das größte Anliegen unserer Nachbarn, den Toten zu sehen. Sie wissen wohl nicht, dass die Toten nichts zu bieten haben. Außer einem Geheimnis, vielleicht. Und in Vaters Fall nicht mal das, er wird es nämlich mit ins Grab nehmen. Aber die Leute wollen den Leichnam sehen, wissen, wie er aussieht, wie sein Gesicht aussieht. Was für ein morbider Wunsch! Mir ist es lieber, ich behalte Vater in

Erinnerung, wie er noch lebte, wie er abends auf das Essen wartete oder nachmittags heimkam, in letzter Zeit immer in Begleitung des Jungen, der sich wahrscheinlich sorgte, Vater könne womöglich auf der Landstraße einen Unfall haben. Zum Glück bleibt er auf dem Hof, heutzutage findet sich ja niemand mehr für diese Arbeit. Es ist hier im Dorf nicht mehr angesagt, den ganzen Tag oben bei den Gehöften zu verbringen. Hier zieht es alle nach Vic oder Barcelona. Zuletzt fuhren nur mein Vater und der Junge da hoch. Und nun ist nur noch der Junge übrig. Der Junge und die Geheimnisse, die Vater vielleicht den Kühen anvertraut hat. Jeder Mensch hat Geheimnisse. Jeder Mensch hat etwas, worüber er nicht reden will, was er nicht mal seinem besten Freund erzählt.

Als ich klein war, hatte ich keine Freunde. In der Schule spielten alle Jungs Fußball, und Fußball mochte ich nicht. Ich hatte nämlich Plattfüße, und die Rennerei ermüdete mich.

»Wo ist das Salz, Albert? Und was hast du im Kühlschrank? Wir haben nicht ans Einkaufen gedacht.«

Ich gehe zu Nina und Annabel. Nina ist nur an den Wochenenden hier, daher bin ich derjenige, der immer weiß, was da ist und was nicht. Vater und ich sind gut allein klargekommen. Ich habe nichts dagegen, mich in der Küche nützlich zu machen. Jeden Abend habe ich ihm eine anständige Portion für den nächsten Mittag vorgekocht.

Abends haben wir dann gemeinsam etwas Leichtes gegessen. Und an den Wochenenden hat Nina partout darauf bestanden, etwas Köstliches für uns zu zaubern. Nina ist eine ausgezeichnete Köchin.

Ich zeige den beiden, was wir im Haus haben, und wir überlegen, was wir damit machen können. Wir entscheiden uns schließlich für Tomatenbrot, denn im Tiefkühlfach ist Brot, und es gibt Tomaten, Hartwurst, Eier und ein bisschen gekochten Schinken.

»Ich schneide das Brot«, sage ich und mache mich ans Werk.

Annabel fragt mich, wo sie die Tischdecke, Teller und Besteck findet. Nina hilft mir, das Essen zuzubereiten und Omeletts zu braten. Es ist schön, dass wir drei hier zusammen sind. Wir sind ziemlich verschieden, aber letztlich sind wir das, was von unserer Familie noch bleibt. Wir waren immer schon eine reichlich merkwürdige Familie. Eine Familie voller Rätsel. Man kann es jedem von uns an den Augen ablesen, dass wir Geheimnisse haben. Ich zumindest habe eins, und Vater hatte offenbar ebenfalls eins. Die Einzige, die mit nichts hinter dem Berg hielt, war Mutter, und ausgerechnet ihretwegen fingen die Probleme an.

Eines Tages kam nämlich Gerard, seinerzeit der Anführer der Klasse, in der Schule zu mir und sagte leise: Na, was ist mit deiner Mutter? Ich wandte mich zu ihm um und antwortete mit einer Gegenfrage: Was soll das heißen? Er wurde ein bisschen lauter: Na, was deine Mutter jetzt macht. Arglos erwiderte ich: Sie hat die Parfümerie meiner Großmutter übernommen. Gerard lachte gefährlich. Genau, und vorher war sie Nonne. Erst Nonne, dann Hure, deine Mutter hat's weit gebracht, erst Nonne, dann Hure, wiederholte er. Da kamen die anderen Kinder dazu und begannen im Chor zu grölen, erst Nonne, dann Hure, und ich verstand überhaupt nicht, worum es ging, ich spürte nur, wie sich mir dieser Affront gegen meine Mutter tief in die Eingeweide fraß. Ich konnte nichts tun, weil es so viele waren, und ich war allein. Ich hielt mir die Ohren zu, so fest es ging, doch sie schrien, so laut sie konnten: Erst Nonne, dann Hure. Sie machten ein solches Spektakel, dass das Fräulein am anderen Ende des Schulhofs aufmerksam wurde und in die Hände klatschend angerannt kam. Bei ihrem Anblick stoben alle auseinander und ließen mich ganz verdattert allein dort stehen.

Als ich das Fräulein sah, fing ich an zu weinen. Ich war zehn Jahre alt und fand eigentlich, ich sollte nicht mehr heulen, aber ich konnte nicht anders. Was war los, Alberto?, wollte sie wissen. Für die Lehrer war ich Alberto. Ich war Alberto bis zu Francos Tod. Mit hängendem Kopf antwortete ich: Gerardo hat gesagt, meine Mutter war erst Nonne und dann Hure, und danach haben die anderen das auch andauernd gesagt. Ich hatte mich mehr schlecht als recht auf Spanisch verständlich machen können. Keiner von uns hier im Dorf konnte richtig Spanisch, was ein Glück war, denn so war es nicht ganz so augenfällig, wie schlecht ich mit der Sprache zurande kam, die wir eigentlich perfekt beherrschen sollten. Das Fräulein, das bei meiner Mutter Parfüm kaufte, strich mir über die Haare. Achte nicht auf sie, sie sind bloß neidisch. Deine Mutter hat einen guten christlichen Beruf.

Ich weiß nicht, was dieses Fräulein dazu bewog, den Beruf einer Parfümverkäuferin als christlich zu bezeichnen. Vielleicht bezog sie sich auf die Großzügigkeit, mit der meine Mutter ihre Kundinnen mit Pröbchen bedachte. Damals überlegte ich eine ganze Weile, wie sie das gemeint haben könnte, ich frage mich das gelegentlich noch heute. Das Einzige, was mir dazu einfällt, ist, dass die Lehrerin vermutlich zum Ausdruck bringen wollte, wie sehr sie meine Mutter schätzte, damit die nicht etwa aufhörte, ihr Rabatt zu gewähren.

Als wir uns am nächsten Tag in der Reihe aufgestellt hatten, ging Gerard an mir vorbei. Offenbar hatte das Fräulein ihm Hofverbot erteilt, weil er diese Attacke gegen die Ehre meiner Mutter angezettelt hatte. Als er genau neben mir war, raunte er mir ins Ohr: Wenn du noch einmal das Maul aufmachst, schneid ich dir was ab, du Petze. Ich war wie gelähmt. Eine Drohung von Gerard war kein Pappenstiel, alle hatten vor ihm Schiss. Oh Gott, dachte ich und fragte mich, was er wohl meinen könnte, ob er mir womöglich die Zunge herausschneiden wollte, kam aber zu dem Schluss, dass er sich auf etwas anderes beziehen musste, denn wenn er mir die Zunge abschneiden würde, fiele das auf, und er würde hinausgeworfen. Doch ich traute mich nicht, dieser anderen Sache einen Namen zu geben, darüber sprach man nicht. Es war etwas anderes und basta.

»Worüber lächelst du, Albert?«

Nina hat mich ertappt, wie ich der Erinnerung an meine naiven Überlegungen von vor vierzig Jahren nachhänge.

»Ich habe an etwas gedacht …«

»An vergangene Zeiten mit Vater?«

»An alles Mögliche … Ja, unter anderem.«

Das war gelogen, auch wenn ich mich natürlich genauso gut an die letzten Jahre erinnern könnte, an die Zeit ohne Mutter, die vielen Stunden, die wir gemeinsam vor dem Fernseher verbracht haben. Vater redete nie ein Wort, und ich auch nicht. Ich sei maulfaul, heißt es über mich. Ich hebe mir das, was ich zu sagen habe, für die Arbeit auf, wenn ich den Kunden etwas verständlich machen muss. Dann sagt man mir, ich sei klar und didaktisch und meine Ausführungen seien gut zu verstehen. Sieh an.

Das Brot ist geschnitten und mit Tomate getränkt, die Omelettes sind fertig. Wir stellen alles auf den Esszimmertisch und setzen uns schweigend hin. Wie auf ein Zeichen machen wir uns heißhungrig darüber her, schauen uns jedoch gleich darauf schuldbewusst an, und Annabel prustet los.

»Man merkt, dass wir seit heute früh nichts mehr zu beißen bekommen haben.«

Das stimmt. Vater ist gegen drei Uhr nachmittags gestorben, da war uns nicht nach Essen. Und später, mit all den Leuten im Haus, wäre es vollkommen unmöglich gewesen, eine Kleinigkeit zu uns zu nehmen, auch wenn ich kurz daran gedacht habe, weil mein Magen knurrte. Aber wie hätte das denn ausgesehen, wenn ich in der Küche verschwunden wäre, um zu essen, solange so viele Leute bei uns ein und aus gingen.

Als Erster war der Arzt da, dann der Pfarrer, der anschließend in der Kirche die Totenglocken läuten ließ. Nina hat das Fenster aufgemacht, und wir haben sie bis hierher gehört. Der Nebel hatte sich inzwischen gelichtet, und die Sonne versuchte zaghaft, den eisigen Temperaturen dieses Januartages etwas entgegenzusetzen. Das gellende Geläut hatte das ganze Dorf aufgeschreckt. Nina stand eine Weile am Fenster und schaute hinaus, bis wir ihr schließlich sagen mussten, sie solle es zumachen, wir würden sonst erfrieren. Dann sind nach und nach die Leute gekommen, die zeitlebens unsere Nachbarn waren, nahe und entfernte Bekannte, die schauen wollten, wie der Tote aussah. Es stand ihnen ins Gesicht geschrieben, dass das der Hauptgrund ihres Besuches war. Also habe ich mich in eine Ecke zurückgezogen und die beiden Frauen machen lassen. Meine Schwestern sind aufmerksam. Annabel lässt sich nur selten im Dorf blicken, da freuen die Leute sich, mit ihr ein paar Worte wechseln zu können, und Nina versteht sich ohnehin mit allen gut.

Ich hatte niemanden, mit dem ich mich gut verstand. In der Schule wiederholte sich die Sache mit meiner Mutter nicht mehr. Die Drohungen der Lehrerin hatten offenbar gewirkt. Ich lebte weiterhin neben den anderen her. Wenn sie auf dem Hof Fußball spielten, verdrückte ich mich in einen Winkel und suchte bei gutem Wetter nach Ameisen, denen ich beim Arbeiten zusehen wollte. Ich kniete mich hin und beobachtete, wie sie vom Ausgang ihres Nestes bis zu ihrem Ziel hin und her flitzten und ihre Beute, ein paar Brotkrümel oder ein totes Insekt, in ihr Nest trugen. Sie waren ungeheuer stark und rackerten pausenlos. Ich hegte aufrichtige Bewunderung für sie. Im Winter gab es keine Ameisen; dann vertrieb ich mir die Zeit damit, in der Ecke, in der es einen tropfenden Wasserhahn gab, Eiszapfen abzubrechen. Dieses Eis betrachtete ich von allen Seiten, bis es in meinen Fingern schmolz. Die Natur faszinierte mich. Manchmal kam Gerard und brach lachend das Stück Eis kaputt, das ich gerade untersuchte, oder trat auf meine Ameisen. Ich fragte mich jedes Mal, warum dieser Junge seine mitreißende Fußballpartie verließ, bei der alle so viel Spaß zu haben schienen, um als Spielverderber in meine Ecke zu kommen. Ich konnte nicht begreifen, was für diesen Rüpel daran interessanter sein konnte, mir den Spaß zu verleiden, als bei einem spannenden Spiel zu kicken. Ich verstand es nicht. Aber ich unternahm nichts, ich wollte keinen Streit, mit Tränen in den Augen bemühte ich mich nur, so viele Ameisen zu retten, wie ich konnte, wenn ihr riesiger Mörder auf ihnen herumgetrampelt war. Dabei sprach ich mit ihnen: Ihr Ärmsten, wie seht ihr denn aus, es tut mir so leid, ich kann gegen den nichts ausrichten; wenn er kommt, müsst ihr euch verstecken oder auseinanderlaufen, das tut ihr doch sonst auch, wenn ihr seht, dass Gefahr droht. Die Ameisen antworteten nicht. Stattdessen versuchten sie, sich schnellstmöglich neu zu organisieren. Ameisen haben keine Zeit zu verlieren.

Ich dagegen bummelte bei den Hausarbeiten. Die sprachlichen Fächer lagen mir nicht, ich mochte nur Naturwissenschaften und vor allem Physik. Mir gefallen komplexe Aufgaben, und wenn möglich, welche mit Motoren. Die Physikhausaufgaben erledigte ich im Handumdrehen und schnitt bei den Klassenarbeiten immer ausgezeichnet ab. Der Rest dagegen war eine einzige Katastrophe, und ich drückte mich davor, so gut ich konnte. Na ja, in Bio und Chemie hatte ich auch gute Noten, aber von den übrigen Fächern kann ich das nicht behaupten. Wenn ich in die Bücher schaute, fragte ich mich, wozu das alles gut sein sollte, wo ich doch nicht studieren wollte. Eines Tages brachte ich zu Hause das Thema darauf. Vater schwieg, denn er konnte ja selbst nur mit Mühe und Not lesen und schreiben; unsere Erziehung war die Sache unserer Mutter. Er schaute Mutter an, und Mutter sagte, ich müsse durchhalten bis zum Ende der Schulpflicht, bis ich vierzehn sei, sofern ich nicht sitzenbliebe, denn in diesem Fall würde ich mich vielleicht bis fünfzehn gedulden müssen. Dann kannst du dir eine Arbeit suchen, wenn du nicht weiterlernen möchtest, aber ich an deiner Stelle würde eine Ausbildung machen.

»Was haltet ihr davon, was Vater gesagt hat? Dass er einen Mann getötet haben will … Weißt du etwas darüber, Nina?«, fragt Annabel.

Dieselbe Frage habe ich Nina auch schon gestellt, und sie hat sie genauso verneint wie jetzt.

»Nein, nein, ich war damals doch hier und habe im Radio verfolgt, was passiert ist. Vater und Mutter waren beide da. Und nachdem der König im Fernsehen gesprochen und die Leute beruhigt hatte, sind wir schlafen gegangen.«

»Die Eltern auch?«

»Ich meine schon. Ich habe gehört, wie sie ins Bett gegangen sind … Natürlich kann ich nicht garantieren, dass sie wirklich liegen geblieben sind. Ich habe mir darüber keine Gedanken mehr gemacht. Jedenfalls blieb es im Haus dunkel.«

Sie isst ein Stück Tomatenbrot und sagt im Brustton der Überzeugung: »Ich glaube, Vater, möge er in Frieden ruhen, hat sich das eingebildet. Kranke in der terminalen Phase reden manchmal über Sachen, die es nicht gibt. Dieser Tag muss einen nachhaltigen Eindruck auf ihn gemacht haben, und als er jetzt im Sterben lag, hat er sich irgendwas eingeredet.«

Nina unterdrückt ein Schluchzen. Als ich sehe, dass

auch Annabel die Tränen kommen, versuche ich, die beiden zu beruhigen.

»Nun kommt schon, esst, das wird euch guttun.«

Wir konzentrieren uns auf unsere Mahlzeit, und ich knüpfe in Gedanken da an, wo ich unterbrochen wurde, bei dem Tag, als ich vierzehn Jahre alt war und wählen durfte, was ich künftig tun wollte. Als kleiner Junge hatte ich mir nichts darunter vorstellen können, wenn Mutter mit mir darüber sprach, welcher Beruf mir später mal gefallen würde. Da drehte sich für mich alles nur um die Ameisen auf dem Schulhof und um die Notwendigkeit, Gerard aus dem Weg zu gehen.

Es klingelt. Wir schauen uns an, und Nina steht auf. Als sie zur Tür geht, fragt Annabel: »Wer mag das sein?«

Ich gebe ihr zu verstehen, dass ich es nicht weiß. Wir spitzen die Ohren, und als wir Ninas Freudenschrei hören, sagen wir beide wie aus einem Mund: »Der Junge.«

Zuerst war ich der Junge. Früher nannten sie immer mich »den Jungen«, weil sie ja außer mir keinen hatten. Bis Joanet, der Schützling meiner Schwester, bei uns zu Hause auftauchte. Von da an war er der Junge und obendrein der Liebling der Familie oder zumindest der von Mutter und Nina, denn er kam von ihren Nonnen, die gewissermaßen zur Familie gehörten. Zu der Zeit, als Nina Nonne werden wollte, gab es nämlich im Kloster einen wenige Monate alten Säugling, den sie in einem Korb vor der Tür gefunden hatten, ausgesetzt wie in alten Zeiten oder wie in den Märchen, die man sich am Kamin erzählt. Anscheinend waren die Nonnen so entzückt von dem Baby, dass sie es nicht zur Adoption freigeben, sondern im Kloster aufziehen wollten. Nina passte das ganze Jahr, das sie dort verbrachte, auf den Kleinen auf, als wäre er ihr Brüderchen. Und nachher ging sie ihn häufig besuchen und brachte ihm Geschenke, bis er groß genug war und mein Vater vorschlug, er könne doch sein Gehilfe auf dem Hof werden.

Ich finde es nach wie vor merkwürdig, dass die Nonnen den Jungen nicht zur Adoption freigegeben haben. Ich weiß nicht, wie das früher war, aber ich glaube, heutzutage wäre so etwas nicht erlaubt. Sei's drum, Joanet ist jedenfalls unter Nonnen aufgewachsen und tut den lieben langen Tag nichts anderes, als Heilige zu beschwören.

Die Arbeit, die der Junge macht, hätte sonst ich machen müssen. Als ich vierzehn Jahre alt war, fragten meine Eltern mich, was ich vorhätte. Ob ich weiterlernen oder Kühe hüten wolle. Und ich sagte, ich will Mechaniker werden. Vater nahm die Mütze ab und kratzte sich am Kopf. Aha, brummte er. Sonst nichts. Niemand riet mir, etwas anderes zu machen, niemand sagte mir, ob ich weggehen oder dableiben und mich um den Hof kümmern sollte. Niemand sagte mir, was ich zu tun hatte. Sie schickten mich gleichwohl nach Vic, wo ich eine Ausbildung zum Mechaniker machen durfte. Drei Jahre. Danach fand ich die Stelle in Ripoll, und da blieb ich recht lange.

Während der Ausbildungszeit in Vic wurde es in meinem Leben ruhiger. Doch nur in einer Hinsicht. Was meine Schulkameraden und vor allem Gerard anging, war es ein Segen zu gehen. Aber im Dorf gab es ein Mädchen, das ich toll fand, und in meinem Herzen und in meinem Hirn herrschte ein wahres Chaos. Meine Sexualität forderte ihr Recht, doch zu Hause wurde vor allem über Religion geredet und selbstverständlich nicht darüber, was wir mit unserem Körper anfangen sollten, auch wenn der Priester in der Kirche immer die Jüngeren unter uns scharf ins Auge fasste und ermahnte, Obacht, die fleischlichen Gelüste sind ein Werk des Teufels. Das war nicht der Pfarrer, der heute hier im Haus war; sondern ein anderer Priester, der vorige, über den es heißt, er hätte am Ende seines Lebens unter Wahnvorstellungen gelitten, nach allem, was er getan habe. Manche behaupten, er habe zu viel getrunken. Ich weiß nicht, was davon stimmt, doch ich weiß, dass seine Worte mich tief im Innersten trafen, wenn er die Messe las, denn ich hatte da dieses Ding, das abzuschneiden mir Gerard immer angedroht hatte, und nun verlangte es von mir, verwendet zu werden. Ich musste es benutzen. Oh, in welche Bedrängnis dich der Teufel bringt, wenn er sich als Naturgewalt tarnt. Mein Sexualtrieb war zu jener Zeit gerade erst erwacht, und in meinem Inneren brodelte es mächtig, doch meine Skrupel hinderten mich, die Gebote und die Predigten des Pfarrers einfach zu vergessen und mir selbst Erleichterung zu verschaffen. Und so hoffte ich armer Gefangener meiner Triebe auf Erlösung durch das

Mädchen, das mir gefiel. Sie würde meine Begierden stillen können.

Doch sie wollte kein Wort davon hören, denn auch sie ging zur Kirche, und auch sie war beeinflusst von den Reden des Priesters. Wenn in ihr Engel und Dämonen miteinander rangen, siegte immer das Gute. Bei mir nicht. Wenn ich allein war, setzten mir die Dämonen erbarmungslos zu. Die Engel dagegen schienen verschwunden zu sein. Ich fühlte mich so, wie sich meinem Vater zufolge die Kühe fühlen, wenn sie nicht gemolken werden und der Euter voll Milch ist. Also sehr schlecht, als müsste ich platzen. Vater sagte, die Kühe würden dann unruhig und sogar aggressiv. Und genauso erging es auch mir. Irgendwann hatte ich genug. Ich betrachtete mich im Spiegel, fasste nach dem Ding, das Gerard nicht abgeschnitten hatte, und begann es zu reiben, bis es explodierte. Dann lächelte ich. Es war der Beginn einer wunderbaren Zeit.

»Hallo, Junge.«

»Hallo, wie geht es euch? Es tut mir so leid …«

»Wenn du ihn sehen willst, kommst du zu spät. Er ist schon weggebracht worden.«

»Nein, nein, ich wollte zu euch. Ihn, Gott hab ihn selig, behalte ich lieber in Erinnerung, wie er auf dem Hof wirtschaftete … Ich weiß nicht, das ist mir lieber so.«

Annabel lächelt.

»Recht hast du, Junge. Willst du etwas essen? Wir hatten Tomatenbrot. Wir können noch etwas machen, es ist genug für alle da.«

»Ich weiß nicht, ob … Ich meine …«, stottert der Junge.

»Setz dich hin und iss«, fällt Nina ihm ins Wort. »Du gehörst doch zur Familie.«

Der Junge wird rot und setzt sich. Ja, es stimmt, er gehört zur Familie. Inzwischen habe sogar ich ihn ins Herz geschlossen. Aber am Anfang verstand ich nicht, warum meine Mutter und meine Schwester für mich kaum einen Blick hatten und mich einfach gewähren ließen. Ich hätte so gern über meine Zweifel gesprochen und Fragen gestellt, doch wenn ich mir Vater ansah, war mir klar, dass ich auf ihn überhaupt nicht zählen konnte. Vater sprach nie mit einem von uns über irgendetwas. Von ihm etwas wissen zu wollen, das über praktische Alltagsdinge hinausging, war unmöglich. Doch als Joanet auftauchte, wurde zu meiner Überraschung alles anders. Nicht dass Vater gesprächiger geworden wäre; vielmehr schienen die beiden aus dem gleichen Holz geschnitzt, sie konnten sich ohne Worte, nur mit Blicken verständigen. Da bekam ich eine Stinkwut auf den Jungen. Er ging mir gewaltig gegen den Strich mit seinen guten Manieren und seiner Dienstbeflissenheit Vater gegenüber. Die beiden verstanden sich so blendend, dass sich mir der Magen umdrehte. Dabei war ich schon seit Jahren wieder zurück aus Ripoll, und der ganze Horror lag hinter mir. Mein Gott, dass mir das immer noch so zu schaffen macht.

»Du wirst dir jemanden suchen müssen, der dir hilft, Junge«, spricht Nina ihn an.

Er schüttelt den Kopf und schluckt ein Stück Wurst hinunter.

»Nein. Ich muss es allein schaffen, haben sie gesagt. Sie wollen niemanden zusätzlich einstellen … Gott steh mir bei.«

»Du allein? Kannst du das?«

Der Junge zuckt mit den Schultern. Vielleicht schafft er es wirklich. Er ist jung, und in der letzten Zeit hat er ohnehin schon alles allein gemacht.

»In den nächsten Tagen besuchen wir mal die Schwestern, ja? Was hältst du davon?«, fragt Nina.

Der Junge nickt. Er redet auch immer weniger. Bei den Schwestern in Vic muss sich dieser Junge fühlen, als hätte er einen ganzen Schwarm von Müttern. Wenn ich ihn anschaue, frage ich mich jedes Mal, wer ihn wohl ausgesetzt hat. Wie kann man nur ein kleines Kind in einem Korb vor der Tür eines Nonnenklosters abstellen? Wie kann man nur so herzlos sein? Wenn ich darüber nachdenke, kommen mir die Tränen.

Genau wie mir die Tränen kamen, als meine Schulkameraden anfingen, mich Mädchen zu nennen, weil ich nicht Fußball spielte. Nun hatten sie es nicht mehr auf meine Mutter abgesehen, sondern auf mich. Ich war kein Mädchen, aber ich war anders. Zunächst mal brachten mich meine Plattfüße um. Ich könnte ja behaupten, ich hätte versucht zu spielen, aber das wäre gelogen. Ich wollte nicht, denn ich fand es sehr unangenehm zu laufen. Ich konnte nie richtig laufen, und wenn ich nicht darum herumkam, ermüdete ich schneller als jeder andere. Daher blieb ich lieber abseits bei meinen Ameisen oder meinen Eisexperimenten oder plauderte mit dem Gärtner, der sich einmal in der Woche um das kleine bepflanzte Beet in einer Ecke des Schulhofs kümmerte. Ich bombadierte ihn mit Fragen, und manchmal half er mir bei Aufgaben in Bio oder Chemie. Er wohnte ganz in der Nähe und hielt die Gärten in Schuss, die die Leute um ihre Häuser anlegten, wie es damals in Mode kam. Es ging so lange gut, bis Gerard kam und »Mädchen« zu mir sagte oder auf meinen Ameisen herumtrampelte oder meine Eiszapfen zerbrach oder die Zweige schüttelte, die ich hingerissen betrachtete, wenn sie bei nebligem Wetter von kristallenem Reif überzogen waren. Jedes Mal war er danach sofort verschwunden, tauchte jedoch täglich wieder auf, um mich bei meinen Entdeckungen zu stören und mir etwas kaputtzumachen. Die übrigen Kinder aus der Klasse hörten nach und nach auf, mich Mädchen zu nennen, und begannen, mich wie einen der ihren zu behandeln, auch wenn ich nicht Fußball spielte. Wir wurden langsam älter.

Der Junge wirkt dagegen, als würde er nicht älter. Er muss jetzt dreißig sein. Nina sagt, als Kleinkind habe er viel geweint. Als sie ins Kloster kam, waren die Nonnen am Rande der Verzweiflung, weil sie ihn nicht beruhigen konnten, und Nina musste es ihnen zeigen. Und wieso kennst du dich damit aus?, wollten wir damals von ihr wissen. Nina zuckte mit den Schultern, das muss angeboren sein, ich weiß nicht, es kam ganz von selbst, ich mag Kinder. Sie erzählte, die Nonnen seien verblüfft gewesen, wie gut sie das Kind trösten konnte. Tatsächlich gehört meine Schwester zu den Menschen, deren bloßer Anblick eine beruhigende Wirkung hat. Sie ist wie eine zweite Mutter, jetzt, da wir keine mehr haben. Obwohl sie die Jüngste von uns ist, war sie immer die Vernünftigste. Annabel ist zu impulsiv, und ich … Ich bin das Dauerproblem, auch wenn das keiner weiß.

Mit meiner Begeisterung für Physik stürzte ich mich nur so auf Automotoren. Ich war verrückt danach, sie bis ins Kleinste zu untersuchen. Wir hatten damals eine verbeulte Ente. Als ich dreizehn war, bat ich Vater eines Tages um Erlaubnis, ein bisschen daran herumfummeln zu dürfen. Mein sonst so friedfertiger Vater regte sich unheimlich auf: Was hast du damit vor? Die Ente war ihm heilig, sie diente für die Fahrten zum Hof und zurück. Nichts, Vater, beschwichtigte ich ihn, ich will mir nur den Motor anschauen, und wenn ich etwas anfasse, sorge ich dafür, dass es anschließend wieder so ist, wie es vorher war. Du fasst gar nichts an, schimpfte er laut, und alle wandten sich zu ihm um. Wir waren zu Hause, und unser Vater erhob sonst nie die Stimme; er maulte nur gelegentlich vor sich hin, doch als es um sein Auto ging, war er nicht zu überhören.

An dem Tag, an dem ich mir den Motor dann anschauen durfte, kam er mit. Als er die Motorhaube hob, lief mir vor Erregung ein Schauder den Rücken hinunter, und ich jauchzte unwillkürlich auf. Darf ich ihn anfassen?, fragte ich. Vater schaute mich an, als wäre ich nicht ganz bei Trost. Anfassen ja, aber mehr nicht, gestand er mir schließlich zu. Also berührte ich den Motor, ich legte meine Hände darauf und strich über die Schläuche, über das, was meiner Vermutung nach der Keilriemen des Ventilators sein musste, über den Ventilator selbst, den Wassertank, den Ölbehälter, einfach über alles. Dann seufzte ich überwältigt. Als Vater die Motorhaube wieder herunterklappte, hatte ich eine sehr klare Idee vor Augen: Ich würde alles tun, um einen solchen Motor auseinandernehmen zu dürfen. Als daher wenige Monate später die Frage aufkam, was ich beruflich machen wollte, stand die Antwort für mich längst fest.

Wir sind mit dem Abendessen fertig. Mit vollem Bauch kommt Weltuntergangsstimmung auf. Nina fragt den Jungen, ob er hier übernachten möchte. Mir ist nicht ganz klar, warum sie ihn das fragt, denn ich habe keine Ahnung, wo sie ihn hinstecken will, wenn er ja sagt. Doch wohl nicht ins Zimmer des Toten … Zum Glück sagt er nein.

»Danke, aber ich gehe nach Hause. Gott schütze euch, gute Nacht.«

Wir stehen auf, decken den Tisch ab und räumen die

Küche auf. Nina sagt dem Jungen, sie würde ihn auf dem Heimweg begleiten, so komme sie mal an die frische Luft.

»Sie hat einen Narren an ihm gefressen«, sage ich, als die beiden zur Tür raus sind. Ich muss zugeben, ich bin noch immer ein bisschen eifersüchtig.

»Na und? Nina hat nun mal keine eigenen Kinder. Und sie hat sich ein ganzes Jahr um den Jungen gekümmert … Das ist doch normal.«

»Weißt du, ob sie noch immer gern Nonne wäre?«

Annabel kichert. »Ich glaube nicht.«

Zwei meiner Schulkameradinnen aus den letzten Schuljahren, als es schon gemischte Klassen gab, sind später Nonnen geworden. Dabei war Franco schon weg, und der Zeitgeist tendierte eher zur Maßlosigkeit. Aber ihnen war das egal. Das Mädel, auf das ich stand, ist keine Nonne geworden. Wir verabredeten uns immer an den Wochenenden. Wie man das damals eben so machte, fragte ich sie, ob sie mit mir gehen wolle, und sie sagte ja. Dann musste ich all meinen Mut zusammennehmen, um sie zu küssen. Sie war ein anständiges Mädchen, und ich wusste, dass anständige Mädchen eine Weile brauchten, um über einen Kuss hinauszugehen, nicht zuletzt wegen dem Pfarrer und der Sache mit dem Gewissen. Aber allein schon der Kuss fiel mir irrsinnig schwer. Ich hatte keine Ahnung, wie ich es anstellen sollte. Dabei war ich wirklich scharf, doch kaum näherte ich mich ihr, war auf einmal die Luft raus. Endlich schloss ich die Augen und schritt zur Tat. Sie erwiderte den Kuss, und das fand ich sehr merkwürdig. Am Ende lächelten wir uns schüchtern an und wurden beide rot. Um die Verlegenheit zu überwinden, sagte ich, komm, wir gehen, und zog sie an der Hand fort. Sie ließ es geschehen. Ihr Name war Adela.

Annabel fragt, ob ich ganz allein hierbleiben werde.

»Ja, was denn sonst?«

»Kommst du allein klar, mit dem Haushalt und der Arbeit?«

»Logisch!«

Frauen bilden sich immer ein, alleinstehende Männer könnten sich nicht vernünftig um einen Haushalt kümmern.

»Ich putze gern«, erkläre ich mit Nachdruck.

Meine Schwester schaut mich überrascht an.

»Echt? Darauf wär ich nie gekommen. Du kannst gern bei mir zu Hause vorbeischauen«, scherzt sie.

Wir lachen beide. Dann räume ich ein: »Nun ja, vielleicht stelle ich jemanden ein, der für ein paar Stunden in der Woche kommt und ein bisschen Ordnung hält, denn werktags bin ich todmüde, wenn ich von der Arbeit komme …«

Ich bin nun mal nicht wie alle anderen. Wie gern würde ich es Annabel sagen, und Nina und der ganzen Welt. Eines Tages vielleicht. Vielleicht gebe ich mir irgendwann einen Ruck, so wie damals, als ich Adela geküsst habe. Von da an ging sie bei uns zu Hause ein und aus und wurde schon wie ein Familienmitglied behandelt, dabei waren wir beide noch sehr jung. Aber sie war nett, sie verstand sich mit allen gut und lachte gern. Nachher knutschten wir heimlich in der Garage. Und auf der Straße gingen wir Hand in Hand. Als Gerard uns das erste Mal sah, erstarrte er. Bestimmt dachte er bei sich, sieh an, ausgerechnet der, der nicht mal Fußball spielen konnte, ist jetzt der Erste, der eine Freundin hat. Wenn wir ihm später begegneten, setzte er wieder dasselbe spöttische Grinsen auf wie damals, als er mich wegen meiner Plattfüße Mädchen genannt hatte. Und dann, welche Überraschung, sah ich ihn ständig mit einem Mädchen an der Hand. Montse, die immer dick geschminkt war und ungeniert mit offenem Mund Kaugummi kaute, hatte den Ruf, alles mit sich machen zu lassen. Die beiden liefen mir andauernd über den Weg, egal, ob ich mit Adela unterwegs war oder allein. Und jedes Mal knutschten sie sich ab.

Irgendwann war mit Adela Schluss. Die Küsse ergaben keinen Sinn mehr. Sie verlangte nicht nach mehr, doch auch ich war nicht darauf aus. Da bekam ich Angst davor, das Ganze würde im Bett enden, sosehr ich das am Anfang auch ersehnt hatte. Aber etwas hatte sich verändert, und mich interessierte nur noch, es mir vor einem Spiegel selbst zu machen. Das war für mich das Schönste auf der Welt, ganz gleich, was der Pfarrer sagte. Während ich mir einen runterholte, betrachtete ich mich und fand, ich sei der attraktivste Junge der ganzen Gegend. Danach, wenn ich abgespritzt hatte, war ich niemand mehr, dann war ich wieder der stille, unscheinbare Albert, an den praktisch nie jemand auch nur ein Wort richtete. Der Mechanikerlehrling, der Sohn eines Bauern und einer Parfümerieverkäuferin. Ich sagte also zu Adela, es tut mir wirklich leid, aber das war's. Sie fing an zu weinen. Aber ich liebe dich, schluchzte sie. Und mein Herz war schwer, als ich antwortete, ich liebte sie auch, aber auf eine andere Art. Und wir würden für immer Freunde bleiben.

Und das sind wir noch heute. Es gab allerdings eine Zeit, in der sie mich nicht sehen wollte. Ohne es zu beabsichtigen, hatte ich sie tief verletzt. Zu Hause haben sie es nie verstanden. Wie konntest du dir so ein hübsches Mädchen durch die Lappen gehen lassen?, fragte Mutter, als sie davon erfuhr. Und sogar Vater maulte: Dabei hatte ihre Familie Geld. Da entgegnete ich, ohne lange nachzudenken: Mir geht es nicht ums Geld, ich habe sie geliebt und liebe sie noch. Mutter starrte mich an, warum hast du sie dann verlassen, Albert? Ich senkte den Kopf und suchte verzweifelt nach einer Antwort. Wir waren beide noch sehr jung, entfuhr es mir. Was für eine dürftige Erklärung. Mutter schien ein Licht aufzugehen, doch ohne ein weiteres Wort ging sie zu ihren Parfüms.

Mutter roch immer nach Parfüm, genau wie ihr Laden. Ich mochte dieses Gemisch verschiedenster Düfte. Nina auch, doch Annabel hat irgendwann mal zu mir gesagt, ihr würde davon schlecht. Vater hat nie einen Fuß in den Laden gesetzt. Er meckerte Mutter bloß manchmal an, wenn sie heimkam und ihm lächelnd einen Kuss gab: Wie du wieder riechst. Dabei hielt er sich noch zurück, denn alle wussten, dass er eigentlich gern gesagt hätte, wie du wieder stinkst. Aber das traute er sich nun doch nicht. Immerhin stank er selbst für gewöhnlich nach Bauernhof, Kühen und Mist. Mutter zwang ihn immer zu duschen, wenn er nach Hause kam, sonst ließ sie ihn nicht an den Tisch. Sie hatte ihn gehörig unter ihrer Fuchtel, auch wenn er das nicht zugeben wollte. Doch es war ihm anzumerken, dass er sich unterlegen fühlte. Schließlich kannte sich meine Mutter mit *Eau de Parfum* und *Eau de Toilette* aus, und er verstand nur etwas von Kühen und Misthaufen.

Meine Mutter konnte kein Französisch, aber aufs Verkaufen verstand sie sich. Eine ihrer Nonnen war Französin, und bei einem Besuch im Kloster bat Mutter sie, ihr beizubringen, wie man *Eau de Parfum*, *Eau de Toilette*, *Christian Dior*, *Chanel*, *Yves Saint-Laurent* und so weiter mit so viel Charme sagte, dass die Kundinnen aus dem Dorf beeindruckt wären. Die Schwester aus dem Konvent erfüllte ihr den Wunsch und lehrte sie, diese Wörter mit französischem Akzent auszusprechen, in dem die Mundart von Vic allerdings noch unverkennbar durchklang, ohne zu fragen, ob das alles nicht ein bisschen zu frivol für eine Exnovizin sei. Zumindest stellte sie die Frage nicht laut. Zu Hause wiederholte Mutter dann *Eau de Parfum*, *Eau de Toilette*, *Christian Dior* …, bis wir es am Ende alle konnten.

Ich hatte immer meinen Spaß, wenn Mutter mit den gut gekleideten Frauen sprach, die aus der ganzen Gegend in ihren Laden kamen, um sich von ihr beraten zu lassen, welcher Duft zu ihnen passte oder was der letzte Schrei bei den Parfüms aus Paris war. Oh, und dann auch noch so günstig, freuten sie sich, woraufhin Mutter seufzte: Sie wissen ja, für mich bleibt unter dem Strich nicht viel übrig, aber es lohnt sich. Die Kundin rief aus: In Vic oder Barcelona ist dasselbe Parfüm viel, viel teurer, ich weiß nicht, wie du das machst, Isabel. Und die liebe Isabel antwortete, du weißt doch, dass ich mal Ordensfrau war; ich bin der Ansicht, man soll es nicht übertreiben. Ich musste in meiner Ecke unwillkürlich grinsen, wenn ich zufällig im Laden war und die mit Ketten und Armbändern behängte Kundin schließlich eine ganze Reihe von Flakons mit diesen sündhaft teuren Wässerchen kaufen sah. Mutter kassierte und wickelte die Fläschchen in wunderschönes Papier ein. Auch sie achtete stets auf ihre Kleidung, sie gewöhnte sich an, auf hohen Absätzen zu gehen, und verkleidete sich regelrecht, wenn sie im Laden war. Eine Zeit lang ging Nina ihr dort zur Hand. Später hatte sie nachmittags für ein paar Stunden eine Bedienung, ein junges Mädchen, dem sie gleich am ersten Tag sagte, sie erwarte ein sehr gepflegtes Äußeres, ein hübsches Make-up, sorgsam lackierte Nägel und schicke Kleidung.

Nach Abschluss der Lehre ließ ich die Parfüms meiner Mutter, die Kühe meines Vaters und das Dorf im Allgemeinen hinter mir. Mir war eine Stelle in einer Werkstatt in Ripoll angeboten worden, und da ich gerade mit Adela Schluss gemacht hatte, sagte ich auf Anhieb zu. Es war eine einmalige Chance, Abstand zu einer Geschichte zu gewinnen, von der ich nicht recht wusste, wohin sie mich geführt hätte. Ich sagte niemandem Lebewohl, auch nicht meinen Schulkameraden. Freunde, von denen ich mich hätte verabschieden können, hatte ich nicht. Nur zu Hause wussten sie Bescheid. Ich versprach, manchmal an den Wochenenden zu kommen, doch da die Werkstatt samstagvormittags ebenfalls geöffnet war, hatte ich den perfekten Vorwand, um in Ripoll zu bleiben und nicht heimfahren zu müssen. Ich wollte alles vergessen, eine neue Seite aufschlagen und den wahren Albert finden. Denn ich ahnte, dass der wahre Albert bisher noch gar nicht zum Vorschein gekommen war. Der Jugendliche, der auf dem besten Wege war, ein junger Mann zu werden, war für mich ein Fremder. Um ihn kennenzulernen, musste ich von zu Hause fortgehen.

In Ripoll lebte ich allein, so wie ich es hier von nun an tun werde. Aber hier wohne ich in einem großen Haus, und dort hatte ich nur eine kleine Wohnung. Ich musste Kochen und Putzen lernen, ausgerechnet ich, der ich das nie hatte tun müssen, weil ich zu Hause der Junge war und Annabel, Mutter und Nina sich um diese Dinge kümmerten. Ich wusste nicht mal, wie man sein Bett macht. Das hatte auf Mutters Anweisung hin immer Nina für mich erledigt, und schon als wir noch Kinder waren, scheuchte mich meine kleine Schwester morgens aus den Federn, los, raus mit dir, ich muss dein Bett machen, bevor ich zur Schule gehe. In Ripoll musste ich jedoch allein klarkommen, und ich fragte mich, warum das nur den Mädchen beigebracht worden war und mir nicht. Ich besorgte mir ein Buch mit Rezepten und begann zu kochen. Anfangs ging es ziemlich schief; ich wusste nicht, wie viel eine Prise Salz ist, und was Eischnee bedeutete, aber nach und nach kam ich immer besser zurecht. Wenn ich manchmal auf der Straße oder in dem Café, in dem ich mittags aß, Frauen über Rezepte reden hörte, juckte es mich, zu ihnen zu gehen und sie danach zu fragen, wie denn dieses Gericht genau zubereitet würde. Kochen ist gar nicht so viel anders als die Bastelei an einem Motor. Das habe ich immer schon gedacht. Natürlich ist nichts auf der Welt mit einem Motor vergleichbar. Kein Mensch hat seine Arbeit je so geliebt wie ich.

In Ripoll wurde ich zum begeisterten Kinogänger. Und ich schaute viel fern. Und ich kochte. Ich tat alles, um mich am Nachdenken zu hindern. Von Zeit zu Zeit kam mir die arme Adela in den Sinn, und ich ging hart mit mir ins Gericht, weil ich mich ihr gegenüber so schäbig verhalten hatte. Doch eigentlich beschäftigte meine Gedanken und meinen Körper etwas ganz anderes.

Sämtliche Arbeitskollegen in der Werkstatt hatten eine Freundin, nur ich nicht. Schön, der Chef war verheiratet und hatte Kinder, aber er war auch ein ganzes Stück älter als wir. Dass ich keine Freundin hatte, trieb mich um, denn ich hatte nicht nur keine, ich wollte nicht mal eine. Allein bei dem Gedanken, mit einer Frau ins Bett zu gehen und sie anschließend zu heiraten, sträubten sich mir die Haare. Mir ging es gut, wenn ich vor dem Spiegel masturbierte. Trotzdem fehlte mir etwas. Etwas, das immer realer und größer wurde wie ein wassergefüllter Ballon, der anfangs winzig klein ist, dann aber anschwillt, bis er eines Tages platzt und ausläuft. Als ich mir dessen bewusst wurde, leckte er bereits. Ich versuchte, es zu leugnen. Nein, das ist nicht wahr, das kann nicht sein, redete ich mir ein. Doch es stimmte. Und so musste der Albert vor dem Spiegel dem Albert im Spiegel eines Tages die Wahrheit ins Gesicht sagen: Du stehst auf Männer, Albert.

An dem Tag, an dem es mir wie Schuppen von den Augen fiel, bekam ich furchtbare Angst. Ich suchte nach einem Ausweg, fand aber nirgends eine offene Tür. Ich war wie gelähmt in Anbetracht der Folgen, die dieses vermeintliche soziale Übel, diese Missbildung, diese Krankheit für mich haben konnte. Du lieber Himmel, du lieber Himmel, du lieber Himmel, murmelte ich immer wieder. Ich ließ mich aufs Sofa fallen, schaltete aber ausnahmsweise den Fernseher nicht ein. Ich hatte versucht, mir einen runterzuholen, aber nach meinem Bekenntnis vor mir selbst war er schlagartig geschrumpft. Heilige Muttergottes, rief ich nun die Einzige an, die, wie mir schien, vor Gott für mich ein gutes Wort einlegen konnte. Denn in diesem Moment kam es mir vor wie eine der größten Sünden überhaupt, die ein Mensch begehen konnte: auf jemanden des eigenen Geschlechts Lust zu verspüren.

Dann holte dieselbe Wahrheit meine geheimsten Gedanken ans Licht, die ich immer verdrängt, vor mir selbst verleugnet und aus meiner Fantasie verbannt hatte. Plötzlich fiel mir ein, wie ich erbebte, wenn einer meiner Arbeitskollegen auf mich zukam, mir auf die Schulter klopfte und mich fragte, wie es mir gehe. Und wie ich ihre Freundinnen beneidete, wie ich regelrecht eifersüchtig auf sie war, weil sie sie berühren und küssen durften. Auf die Freundinnen war ich neidisch, nicht auf meine Kollegen. Manchmal stellte ich mir vor, wie sie einander liebkosten, und wäre dann gern eine der Freundinnen gewesen, um ihnen nahe sein und das mit ihnen tun zu können, was ich mir anschließend auch von ihnen gewünscht hätte. Nun begriff ich, warum ich Adela verlassen hatte. Endlich wurde mir klar, was ich jahrelang selbst nicht verstanden hatte. Oder vielleicht hatte ich es doch verstanden und mich nur geweigert, es mir einzugestehen. Es ist wohl so, dass man nur das Gute im Gedächtnis behält, alles Unangenehme oder Schmerzhafte aber aussperrt. Jedenfalls fiel damals bei mir der Groschen. Und die Wahrheit war entsetzlich.

Ich hole mir ein Bier und biete auch Annabel eins an. Sie schüttelt den Kopf. Der leicht bittere Geschmack ruft in mir sofort die Erinnerung an die vielen Abende in Ripoll wach, an denen ich hin und her überlegte, was um alles in der Welt ich tun sollte. Ich war kein beinharter Biertrinker geworden, aber nach dem Abendessen genehmigte ich mir gern eins oder zwei. Bei gutem Wetter öffnete ich das Fenster und schaute den Passanten auf der Straße nach. In den Tagen, nachdem ich mir meine Homosexualität eingestanden hatte, fragte ich mich, wie ich von nun an damit klarkommen sollte, was ich nun anfangen sollte und ob ich es jemandem erzählen durfte. Als Allererstes ging ich in die Klosterkirche, um zu beten. Viele Tage lang. Ich dachte, wenn ich um Gottes Hilfe bäte, würde Er sich vielleicht meiner annehmen und mich von meinen sündhaften, abwegigen Gelüsten befreien. In dem Körper, in dem ich lebte, musste einfach etwas schieflaufen, irgendetwas falsch gepolt sein. Es musste doch möglich sein, das in Ordnung zu bringen; schließlich war ich mir mehr als bewusst, dass ich auf Frauen stehen sollte und nicht auf Männer. Es war unsinnig, sicher bildete ich mir das nur ein. Ich war durcheinander. Wie vor den Kopf geschlagen. Völlig verstört. Und ich war die vielen widerstreitenden Gedanken leid, die mir durch den Kopf rasten und nicht zu stoppen waren.

Also ging ich ins Kloster und setzte mich in den Lichtschein, der durch die Fenster fiel und mir wie ein göttliches Zeichen schien. Die Stille im Gemäuer dieses jahrhundertealten Gotteshauses legte sich auf mein aufgewühltes Gemüt und schaffte es, mich für eine Weile zu beruhigen.

Aber mehr auch nicht. Ich verbrachte ungeheuer viel Zeit mit Beten, zündete zahllose Kerzen an, ging jeden Tag zur Messe und konnte doch nichts dagegen tun.

Ich fragte mich, ob es noch mehr Menschen gab wie mich. Sicher, ganz bestimmt sogar, doch ich müsste lernen, sie zu erkennen. Natürlich war ich schon mal welchen begegnet, denen ich es auf Anhieb angesehen hatte, weil sie sich bewegten und sich ausdrückten wie Frauen und das Gespött der Leute waren. Doch diese Männer sagten mir nichts, und ich fühlte mich auch nicht wie sie. Ich war anders, mir war nicht danach, mich zu gebärden wie eine Frau. Trotzdem, jetzt da ich die Wahrheit kannte, merkte ich, wie heftig die Lust in mir loderte und dass es für mich äußerst schwierig, um nicht zu sagen unmöglich war, Gefallen an einer Frau zu finden. Wenn ich dieses Verlangen also jemals befriedigen wollte, würde ich lernen müssen, mich jemandem zu nähern, der zu mir passte. Vielleicht würde ich ja am Ende tatsächlich bei einer dieser Tunten landen, die mir nicht geheuer waren. Selbstverständlich durfte niemand etwas davon mitbekommen. Du lieber Himmel, ist das alles schwierig, seufzte ich. Ohne es zu wollen, war ich in ein Labyrinth geraten und fand nun den Ausgang nicht mehr. Oder besser gesagt, ich war nicht hineingeraten, ich war darin geboren worden. Und was kann ich bitte dafür, klagte ich laut.

Eines Tages tauchte um die Mittagszeit in der Werkstatt ein Mann mit einer Autopanne auf, deren Reparatur eine gewisse Zeit in Anspruch nehmen würde. Er war Franzose, wie ich an dem Akzent erkannte, den Mutter bei ihren Gesprächen über Parfüms und Duftwässer vortäuschte. Ich war allein, die anderen machten bereits Pause. Er könne den Wagen am folgenden Tag abholen, erklärte ich ihm. Da antwortete er mir auf Spanisch, das gehe nicht, er müsse noch am selben Tag auf der anderen Seite der Grenze sein. Bitte, sagte er mit flehentlichem Blick und faltete die Hände. Ich war wie vom Blitz getroffen. Diese Geste bewirkte, dass ich den Mann mit einem Mal höchst attraktiv fand und ihm jeden Wunsch erfüllt hätte. Okay, sagte ich, als ich die Sprache wiedergefunden hatte, ich nehme ihn mir um drei vor, aber jetzt gehe ich erst mal essen. Kein Problem, erwiderte der Mann lächelnd. Grundgütiger, in diesem Lächeln erstrahlten die ganze Welt und die Sonne und alle Sterne des Firmaments. Dann sah ich, wie diese fein geschwungenen Lippen sagten: Ich müsste auch etwas essen, aber ich weiß nicht, wo. In der Nähe der Werkstatt gab es nur ein Café mit Mittagstisch für Arbeiter. Gehen wir zusammen, sagte ich. Auf dem Weg zum Café wussten wir nicht, worüber wir reden sollten. Ich war verstört. Es war weiß Gott nicht so, dass ich mich in alle Männer verguckte, die die Werkstatt betraten, aber dieser hatte es mir angetan. Ich musterte ihn aus dem Augenwinkel; er war groß, gut gebaut, trug eine Jacke mit hochgeschlagenem Kragen und roch sehr gut. Im Café bot ich ihm an, sich zu mir zu setzen. Heiter und nicht im Geringsten verlegen folgte er meiner Aufforderung. Die Kellnerin kam und nahm unsere Bestellung auf. Zum Trinken orderte ich Mineralwasser und er eine *Orangina*, eine französische Orangenlimonade, wie er mir nachher erklärte. Die Kellnerin schien es auf Anhieb zu verstehen, vielleicht kannte sie das schon. Jedenfalls brachte sie ihm eine Fanta, und er war zufrieden. Ich fand es eigenartig, dass er etwas so Süßes zum Mittagessen trank, enthielt mich aber eines Kommentars, weil ich dachte, Franzosen machten das eben so.

Verwirrt, wie ich war, wusste ich nicht, wie ich das Gespräch in Gang bringen sollte, und fragte denkbar einfallslos: Auf dem Heimweg? Ja, erwiderte er. Du hast es wohl eilig, spielte ich auf seine dringende Bitte an, das Auto rasch zu reparieren, und hätte gern hinzugefügt, wie schade. Er verzog das Gesicht. Ja, in der Tat, diesmal muss ich wirklich zusehen, dass ich dieses Land verlasse, in dem mir so viele Frauen übelwollen. In diesem Moment wurde unser Essen serviert, Seehecht für ihn, Kalb für mich. Doch mir war der Appetit plötzlich vergangen, und alles, was bei seinem Anblick in mir aufgewallt war, sank wieder in sich zusammen. Er redete über Frauen, und ich hatte gedacht, er wäre einer von meinem Schlag. Auch wenn ich gar nicht wusste, wie ich darauf gekommen war; offenbar hatte mir meine Intuition einen Streich gespielt. Obwohl die Enttäuschung riesengroß war, versuchte ich, mir nichts anmerken zu lassen, und wechselte das Thema. Hast du Urlaub gemacht? Er lachte: Nein, nein, ich komme einmal im Monat in Sachen Schuhe her. Ich arbeite in einer Kette von Schuhgeschäften und kaufe hier regelmäßig neue Modelle. Okay, sagte ich und hüstelte, dann wird es nicht so leicht sein, vor den Frauen, die dir übel mitspielen wollen, Reißaus zu nehmen, denn nächsten Monat hast du sie wieder am Hals. Mit einer Grimasse sagte er etwas Eigenartiges: Nein, nein, mit der bin ich fertig, die wollte mir ihre Familie vorstellen. Ich war konsterniert. Ich hatte natürlich keine Ahnung, um wen es ging, aber ich konnte mir die Bemerkung nicht verkneifen: Aber das ist doch kein Grund … Er fiel mir ins Wort: Doch, doch, das hätte ein Riesentheater gegeben. Dann schwieg er einen Moment und sagte langsam, wie zu sich selbst: Wenn ich es recht bedenke, könnte ich sie ja irgendwann tatsächlich einmal besuchen. Ich verstand kein Wort. Er schaute auf, strahlte mich an und sagte: Ich bin frei wie ein Vogel, ich sage nie, wo ich wohne oder wohin ich fahre, und diese Affäre dauerte sowieso schon zu lang. Aha, machte ich nur. Da fragte er: Und du, hast du eine Freundin?

Ich wurde blass, das war eine Fangfrage. Aber er wusste genau, warum er sie stellte. Noch bevor ich ein verstörtes Nein murmeln konnte, sagte er unumwunden: Ich sehe schon, du hast keine und wirst nie eine haben. Er blickte auf unsere fast leeren Teller und fuhr sehr bedächtig fort: Du isst gern Fleisch, und ich habe Fisch bestellt, aber Fleisch mag ich ebenso gern, musst du wissen, ich esse alles. Seine Augen waren wie Pfeile, und ich glaubte vom

Stuhl zu fallen. Innerlich begann ich wieder zu brodeln. Du riechst gut, sagte er, ich mag dein *Eau de Cologne*. Das machte mich sprachlos, denn ich hatte das *Eau de Cologne* von Nina und Annabel aufgelegt. Mutter brachte es immer mit nach Hause, und ich hatte mich heimlich daran bedient, weil mir der Duft gefiel. Er durchbohrte mich mit seinem Blick, während er nachsetzte: Wenn ich es recht bedenke, habe ich es doch nicht so eilig. Vielleicht fahre ich erst morgen nach Hause. Übrigens, ich heiße François.

»Wo ist die Bettwäsche?«, fragt Annabel. Sie möchte schlafen gehen.

Daran hatte ich nicht gedacht. Gemeinsam gehen wir zu einem Schrank im Flur.

»Nimm dir, was du magst.«

»Ach, sieh an, noch am selben Platz wie früher. Aber jetzt ist alles superordentlich …«

»Ich kann Unordnung nicht ausstehen«, erwidere ich.

Das stimmt, ich ertrage kein Durcheinander. Das war schon in Ripoll so, meine Wohnung war immer picobello. Als François an jenem Abend hereinkam und sagte, die Wohnung sei *charmant*, platzte ich vor Stolz. Aber das währte nicht lange, denn ich war so nervös, dass ich nicht wusste, wie ich mich verhalten sollte. Ich bot ihm ein Bier an und holte mir auch eins, und dann setzten wir uns auf das Sofa. Wir tranken einen Schluck und schauten uns an. Er rückte ein Stück näher, und ich sagte, ich müsse zur Toilette. Ich konnte nicht sehen, was für ein Gesicht er machte, doch ich könnte mir vorstellen, dass er nachsichtig lächelte und vermutlich dachte, ich sei noch grün hinter den Ohren, was ja in der Tat stimmte.

Im Bad focht ich den erbittertsten Streit aus, den ich je mit einem Menschen gehabt habe, und zwar mit mir selbst. Der kürzeste war es auch, denn er dauerte nur drei Minuten. Während ich mein Spiegelbild musterte, fragte ich mich, ob ich das wirklich tun könne, ob das nicht meinen Körper, meine Seele besudeln würde, ob ich danach nicht unwiderruflich ein anderer wäre. Der Gedanke, man würde im Dorf davon hören, meine Eltern würden es erfahren, alle Welt würde es wissen, beunruhigte mich zwar, aber im Grunde war in diesem Moment viel wichtiger, ob ich nicht Gefahr lief, mir selbst zuwider zu handeln und mich für den Rest meines Lebens zu hassen. Und auch, ob ich damit nicht Gott beleidigte, der alles sah und über alles seine Hände hielt und uns liebte, solange wir auf dem rechten Weg waren. Was würde geschehen, wenn ich aus der Reihe tanzte, was würden Gott und die Heilige Jungfrau dazu sagen? Ich hatte solche Angst, dass es mir den Atem verschlug und mir schwindlig wurde. Ich musste mich an der Wand abstützen.

Bis eine Macht, deren Ursprung ich mir nicht erklären kann, eine vielleicht dämonische Macht, mich aus dem Bad trieb und ich ihm im Flur gegenüberstand. Ich wollte nicht mehr nachdenken, ich wollte gar nichts denken, diese drei Minuten hatten mich ausgelaugt. Er kam auf mich zu, und bevor er mich küsste, fand ich gerade noch Zeit, rasch zu schlucken und hastig zu sagen: Hör mal, ich weiß nicht, wie ich es sagen soll, es ist das erste Mal, ich weiß nicht, ob … Er lächelte, *oh, mon petit, t'inquiète pas, ça va aller*. Ich konnte nicht genug Französisch, um es zu verstehen, und ich verstand auch nachher auf dem Sofa und im Bett nicht jedes Wort, denn dieser Mann liebte auf Französisch.

Es wurde eine einzigartige, märchenhafte Nacht. Ich lernte, was es hieß, wenn ein Mann einem anderen die Lust auf dem Silbertablett servierte. Ich lernte, wie zwei Männer einander mit zarten Berührungen glücklich machen konnten. Hinterher fühlte ich mich lange sehr schlecht, als hätte ich die schlimmste aller Sünden begangen, ich wachte nachts auf und stellte mir vor, auf meine Seele habe sich für alle Zeiten der tiefe Schatten schwärzester Finsternis gelegt. Trotzdem empfinde ich jene Nacht eines ungewöhnlich kalten Dezembers heute als Schlüsselmoment meiner Entdeckung der Welt.

Am nächsten Morgen sagte mir François, der Frauen-Flüchtling, mit einem sanften Kuss Lebewohl und verschwand. Ich wusste, ich würde ihn nie wiedersehen.

»Gute Nacht, Albert«, sagt Annabel und drückt mir einen Kuss auf die Wange.

»Gute Nacht, Schwesterherz«, erwidere ich und stapele die Bettwäsche im Schrank wieder ordentlich aufeinander.

Ninas Bett ist schon gemacht, sie wird klarkommen, wenn sie zurück ist. Ich gähne und gehe ins Wohnzimmer, um ein bisschen fernzusehen. Kurz bevor ich einnicke, werde ich zu Bett gehen, so wie jeden Tag. Zumal mir heute die schönsten Erinnerungen, die an jenen Tag vor Weihnachten 1980, in den Sinn gekommen sind. Aber auch die düstersten. Und das alles nur wegen Vaters Behauptung. Jetzt ist Vater, möge er in Frieden ruhen, nicht mehr da. Mein Gott, als ich mich setze, werde ich mir plötzlich seiner Abwesenheit bewusst. Wir sprachen nicht viel miteinander, er hat mich auch nicht angeschaut, wobei er in der letzten Zeit sowieso so krumm geworden war, dass er gerade mal den Boden, den Tisch oder den Teller vor sich sehen konnte. Was er wohl auf dem Hof gemacht hat? Ich habe keine Ahnung. Jeden Morgen kam der Junge in aller Frühe und holte ihn ab. Meinst du wirklich, er kann noch da hochfahren?, fragte ich ihn eines Tages. Es ist eine Abwechslung für ihn, erwiderte der Junge schulterzuckend und starrte mich mit seinen großen Augen an, die mir aus irgendeinem Grund immer Schauder über den Rücken jagen. Joanet bekreuzigt sich ständig. Wenn man sein ganzes Leben bei den Nonnen verbracht hat, hinterlässt das Spuren. Selbst beim Bäcker spotten sie über den Jungen, weil er anscheinend sogar sein Brot segnet, sobald er es in Empfang nimmt.

In den ersten Tagen nach meiner Einführung in die Kunst zu lieben forschte ich verzweifelt nach einer Erklärung für das alles, für mein Verhalten und diese Lust. Ich verstand mich selbst nicht. Überall suchte ich nach Erlösung für meinen Leib und meine Seele. Und landete schließlich bei der Jungfrau Maria. Ich lag in meinem Bett und hielt leise Zwiesprache mit der Muttergottes, um eine Antwort auf meine inneren Widersprüche zu finden, anfänglich mit einer gewissen Scham, dann mit Überzeugung und schließlich beseelt von Hochgefühl. Und da ich sah, dass sie weder ein Unwetter noch einen Steineregen auf mich niedergehen ließ, fasste ich mir ein Herz und bat sie zu jedem meiner Zweifel um Rat. Ich redete stundenlang mit ihr, bis ich sie am Ende leise fragte, was ich tun solle, und sie antwortete mir, mal durch einen Gedankenblitz, mal nachts im Traum. Komm zu mir, sagte sie, und lass uns reden. Natürlich habe ich davon nie jemandem ein Sterbenswörtchen erzählt, das behalte ich schön für mich, denn da die Welt nun mal ist, wie sie ist, müsste ich für meine Offenheit am Ende sicher büßen und würde zur Zielscheibe des Gespötts.

In jenen Tagen jedenfalls, als ich nicht wagte, zur Beichte zu gehen, weil ich die Strafpredigt des Priesters fürchtete und vor allem, dass er mir das Versprechen abnehmen würde, es nie wieder zu tun, und das konnte ich doch nicht versprechen, denn ich sehnte mich schon nach dem nächsten Mal, nun, in diesen Tagen ging ich zur Muttergottes, um mit ihr zu sprechen. Das heißt, ich setzte mich in die Bank der Klosterkirche, wo ich erst wenige Tage zuvor gekniet, zu Gott gebetet und ihn inständig angefleht hatte, den Kelch der Homosexualität an mir vorübergehen zu lassen. Homosexualität, wenn ich daran nur dachte, stellten sich mir die Nackenhaare auf. Damals nannte man es natürlich nicht so, kein Mensch sagte homosexuell; zu der Zeit waren Männer, die sich mit Männern einließen, bloß Schwuchteln. Jedes Mal, wenn mir der Gedanke kam, ich könnte eine Schwuchtel sein, trieb es mir die Röte ins Gesicht. Ich kam nicht dagegen an, wenn mir vor Scham und vor Angst, den Schritt in eine Welt voll unbekannter Gefahren zu tun, das Blut in den Kopf stieg. Mehr als einmal sagte ich zu mir, es müsse sich um ein Versehen, einen Fehler, einen Ausrutscher handeln. Aber dann hörte ich in meinen Körper hinein und wusste, das stimmte nicht.

Wenn ich in der Kirchenbank saß, wandte ich mich ganz vertraulich an die Jungfrau Maria. Sie sollte mir erklären, warum es nicht erlaubt war, warum Männer nicht mit Männern zusammen sein durften, warum der Pfarrer das als die größte Sünde bezeichnete, die ein Mann begehen konnte, ja beinahe schlimmer noch als Mord. Als er das eines Tages mitten in der Predigt von sich gab, hatte ich angefangen zu zittern. Dort, im Kloster von Ripoll, blickte die Jungfrau Maria lächelnd durch den Sonnenstrahl und sagte: Mein Lieber, ich weiß nicht, was ich dir darauf antworten soll. Es war nicht die Jungfrau auf dem Mosaikbild am Altar oder eine aus Holz oder Stein, das möchte ich klarstellen; nein, es war die leibhaftige Jungfrau, die mir in diesem Lichtstrahl erschien, und zwar nur mir, als wäre ich eine neue Bernadette Soubirous in ihrer Höhle bei Lourdes. Aber mir sagte sie nichts von all dem, was sie der kleinen Hirtin gesagt hatte, mir erklärte sie bloß, sie wisse nicht, was sie mir antworten solle. Die Muttergottes war so unschlüssig, dass wir das Thema schließlich fallen ließen.

Bevor ich ging, legte ich Maria noch ans Herz, den Pfarrer meines Dorfes zu ermahnen, dass er anders über diese Dinge sprechen solle, weil ich ihn nicht verstand und er mich nur noch mehr verwirrte. Und weil ich vor lauter Wenn und Aber nicht mehr wusste, wo mir der Kopf stand. Sie senkte den Kopf, ihren ätherischen, leuchtenden Kopf, den ich nur in kurzen magischen Momenten zu sehen vermochte, und sagte: Gut, mache ich. Aber sie tat es wohl nicht, denn als ich das nächste Mal im Dorf in die Messe ging, war der Pfarrer noch immer derselbe und sagte genau das, was er immer gesagt hatte.

Und in diesen Tagen, in denen ich meine aufschlussreichen Unterredungen mit der Jungfrau führte, tauchte Gerard auf. Ich vergaß alle Begierden und meine Plaudereien mit der Muttergottes, weil mir die Galle überlief. Wenn ich daran zurückdenke, läuft es mir kalt den Rücken herunter. Ich will nicht daran denken, kann aber nicht anders. Vielleicht ist jetzt der richtige Moment gekommen, um einen Schlusspunkt unter das Ganze zu setzen, und sei es nur für mich. Vielleicht ist es an der Zeit, mich der Erinnerung zu stellen, jetzt, da es so lange her ist. Vielleicht.

Ich war Gerard häufig im Dorf begegnet. Er tauchte überall auf, auf der Straße, in der Messe oder auf dem Platz. Wenn er mich aus der Ferne grüßte und hastig verschwand, hatte ich immer das Gefühl, dass etwas im Busch war, aber ich traute ihm nicht, denn sobald ich ihn sah, fielen mir die Ameisen ein. Ich versuchte, ihm ebenfalls aus dem Weg zu gehen. Ich wollte von diesem Mistkerl nichts mehr wissen. Doch dann stand er mit einem Mal in Ripoll in der Werkstatt. Nanu, was machst du denn hier, Gerard, ist dein Auto kaputt?, fragte ich ihn halb im Spott und hielt nach seinem Wagen Ausschau. Er winkte ab. Nein, nein, darum geht's nicht. Dann schluckte er. Ich bin gekommen, weil ich mit dir reden will. Ich schaute ihn an und versuchte herauszufinden, was mit ihm los war, denn er sah nicht gut aus, als wäre ihm etwas Schlimmes zugestoßen. Ich muss arbeiten, erwiderte ich nur. Ich warte auf dich, entgegnete er, können wir reden, wenn du fertig bist? Um wie viel Uhr machst du Schluss? Um sieben, antwortete ich, und ja, dann können wir reden, hol mich ab.

Grußlos kehrte ich in die Werkstatt zurück. Die Sache behagte mir nicht; Gerard musste etwas ausgefressen haben, und möglicherweise hatte es mit meiner Familie zu tun. Ich erinnerte mich, dass ich ihn schon lange nicht mehr mit seiner Freundin gesehen hatte. Und wenn er etwas mit Nina angefangen und sie geschwängert hatte? Nein, nein, schalt ich mich selbst, das würde Nina niemals zulassen. Nina war zwar keine richtige Nonne, aber beinahe. Und wenn er sie vergewaltigt hatte und es nun bereute? Du lieber Himmel, hoffentlich ist es nicht das, flehte ich innerlich und arbeitete weiter, während allerlei bösartige, absonderliche Ideen durch meinen Kopf spukten.

Der Ameisenmörder Gerard erwartete mich um sieben vor der Tür. Es war kalt und dunkel. Gehen wir einen Kaffee trinken, schlug ich missmutig vor. Er war einverstanden. Und nachdem wir eine Weile in drückendes Schweigen gehüllt nebeneinander hergestapft waren, setzten wir uns vor dem Kloster in ein Café.

Gerard war übernervös, er rutschte hin und her und wusste augenscheinlich nicht, wohin mit seinen Händen. Ich bestellte einen Kaffee, er eine heiße Schokolade. Mit Sahne, bitte. Oh Mann, ein Gerard, der »bitte« sagte, das war wirklich etwas Neues. Die riesige Sahnehaube auf der heißen Schokolade sah ansprechend aus. Als er die Tasse vor sich hatte, entschuldigte er sich: Was ich dir erzählen muss, ist ein dickes Ding, weißt du. Ich schwieg; ich bin mir nicht sicher, ob er damit erklären wollte, dass er deshalb auch etwas entsprechend Großes bestellt hatte. So jedenfalls kam es mir vor, denn während er sprach, rührte er pausenlos in der Tasse. Die Kombination aus Sahne und Schokolade war ideal, um die Hände zu beschäftigen. Schade um die heiße Schokolade, dachte ich. Denn nachdem er mit der Sprache herausgerückt war, hatte der Inhalt seiner Tasse nicht mehr die geringste Ähnlichkeit mit dem, was ihm serviert worden war. Und meinen Kaffee hatte ich schon seit einer ganzen Weile ausgetrunken.

Schieß los, ermunterte ich ihn, als ich sah, dass er kein Wort herausbrachte. Weißt du, es kann gut sein, dass dir nicht sonderlich gefällt, was ich dir zu sagen habe, aber ich muss es loswerden, weil ich sonst nicht ruhig schlafen kann. Er verstummte und rührte in der Sahne. Na komm schon, worum geht's?, drängte ich. Mir saß noch immer eine furchtbare Angst im Nacken, er hätte Nina etwas angetan; ich weiß nicht, warum ich von dem Gedanken so besessen war. Doch er machte partout nicht den Mund auf. Daher sagte ich schließlich: Hör mal, wenn du einem aus meiner Familie etwas getan hast, dann … Oh nein, entgegnete er, nein, nein, das würde ich nie tun. Klar, es sind ja keine Ameisen, murmelte ich; diese Ironie konnte ich mir einfach nicht verkneifen. Er hob den Blick und sah mich an. Mir war vorher nie aufgefallen, dass er honigfarbene, mandelförmige Augen hatte. Ich habe eine echt miese Zeit hinter mir, Albert, sagte er. Dann biss er sich auf die Lippen, bevor er fortfuhr: Ich bin in dich verliebt, seit ich klein war.

Du lieber Himmel! Als die Kellnerin vorbeikam, bestellte ich einen Whisky. Ich war instinktiv auf der Hut, diese Geschichte hatte weder Hand noch Fuß. Was redest du denn da, Gerard, du hast mich doch ständig gepiesackt. Er seufzte. Als er feststellte, dass ich ihn weder auslachte noch abfällig reagierte, platzte es aus ihm heraus: Weißt du, Albert, als wir in der Schule waren, habe ich mir so sehr gewünscht, dass du mich beachtest, aber du hast dich immer nur mit merkwürdigem Zeug beschäftigt und nicht mit uns gespielt. Ich war unsagbar eifersüchtig auf alles, was du berührt hast. Deshalb habe ich dir ständig alles kaputtgemacht. Er lächelte schief. Grausam, nicht wahr? Heilige Maria, rief ich fassungslos. Um die armen Ameisen tut es mir leid, fuhr er fort, ich bin eigentlich nicht so, aber ich wusste nicht, wie ich dich sonst auf mich aufmerksam machen sollte; ich war noch ein Kind, und Kinder handeln oft unüberlegt, du hast mich ja nicht mal bemerkt. Ich habe Reißaus genommen, sobald ich dich gesehen habe, sagte ich und nippte an meinem Whisky. Die Flüssigkeit brannte mir im Magen, aber noch mehr loderte es in meinem Kopf. Gerards Beichte zerstörte mein ganzes Weltbild. Es war furchtbar, als du auf einmal mit Adela zusammen warst, denn mir war schon seit Langem klar, dass Frauen nie mein Fall sein würden, und insgeheim hatte ich gewünscht, bei dir wäre es genauso. Gerard verstummte in der Hoffnung auf eine Reaktion, doch ich schwieg. Ich wollte zuerst alles hören, was er mir zu sagen hatte. Dieser Moment konnte mein Leben verändern, das war mir klar, aber ich wollte erst mehr erfahren. Da sagte er: Ich war sehr dumm. Ja, stieß ich hervor. Einen Augenblick hielt er überrascht inne, dann fuhr er fort: Ich suchte mir aus Trotz auch eine Freundin. Ich wollte nicht etwa mit ihr ins Bett steigen, mir war nur wichtig, dass du mich mit jemandem sahst. Dabei war dir das völlig egal, jedenfalls sah es so aus. Ich stimmte wieder zu: Ja, total egal. Dann hast du Adela verlassen und bist nach Ripoll gezogen. Und ich fing an, nach Barcelona zu fahren. Was meinst du damit?, fragte ich ehrlich überrascht. Ich begriff, was mit mir los war, sagte er, entweder war ich durch und durch ein Sünder oder ernsthaft krank. Tatsache ist, ich brauchte Männer, dich konnte ich nicht haben, und in der Stadt fiel man nicht so schnell auf. Das Verlangen beherrschte mich, Albert, und Verlangen ist wie Feuer; ich musste ihm nachgeben, ich konnte nicht anders, also fuhr ich übers Wochenende nach Barcelona, und wenn ich zurückkam, fühlte ich mich erleichtert und imstande, die Woche im Dorf wie ein ganz normaler Mensch zu verbringen. Aber ich hatte den Dämon im Leib, dagegen kam ich nicht an, und so fuhr ich schon Mitte der Woche wieder hin. Ich hatte herausgefunden, wo es Bars mit dunklen Zimmern gab, in denen alles möglich war und wo sich Leute trafen, die so waren wie ich. Dort habe ich mich ausgetobt. Jede Woche ging ich zur Beichte, und jede Woche hielt mir der Pfarrer eine Strafpredigt, aber ich konnte es nicht lassen. Einmal putzte er mich so herunter, dass es mir die Sprache verschlug und ich einen Kloß im Hals hatte. Es ist unerträglich, in einem Körper zu leben, der dich zwingt, Böses zu tun. Unerträglich, Albert. Und an diesem Tag passierte etwas, was ich nie für möglich gehalten hätte. Als der Pfarrer sah, wie ich mit den Tränen kämpfte, sagte er zu mir, komm, und nahm mich mit in die Sakristei. Dort schloss er die Tür ab und zog die Soutane aus.

Hör doch auf!, rief ich so laut, dass sich die Leute nach uns umdrehten. Aber, Albert, ich konnte doch nichts dagegen tun; was hätte ich denn machen sollen, immerhin war es der Pfarrer, der sich die Kleider vom Leib riss und sich an mich schmiegte. Und das Schlimmste ist: Ich konnte ihm nicht widerstehen, Albert. Das ekelt mich bis heute an. Ich bin im Dorf nie wieder zur Kirche gegangen.

Wenn ich daran denke, was Gerard mir damals eröffnete, kocht mir noch heute, selbst in meiner Trauer, das Blut. Später machte sich dieser Pfarrer sogar an Kinder heran, die bei ihm Kommunionunterricht hatten. Als ihre Familien davon erfuhren, beschwerten sie sich beim Bistum. Er wurde abgesetzt und weit weggeschickt. An seiner Stelle kam der Priester, den wir jetzt haben und der ganz anders ist als er. Doch irgendwann zog der alte Pfarrer zurück ins Dorf, obwohl ihm alle die kalte Schulter zeigten. In seinem Verdruss fing er an, noch mehr zu trinken, als er es ohnehin schon tat. Als er starb, soll er unter entsetzlichen Wahnvorstellungen gelitten haben. Aber als Gerard mir erzählte, sie hätten etwas miteinander gehabt, war ich unsicher, ob ich ihm glauben sollte. Nach so vielen Predigten, in denen mir dieser Priester das Gefühl vermittelt hatte, ich sei der sündigste Mensch der Welt, erwies er sich selbst als die größte Schwuchtel. Ich forschte in Gerards Augen nach einem Hinweis, ob er das alles erfunden oder sich nur eingebildet hatte. Ehrlich gesagt, ich wusste nicht, was ich von seiner Geschichte halten sollte. Ich neigte zwar dazu, ihm zu glauben, denn Gerard wirkte aufrichtig, aber ich war mir nicht sicher; ich konnte nicht urplötzlich einem Menschen Vertrauen schenken, dem ich mein ganzes Leben lang misstraut hatte.

Und wie kommt es, dass du mir jedes Mal über den Weg läufst, wenn ich im Dorf bin?, fragte ich zögernd. Er lachte traurig. Was bleibt mir anderes übrig, wenn ich dich sehen will? Ich betrachtete ihn. Das war nicht mehr der Gerard, den ich gekannt hatte. Er sah niedergeschlagen aus; er nahm wohl an, sein Geständnis ließe mich kalt. Doch so war es nicht, im Gegenteil. Um Zeit zu gewinnen, räusperte ich mich, dann fragte ich: Und wieso kommst du nun auf einmal her, um mir das zu sagen? Er räusperte sich ebenfalls und trank seinen letzten Schluck Schokolade. Ich habe mit Adela gesprochen. Du weißt ja, wir arbeiten beide im Supermarkt. Und ob ich das wusste, deshalb hatte ich den Laden in letzter Zeit nicht mehr betreten. Nicht wegen Adela, sondern wegen Gerard, der nun sagte: Sie hat eines Tages mir gegenüber erwähnt, sie habe den Verdacht, dass du auf Männer stehst, so, wie du dich ihr gegenüber benommen hast und wie du dich verhältst, wenn ein Mann in deiner Nähe ist. Und für mich ging der Himmel auf. Er musterte mein Gesicht und fragte ängstlich: Ist das wahr, Albert? Habe ich eine Chance? Ich fühlte mich in die Enge getrieben, die Worte blieben mir im Hals stecken. Was sollte ich darauf antworten?

Im Fernsehen läuft ein Film über korrupte Politiker. Er scheint spannend zu sein, doch ich bin heute nicht ganz bei der Sache, daher kann ich es nicht mit Gewissheit sagen. Heute wandern meine Gedanken zu meiner eigenen Geschichte, die nicht minder packend ist. Heute erscheint mir sogar dieses abgewetzte Sofa gemütlicher als sonst. Trotzdem, es wird spät, ich lege mich lieber gleich ins Bett.

Mit Gerard ging ich an jenem Abend nicht ins Bett, auch wenn er sich das offensichtlich wünschte. Sehnsüchtig schaute er mich an, als wollte er mich mit Haut und Haaren verschlingen, sobald er mit seiner heißen Schokolade fertig wäre. Auch mich verlangte es nach einem Mann. Seit François' Verschwinden hatte ich mit mir gehadert, doch in diesem Moment wog die Erinnerung an alles, was mir mein ehemaliger Klassenkamerad angetan hatte, schwerer als die Unfähigkeit, meinen Trieben Einhalt zu gebieten. So war ich schon immer. Ich bin noch nie mit dem Erstbesten ins Bett gegangen. Ich habe immer nach mehr gesucht. Und das konnte ich bei Gerard in diesem Moment nicht finden. Ich glaub, es hackt, blaffte ich ihn an. Mit hängendem Kopf bat er mich um Verzeihung. Aber mir stand nicht der Sinn nach solchem Quatsch. Ich sprang auf, nahm meine Jacke und ließ ihn auf der Rechnung sitzen.

Den nächsten Tag verbrachte ich kochend vor Wut, am übernächsten schwankte ich zwischen Empörung und Stolz, weil ich in meinem mutmaßlichen Erzfeind ein solches Begehren ausgelöst hatte. Am dritten Tag bedauerte ich ein bisschen, die Gelegenheit nicht beim Schopf ergriffen zu haben, und an vielen weiteren Tagen bereute ich es zutiefst. Aus dem Hass, der Verachtung oder der Angst, die Gerard in mir hervorgerufen hatte, war plötzlich etwas anderes, Angenehmes geworden. Meine Gefühle hatten sich um 180 Grad gewendet. Bewusst oder unbewusst schob ich meinen inneren Zwiespalt, all die inneren Widersprüche, die ich gehabt hatte und noch immer hatte, beiseite. Mein Adrenalinspiegel stieg, und aus Verlangen wurde Feuer. Von da an war mir alles egal, ich hatte nur ein Ziel. Am Ende des Tunnels gab es ein Licht, das einen Ausweg aus meiner Niedergeschlagenheit versprach. Dieser Versuchung konnte ich nicht widerstehen. Da ich seine Telefonnummer nicht hatte, klingelte ich bei meinem nächsten Besuch im Dorf an seiner Tür. Als seine Mutter sagte, er sei nicht da, dachte ich, er sei vielleicht nach Barcelona gefahren. Ich bat sie, ihm auszurichten, dass ich nach ihm gefragt hatte. Sie nickte kurz und schaute mich argwöhnisch an, denn es war das erste Mal, dass ich zu ihrem Sohn wollte, und das muss sie sehr verwundert haben.

Ich kehrte nach Ripoll zurück und wartete. Die Jungfrau Maria schoss ich in den Wind. Was sie zu sagen hatte, passte mir nicht; ich wollte nicht an sie denken. Es konnte mir nicht schnell genug gehen, mir war es egal, ob ich eine sündhafte Schwuchtel war. Ich war nur noch scharf. Und Gerard kam nicht. Ich war schon drauf und dran, zu ihm zu fahren, weil ich mich nicht länger beherrschen konnte. Mein Körper brannte, er schrie förmlich nach der Berührung meines früheren Feindes, den ich nun brauchte wie die Luft zum Atmen.

Endlich erschien er. Es war an einem Montag, am Abend des 23. Februar, doch ich hätte mir das Datum natürlich nie gemerkt, wenn nicht geschehen wäre, was geschah. Wir wollten gerade die Werkstatt schließen, als jemand hereinstürmte und rief, es sei etwas Schlimmes im Gange, in Valencia stünden Panzer in den Straßen. Ich muss gestehen, ich maß der Sache keine besondere Bedeutung bei, denn die Leute neigen meines Erachtens zur Übertreibung, und Ereignisse werden immer unnötig aufgebauscht. Ich nahm mir aber vor, für alle Fälle den Fernseher anzuschalten, sobald ich zu Hause wäre. Doch dazu sollte es nie kommen. Als ich nämlich Gerard in der Dunkelheit stehen und auf mich warten sah, hätte mich kein Panzer der Welt aufhalten können. Gehen wir, war alles, was ich sagte. Wir gingen in meine Wohnung, aber nicht, um fernzusehen.

Von den Ereignissen dieses Abends kann ich nur über das berichten, was sich in meinem Schlafzimmer in Ripoll abspielte. Gerard, der furchteinflößende Gerard, entpuppte sich erst als außerordentlich sanfter Liebhaber und dann als zärtlicher Freund. Sollte ich François je vermisst haben, was ich nicht glaube, dann war es damit nun vorbei; dennoch muss ich zugeben, dass mir flüchtig der Mann in den Sinn kam, der kurz vor Weihnachten in mein Leben geschneit war und mich auf eine – wie ich heute finde – großzügige Weise in die Kunst zu lieben eingeführt hatte. Wenn er bei Frauen ebenso brillant agierte, durfte man ihn mit Fug und Recht in jeglicher Hinsicht als Meister der Liebe bezeichnen.

Aber der Gedanke an François war einen Augenblick später schon wieder verflogen. Bei mir war Gerard, ein Gerard aus Fleisch und Blut, den ich berühren konnte, und er war mein. Als er vor mir stand, schaute ich ihm in die Augen und sah keine Spur mehr von dem grausamen, höhnischen Ausdruck früherer Zeiten. Aus dem Jungen war ein Mann geworden, und dieser Mann liebte mich. Ach, hätte ich das nur vorher gewusst. Ich machte ihm Vorhaltungen. Meinst du etwa, du hättest besser verstanden, was mit dir los ist, wenn ich mich dir früher offenbart hätte?, fragte er mich. Vermutlich hatte er recht, denn hätte er es mir, sagen wir, zwei Jahre früher gestanden, hätte ich es sicher als Beleidigung aufgefasst. Oder vielleicht auch nicht, vielleicht hätte ich ja geahnt, dass er der Wahrheit nahekam. Und du, warum hast du eine Frau gekränkt, es macht dir wohl Spaß, andere zu verletzen, sagte ich, während ich ihm sanft über den Rücken kratzte. Nein, erwiderte er, nahm meine Hand und legte sie auf seine Wange. Ich möchte niemandem weh tun, und zu dir war ich nur so fies, weil du mich zur Verzweiflung getrieben hast. Montse und ich waren nie ein Liebespaar, ich habe sie lediglich gefragt, ob es ihr etwas ausmachen würde, so zu tun als ob. Gerard grinste mich an, und als er mein Befremden sah, fuhr er fort: Montse war es egal, sie ist eine gute Freundin von mir und in ihren Männerbeziehungen sehr liberal; sie hat immer gewusst, dass ich nicht war wie die anderen. Und weil sie nicht dumm ist, wollte sie nur wissen, auf wen ich es diesmal abgesehen hätte. Ich verriet es ihr nicht, aber da ich sie jedes Mal umarmte und sehr aufgeregt war, wenn wir dir irgendwo begegneten, zählte sie rasch eins und eins zusammen. Montse spielte mit, bis ich ihr sagte, es sei nicht mehr nötig, weil dir ein Licht aufgegangen sei. Dass Adela schon so eine Vermutung geäußert hatte, habe ich dir ja erzählt. Und es ist noch gar nicht lange her, da habe ich dir angesehen, dass du endlich in den Spiegel geschaut und den anderen Albert, den wahren Albert, entdeckt hast. Verblüfft bekannte ich: Ja, das stimmt, ich bin mir darüber klar geworden, als ich mich im Spiegel anschaute; woher weißt du das? Weil es mir genauso erging, allerdings deutlich früher als dir, erwiderte Gerard lächelnd. Ich weiß von vielen Männern, die es ebenfalls begriffen, als ihr Spiegelbild ihnen dabei zusah, wie sie sich streichelten. Ich weiß nicht, ob es allen so geht, aber etlichen bestimmt.

Ich wusste genau, was er sagen wollte. All die Jahre, die ich damit zugebracht hatte, allein für mich Ameisen, Eiszapfen, Raureif und die Natur im Allgemeinen zu beobachten, hatten mein Auge nicht nur für Pflanzen und Tiere geschärft, sondern auch für Menschen. Mir war klar geworden, dass es von allem ein bisschen gibt, dass alles möglich ist und alles respektiert werden muss. Ich hatte verstanden, dass menschliches Verhalten, mal mehr, mal weniger, dem primitiven Verhalten der Tiere gleichkommt. Unsere Intelligenz befähigt uns bisweilen zur Umkehr, aber beileibe nicht immer. Wenn unsere Triebe sehr stark sind und die Oberhand gewinnen, dann werden wir von dem überwältigt, was wir Leidenschaft nennen.

Gerard sprühte vor Leidenschaft, sie drang ihm aus allen Poren. Alles an ihm war Leidenschaft. Leidenschaft für mich, Albert. Viele Jahre, die sich wie Jahrhunderte angefühlt haben mochten, hatte er sie gut verborgen und alles Menschenmögliche getan, um meine Aufmerksamkeit auf sich zu ziehen. Zwar war ihm das auch gelungen, doch hatte er das Gegenteil von dem bewirkt, was er sich erhoffte. Und die ganze Zeit verzehrte er sich vor Leidenschaft. Einer Leidenschaft, deren Glut er in Barcelona irgendwie erstickt hatte.

Es wurde eine unbeschreiblich intensive Nacht. Wenn ich mit François die Welt derer kennengelernt hatte, die so waren wie ich, so nahm Gerard mich mit auf den Gipfel eines Berges, wo es war wie in einem Blumengarten. Gerard liebte und begehrte nur mich. Was er mit mir erlebte, hatte er nie zuvor erlebt; er hatte sich nie einem anderen so bedingungslos hingegeben, hatte nie mit aller Macht jedes Hindernis beseitigen wollen, das zwischen ihm und mir gestanden haben mochte, egal, ob Mensch, Tier oder auch nur etwas so Kurzlebiges wie ein Stück Eis. Wir liebten uns, berührten uns, erforschten jeden Körperwinkel des anderen. Erst gegen Morgen schliefen wir eng umschlungen ein. Beim Klingeln des Weckers kam es mir vor, als hätte ich gerade mal fünf Minuten geschlafen. Gerard zog sich hastig an, er musste um zehn im Supermarkt sein und daher schleunigst zurück ins Dorf. Er trat auf mich zu und schaute mich grinsend an. Du siehst vielleicht aus, sagte er. Ich zog ihn an mich, und wir küssten uns. Sanft löste er sich von mir. Ich muss los, seufzte er widerwillig. Ich rufe dich an. Und obwohl ich vor Müdigkeit kaum aus den Augen schauen konnte, war mir, als würde mir ein Arm ausgerissen. Ich komme wieder, versicherte er, strich mir über die Wange und verschwand.

Ich höre, wie Nina heimkommt. Als sie das Zimmer betritt, frage ich: »Soll ich den Fernseher ausmachen? Ich gehe ins Bett.«

»Ja, ja, ich auch.«

Die Stimme meiner Schwester klingt seltsam. Sie geht schnurstracks in ihr Zimmer. Während ich noch ein bisschen aufräume, höre ich ihr Bett quietschen, als sie sich daraufsetzt. Bestimmt betet sie. Nina betet immer. Manchmal haben wir uns früher in der Kirche getroffen oder sind gemeinsam hingegangen. Als die Sache mit dem Priester publik wurde, einigten wir uns, so lange ins Nachbardorf oder nach Vic zu fahren, bis der neue Pfarrer da war. Ich versuchte, meine Gespräche mit der Jungfrau Maria wieder aufzunehmen, aber es war nicht mehr dasselbe, denn allmählich wurde ich mir über manches klar und gedachte, nur noch bis zu einem gewissen Punkt auf die Muttergottes zu hören. Meine Schwester lag derweil die ganze Zeit andächtig auf den Knien. Sicher wird sie früher oder später ein Wunder tun, sie hat definitiv das Zeug zur Heiligen. Ich dagegen bin weit davon entfernt. Man kann kein Heiliger sein, wenn die Liebe ruft oder was immer einen sonst so fest an jemanden zu binden vermag, als müsste es fürs ganze Leben sein. So wie es mit Gerard war.

Er kam von da an mindestens einmal in der Woche zu mir. Ich hingegen konnte ihn nicht zu Hause besuchen. Im Dorf versuchte ich vielmehr, Distanz zu wahren, auch wenn es mir schwerfiel, aber er war nun mal ein Mann und ich auch, und noch dazu war ich Mechaniker, was ja allgemein als ausgesprochen männlicher Beruf gilt. Und dennoch war ich wahnsinnig verliebt in einen anderen Mann, und er war verliebt in mich. Das war so wunderbar, dass ich unwillkürlich immerzu lächeln musste. Wenn ich ihn zufällig traf, diesen anderen Mann, meinen Mann, zwinkerte ich ihm verstohlen zu. Sonst grüßte ich ihn nur kühl aus der Ferne, wie ich es mein Leben lang getan hatte. Allein die Jungfrau und der liebe Gott wissen, wie schwer mir das fiel. Trotzdem beschäftigte mich weiterhin die Frage, ob es richtig war, zu lächeln, zu zwinkern und, vor allem, ihn zu umarmen und so sehr zu begehren. Ich wusste die Antwort nicht, doch während ich danach suchte, lebte ich, lächelte, zwinkerte und umarmte und begehrte ihn weiter.

Im Dorf mussten wir sehr vorsichtig sein. Nur Adela und Montse wussten etwas, wobei Adela es nur ahnte, denn keiner von uns hatte ihr reinen Wein eingeschenkt. Montse dagegen war im Bilde. Gerard sprach über alles mit ihr, und sie kannte alle seine Geheimnisse, sodass ich eine Zeit lang fast ein bisschen eifersüchtig auf sie war. Später jedoch war ich heilfroh, sie zu haben. Ausgerechnet die Menschen, denen ich mit der größten Ablehnung begegnet war, wurden letztlich zu meinen Vertrauten und verstanden mich am besten. Die laute, ständig Kaugummi kauende Montse mit ihrer fetten Lache, die immer geschminkt war wie eine Bordsteinschwalbe und mit jedem herumknutschte, wurde nachher zu meiner treuesten und engsten Freundin und ist es noch heute. Dabei konnte ich Leute, die es darauf anlegen aufzufallen, noch nie leiden. Nur Montse; sie ist anders, obwohl es mir schwerfiel, das zu akzeptieren.

Im Dorf durfte niemand erfahren, was zwischen Gerard und mir war. Doch dank dieser Freundin, die so tat, als wäre sie mit Gerard zusammen, konnten wir drei uns in Ruhe treffen. Einmal konnten Gerard und ich uns in einer Ecke der Bar auf der Hauptstraße sogar einen heimlichen Kuss geben. Für die Leute waren Montse und Gerard schon seit Ewigkeiten ein Paar, ich hatte mich offensichtlich auch mit Montse angefreundet, und so wurde aus der scheinbar frostigen Distanz zwischen Gerard und mir nach und nach ein immer häufigerer Umgang. Und Montse gab den Anstandswauwau.

Unsere schönste Zeit verlebten wir, wenn wir in Ripoll miteinander allein waren. Um keinen Argwohn zu erregen, holte Gerard mich nicht mehr in der Werkstatt ab, sondern erwartete mich direkt in der Wohnung. Meist blieben wir dort, und manchmal gingen wir essen oder ins Kino. Anschließend verbrachten wir wieder eine so wundervolle Nacht wie jene erste vom 23. Februar, in der außer uns beiden das ganze Land vor Schreck erstarrt war. Meine Schwestern würden sich sicher wundern, wenn sie wüssten, dass ich erst am nächsten Morgen in der Werkstatt erfuhr, was vorgefallen war.

Meinen Kollegen ging es nicht anders. Als ich frühmorgens kam, arbeiteten alle stumm vor sich hin und lauschten dem Transistorradio, das wir auf einem Regal stehen hatten. Ich grüßte und machte mich, ohne Fragen zu stellen, an die Arbeit, da ich ahnte, dass etwas passiert sein musste. Ich verstand kein Wort von dem, was ich hörte. Irgendetwas hatte sich im Parlament in Madrid ereignet, aber was? Schließlich erkundigte ich mich bei einem Kollegen, was los sei. Er blickte mich ungläubig an. Weißt du etwa nicht, was passiert ist? Nein, antwortete ich irritiert. Was hast du denn gestern Abend getrieben?, fragte er und lachte dreckig, ohne zu wissen, wie sehr er ins Schwarze getroffen hatte. Ich wurde rot und musste mich zusammenreißen. Nichts, bloß geschlafen, log ich, mir war nicht gut. Verstehe, sagte er. Und Fernsehen oder Radio hast du nicht. Ich hatte keins von beidem an, ich wollte nur schlafen. Da drehte sich mein Kollege zu den anderen und rief: Hallo, Jungs, hier haben wir den einzigen Menschen im ganzen Land, der nicht weiß, was gestern Abend passiert ist. Die anderen zogen mich auf, und ich musste noch einmal auf das Alibi zurückgreifen, das ich mir auf die Schnelle zurechtgelegt hatte. Als mir der Kollege, der mit der Frotzelei angefangen hatte, schließlich erzählte, was geschehen war, erinnerte ich mich, dass am Vortag kurz vor Feierabend jemand über Panzer in Valencia gesprochen hatte. Ich hatte mich nicht weiter darum gekümmert, dabei wären wir um ein Haar zu Francos Zeiten zurückgekehrt. Oh Mann, sagte ich nur, als er fertig war. Oh Mann? Mehr fällt dir dazu nicht ein?, hielt er mir vor.

Mir fehlten tatsächlich die Worte. Auch bei dem Gedanken, dass ich mit Männern ins Bett ging, fiel mir nicht mehr ein als »Oh Mann«, und das sollte noch lange so bleiben. Die Jungfrau verdrängte ich; wenn ich am Kloster vorbeiging, schaute ich sogar absichtlich weg, weil ich mich schuldig fühlte. Ich war hin und her gerissen zwischen einer inneren Stimme, die sagte, es sei alles gut so, wie es war, und einer anderen, die mir vorwarf, mich gegen Gott und mich selbst zu versündigen.

Auch als Gerard mir beim Abendessen von seinen Zukunftsplänen erzählte, verschlug es mir die Sprache. Mit dem Jobben im Supermarkt habe ich ein kostbares Jahr verloren, sagte er. Aber jetzt fange ich an zu studieren. Und wo?, fragte ich erschrocken. Gerard streichelte mir über die Hand. Keine Sorge, nicht weit weg, ich gehe an die Universität von Bellaterra, ich will Journalist werden. Journalist. Oh Mann, entfuhr es mir. Gerard erzählte, er würde gern für eine Zeitung schreiben und vielleicht im Radio sprechen. Oh Mann, seufzte ich noch einmal. Gerard lachte: Das ist doch kein Grund zur Aufregung. Du wirst mich vergessen, rief ich aus einer plötzlichen Anwandlung heraus, denn mich hatte eine fürchterliche Angst gepackt, er könne mich tatsächlich vergessen, wenn er einen Fuß in diese fremde Welt setzte. Er schaute mich mit einem sanften Blick an und sagte, Albert, mein Herz, ich habe dich all die Jahre nicht vergessen, wieso also jetzt, nur weil ich ein paar Stunden an der Uni verbringe; ich kann dich unmöglich vergessen. Dieser Blick und seine samtene Stimme werden mir für immer in Erinnerung bleiben. Und was ist mit dem Militärdienst?, hakte ich nach, doch auch darauf hatte er eine Antwort. Ich habe aus Gewissensgründen verweigert, aber die Wehrpflicht wird ohnehin bald abgeschafft, dann brauchen wir nicht mehr Soldat spielen.

Das will ich hoffen, erwiderte ich, obwohl ich selbst aufgrund meiner Plattfüße für untauglich befunden worden war. Die Angst blieb dennoch. Aber du fährst wieder nach Barcelona. Natürlich fahre ich nach Barcelona, aber nicht dafür, woran du jetzt denkst, lachte Gerard. Er legte mir eine Hand in den Nacken, zog mich an sich und gab mir einen Kuss, der mir einen Schauder über den Rücken jagte und mich alle Sterne am Firmament sehen ließ. Ohne den Kuss zu unterbrechen, standen wir auf und ließen die noch halbvollen Teller auf dem Tisch stehen. Wir konnten nicht warten.

Ich ziehe mich aus und lege mich ins Bett. Es war ein langer, schwerer Tag, ich bin müde. Vater beim Sterben zuzusehen, war furchtbar. In den letzten Jahren, seit Mutter nicht mehr da war, haben wir unser Schweigen und unsere Routine geteilt, und ich habe Tag für Tag mehr Runzeln auf seiner Stirn, seinen Wangen und seinem Kinn gezählt. Jeden Morgen habe ich ihn aus dem Haus gehen sehen, wenn ein kurzes Hupen erklang, weil draußen der Junge stand, um ihn abzuholen. Gemeinsam fuhren die beiden hinauf zum Hof, eine Viertelstunde von hier. Wer weiß, worüber die beiden im Auto geredet haben mochten, wo Vater immer nur brummte und der Junge kaum die Zähne auseinanderbekam. Vielleicht hat er versucht, sich mit ihm zu unterhalten, vielleicht auch nicht. Jedenfalls sah ich sie im Winter bei Dunkelheit im Nebel verschwinden und im Sommer bei blauem Himmel dem Licht entgegenstreben. In diesen letzten Tagen konnte man keine Hand vor Augen sehen, und Vater schon gar nicht. Vor zehn Tagen stolperte er auf dem Hof über eine Bodenunebenheit, und dieser Sturz, vermutete der Arzt, habe das Ganze wohl beschleunigt. Ich weiß nicht genau, was er mit »das Ganze« meinte, aber Vater bekam tatsächlich schon seit Monaten schlecht Luft, und ich machte mir Sorgen um ihn.

Ich hatte ihn zum Arzt gebracht, weil es ihm nicht gut ging, und der Doktor sagte, Vater habe eine Bronchitis und müsse sich ausruhen. Als wir wieder zu Hause waren, wollte ich ihn ins Bett schicken, aber er bestand darauf, arbeiten zu gehen. Das geht nicht, Vater, du kannst dich doch kaum auf den Beinen halten, du musst dich schonen, redete ich auf ihn ein. Doch Vater wurde fuchsteufelswütend, wodurch sich seine Atemnot noch verschlimmerte. Sein besonderes Verhältnis zu den Kühen kennt nur der Junge aus der Nähe, aber das war es, was ihn am Leben hielt. Ich war immer davon überzeugt, er würde eines Tages beim Melken tot umfallen. Achte auf ihn, er ist krank, schärfte ich dem Jungen ein, der Vater in letzter Zeit half, wo er nur konnte. Doch mit diesem Sturz war es vorbei.

Diesmal ließ er sich von mir ins Bett bringen. Es war ihm anzusehen, dass er Angst hatte; er tat mir leid. Ich benachrichtigte Nina, und als die ihn sah, rief sie gleich den Arzt. Zuerst dachten wir noch, er würde sich erholen, doch er hatte einen Rückfall, und seine Atmung wurde nach und nach zu einem Keuchen. Als wir ihn ins Krankenhaus bringen wollten, geriet er so außer sich, dass wir es sein ließen. Da brachte Nina mit dem Einverständnis der Ärzte diesen Ständer, an den sie eine Infusionsflasche hängte. Dann stach sie eine Nadel in Vaters Handrücken. Er beklagte sich nicht, doch ich wäre um ein Haar in Ohnmacht gefallen, weil die Nadel sehr lang und dick war und mir schon bei der Vorstellung, sie in einer Vene stecken zu haben, übel wurde. Aber Vater ließ es einfach geschehen. Ich fragte mich, ob er es nicht spürte, ob seine Hände gefühllos geworden waren, und betrachtete sie zum ersten Mal seit langer Zeit. Die vielen Falten und dicken Adern waren mir vorher nie aufgefallen. Während Nina die Prozedur zu Ende führte, musste ich aus dem Zimmer gehen, weil mir plötzlich eng ums Herz wurde.

Mir wurde auch eng ums Herz, als Gerard nach Barcelona zog. Barcelona war für mich eine Art zerstörerischer Geisterstadt, in der die schrecklichsten Dinge geschehen konnten. Immerhin hatte mir Gerard ja selbst erzählt, dass er sich, bevor wir uns wiederbegegnet waren, seine Befriedigung in Barcelona gesucht hatte. In den anderthalb Jahren unserer großen Liebe, in denen ich so glücklich war wie nie zuvor, fragte ich ihn mehrmals, ob er noch einmal dort gewesen sei, und er verneinte, das brauche er nicht, er habe ja mich. Doch gegen Ende unseres zweiten Jahres sagte er eines Tages zu mir: Ich ziehe nach Barcelona. Ich bekam Beklemmungen. Natürlich war mir bewusst, dass

Barcelona auch eine freundliche, offene, schöne Stadt direkt am Meer war, wo es am Hafen nach Salz riecht und in den höher gelegenen Vierteln nach Ginster. Doch in diesem Moment weckte Barcelona in mir nichts als Argwohn. Gerard beruhigte mich: Keine Sorge, ich komme weiterhin, es ändert sich nichts.

Und doch änderte sich einiges, er musste lernen, und seine Familie wollte ihn auch gelegentlich sehen, und das ging nur an den Wochenenden. In Ripoll war er daher nur alle vierzehn Tage. Trotzdem waren wir eine Zeit lang sehr glücklich. Jedes Mal, wenn er kam, erzählte er mir von seinen Vorlesungen und beklagte, ein Jahr verplempert zu haben, weil er trotz seines guten Abiturs nun mal keine Lust zum Studieren gehabt hatte. Es ist nichts verkehrt daran, ein Jahr Pause zu machen, sagte ich, immerhin hast du einen Beruf gelernt. Ach ja, und welchen?, fragte er. Supermarktverkäufer, entgegnete ich lachend.

Zu Beginn seines Studiums schien mein Freund seinen Platz nicht so recht zu finden, weder in der Studenten-WG, in der er gelandet war, noch in der Uni. Er vermisste das Dorf. Und mich. Doch mit der Zeit erzählte er immer begeisterter von »der Welt der Medien«, wie er sich ausdrückte, und voller Stolz von seinen Professoren, die wohl sehr bekannt waren, auch wenn mir, ehrlich gesagt, nur gelegentlich mal ein Name etwas sagte. Ich freute mich, dass er allmählich Spaß an seinem Studium fand und eine solche Leidenschaft dafür entwickelte, doch nach und nach veränderte sich seine Ausdrucksweise, und seine Interessen verlagerten sich, während ich krampfhaft an unseren bisherigen Gemeinsamkeiten festhielt. Weißt du, wie man eine Nachricht schreibt?, fragte er mich etwa, während ich das Abendessen kochte und er den Tisch deckte. Als ich verneinte, hörte er mit dem Tischdecken auf und kam zu mir, um es mir zu erklären. Zuerst fasst man die wichtigsten Ereignisse zusammen und schmückt sie dann mit Einzelheiten aus, von den bedeutenderen bis zu den weniger wichtigen. Und weißt du auch, warum? Nein, wiederholte ich. Wenn sie kürzen müssen, dann tun sie es vom Ende her, und auf diese Weise ist gewährleistet, dass nichts Wichtiges verloren geht. Verwirrt schaute ich an. Wer kürzt? Die bei der Zeitung, im Satz werden die Nachrichten zusammengestrichen, es kommt nur so viel rein, wie Platz ist. Was heißt das, im Satz?, wollte ich wissen. Da erläuterte er mir, was der Satz war. Und so ging es jedes Mal, immer öfter, andauernd, bis mir eines Tages der Kragen platzte. Es reicht, hörst du, ich halte dir doch auch nicht ständig Vorträge über Motoren, oder soll ich etwa anfangen, dir haarklein zu beschreiben, aus welchen Teilen ein Motor besteht und was daran kaputtgehen kann? Ich war grob. Sehr grob. Für Gerard kam mein Ausbruch völlig unerwartet.

Ich lösche das Licht und sehe im Dunkeln die phosphoreszierenden Sterne leuchten, die ich irgendwann einmal an die Zimmerdecke geklebt habe. Montse hat sie mir geschenkt, und vor dem Einschlafen betrachte ich sie immer für eine Weile und hoffe, dass sie über mich wachen.

Ich bat Gerard sofort um Verzeihung, als mir bewusst wurde, wie sehr ich ihn verletzt hatte. Schon gut, seufzte er, ich rede einfach zu viel. Nein, nein, entschuldige bitte, es ist nur … ich habe nicht so interessante Dinge zu erzählen und … ach, ich weiß nicht. Ich rang nach Worten. Du brauchst dich nicht zu entschuldigen, Liebster, beruhigte er mich, natürlich ist es interessant, was du zu sagen hast, du bist eben zurückhaltend, und ich bin ein unverbesserliches Plappermaul. Und nach einer Pause fügte er hinzu: Du darfst nie vergessen, dass du mir so gefällst, wie du bist, egal, was du tust. Und dass du Mechaniker bist, ist für mich absolut in Ordnung, denn dich macht es glücklich, beteuerte er und küsste mich auf die Wange.

Es war nichts passiert, und wir kamen auch nicht mehr darauf zu sprechen, doch etwas hatte sich verändert. Etwas nicht recht Greifbares schob sich langsam zwischen uns, und unsere traumhafte Beziehung musste sich auf einmal den Ansprüchen einer Wirklichkeit stellen, die wir nur schwerlich erfüllen konnten, weil wir in zwei völlig verschiedenen Welten lebten. Ich hüllte mich in verständnisloses Schweigen, während er Luftschlösser baute und sich mit neuen Freunden aus einem Umfeld umgab, das wenig mit dem Dorf und noch weniger mit einer Autowerkstatt gemein hatte. Er kleidete sich anders und trug nun zu meiner Überraschung schicke Westen und Sakkos mit den passenden Schuhen oder knapp geschnittene Blousons. Manchmal kam er nicht und sagte später, er sei krank geworden. Wenn er da war, liebten wir uns und sprachen wenig. Wie zu erwarten, kam er irgendwann gar nicht mehr. Er rief an, um zu sagen, er müsse so viel lernen, dass er für eine Weile nicht kommen könne und auch nicht ins Dorf fahren würde. Und diese Weile zog sich länger und länger hin. Da sagte ich mir: Das hast du nun davon, Albert, dass du nicht weißt, wie eine Zeitungsseite gesetzt wird.

Mit der Jungfrau Maria hatte ich abgeschlossen, aber ich hatte ja meine kleine Schwester, die in gewisser Hinsicht auch eine Art Heilige war. Sie sprach mich auf meine gedrückte Stimmung an und fragte, ob etwas nicht stimmte. Ich versicherte ihr, alles sei in bester Ordnung, denn ich hatte keine Lust, darüber zu reden, und mit Nina schon gar nicht. Was würde die Ärmste dazu sagen, sie hatte doch sicher keine Ahnung, was es hieß, mit einem Mann zusammen zu sein. Bestimmt ist sie heute noch Jungfrau. Damals war meine Schwester schon wieder zurück aus dem Konvent, in dem sie ein Jahr vergeudet hatte. Irgendwann erfuhr ich, dass auch Annabel ein Studienjahr verloren hatte. In der Zeit davor hatte sie sich nicht oft im Dorf sehen lassen, aber ich war selbst so beschäftigt mit meiner Liebe zu Gerard, dass ich, ehrlich gesagt, kaum darauf geachtet hatte.

Eines Tages platzte ich herein, als Mutter und Nina im

Esszimmer darüber sprachen, während sie ihre Duftwässerchen und Parfüms sortierten. Wie kommt es denn, dass Annabel ein Jahr verloren hat?, wollte ich wissen. Überrascht drehten sich Mutter und Nina zu mir um, und als Mutter sich entschloss, mir zu antworten, hatte ich das Gefühl, dass sie die Wahrheit nur oberflächlich streifte: Ach, sie hatte eine Affäre und ein bisschen Liebeskummer, aber jetzt ist sie darüber hinweg. Aha, sagte ich, und im Hinausgehen dachte ich, dass außer mir offenbar jeder mal für ein Jahr aus dem Tritt kam. Ich hätte sogar einen guten Grund gehabt, für eine Weile mit dem Arbeiten aufzuhören, wenn ich meinen Wehrdienst abgeleistet hätte, doch so war ich der Einzige, der sich nie eine Auszeit erlaubt hatte.

Dabei wäre ich zu jener Zeit liebend gern für ein Jahr aus meinem Leben ausgestiegen. Ach, was sage ich? Ich hätte mir gewünscht, hundert Jahre lang zu schlafen wie Dornröschen und erst zu erwachen, wenn es nicht mehr weh tat. Ich verging vor Schmerz und vergoss so lange Tränen, bis ich keine mehr hatte. Ich suchte wieder die Jungfrau Maria auf. Meine Großmutter hatte wohl recht, wenn sie sagte, erst wenn's donnert, denken wir an die heilige Barbara. Und an die Jungfrau auch. Ich befürchtete, dass sie mir nun kräftig einheizen würde. Doch als ich in der tausendjährigen Stille des Klosters von Ripoll saß, war mir, als käme die himmlische Mutter mit einem Tuch, um mir die Tränen abzuwischen und mir Nettigkeiten ins Ohr zu flüstern. Natürlich schimpfte sie auch ein bisschen, weil ich einen Mann liebte, doch als ich antwortete, ich könne nichts dagegen tun, lächelte sie, als wäre es ihr im Grunde egal. Ich schloss die Augen. Die Stille war ohrenbetäubend.

Ich ertrug es nicht mehr und fuhr zu ihm. Ich hatte ihn drei- oder viermal in Barcelona angerufen, und seine Mitbewohner hatten mir immer gesagt, er sei nicht da. Ich hatte ja seine Adresse, da wir uns vom ersten Tag an Liebesbriefe geschickt hatten – von und nach Ripoll, natürlich, um nichts in der Welt hätten wir uns ins heimische Dorf geschrieben. Also machte ich mich auf den Weg.

Nach Barcelona zu fahren fiel mir schwer; bisher hatte die Stadt nicht viel Gutes für mich repräsentiert. Es war lange her, seit ich das letzte Mal dort gewesen war; ich hatte in der Stadt im Normalfall nichts zu tun, doch bevor meine Mutter die Parfümerie übernahm, hatte ich sie des Öfteren begleitet, weil sie für die ganze Familie etwas zum Anziehen einkaufen wollte und ich ihr beim Tragen helfen sollte. Da sie keinen Führerschein hatte und ich noch minderjährig war, fuhren wir mit dem Zug und dem Linienbus und schleppten uns zu zweit mit den Tüten ab, während Vater bei seinen Kühen war. Ich kann mich nicht erinnern, dass Vater je in Barcelona gewesen ist. Ich glaube, für ihn war die Stadt genauso weit weg wie Madrid oder Frankfurt.

Ich nahm mir einen Nachmittag frei. Wenn ich sicher sein wollte, dass ich Gerard antraf, musste ich unter der Woche fahren, nicht an einem Wochenende oder einem

Freitag. Ich nahm in Ripoll den Zug, denn ich hatte Angst, mich mit dem Wagen in der mir damals gänzlich unbekannten Stadt zu verfahren. An einem Mittwoch kam ich um drei Uhr nachmittags in der katalanischen Hauptstadt an. Auf dem Stadtplan hatte ich gesehen, dass die Straße, in der Gerard wohnte, mitten in der Altstadt lag. Ich fand sie auf Anhieb. Auf dem Weg dorthin kam ich durch enge Straßen voller Menschen, darunter eine Menge Ausländer, und voller Geschäfte, in denen es Sachen zu kaufen gab, die Mutter und Nina sicherlich gefallen hätten. In einem Laden gab es Hüte. Nur Hüte, wie ich erstaunt feststellte. Aber ich wollte keine Zeit verlieren, also riss ich mich los und eilte zu dem Ort, der mich stärker anzog als ein negativer Pol einen positiven.

Es war eine kleine Tür in einem alten Haus. Ich klingelte, und jemand betätigte den Türöffner. Ich betrat einen dunklen Hausflur, stieg tastend die Treppen zum zweiten Stock hinauf, wo die Wohnungstür angelehnt war. Ich drückte sie ein Stück weiter auf und rief, hallo. Ich hörte das Tappen nackter Füße, und sogleich tauchte ein bärtiger junger Mann auf, der aussah, als käme er gerade aus dem Bett. Entschuldige, ich hab ein Nickerchen gemacht und gedacht, du wärst einer der Jungs. Offenbar meinte er seine Mitbewohner. Ich sagte, ich wolle zu Gerard. Außer mir ist keiner da, erwiderte er, aber wenn du willst, kannst du hier warten. Ich überlegte kurz. Ich komme später wieder, sagte ich und beschloss, mir zum Zeitvertreib die Geschäfte auf der Straße anzuschauen. Kurz darauf erschien Gerard. Doch er war nicht allein, sondern in Begleitung eines jungen Mannes, der ebenso auffällig gekleidet war wie er, sich aber obendrein so affektiert und feminin bewegte, dass mir war, als schütte mir jemand einen Eimer kaltes Wasser über den Kopf. Die beiden waren in ein anscheinend sehr wichtiges Gespräch vertieft und nahmen nichts um sich herum wahr. Ständig berührten sie sich und stießen sich mit dem Ellbogen an. Der Pfeil der Eifersucht bohrte sich in mein Herz und nahm mir den Atem. Es tat unsagbar weh. Mir war, als müsste ich auf der Stelle sterben. Am liebsten wäre ich weggerannt, aber ich stand da wie angewurzelt.

Gerard entdeckte mich, als sie noch etwa zehn Meter von mir entfernt waren. Er wurde blass. Albert, rief er und kam auf mich zu. In seinen Augen erkannte ich meinen Freund, meinen Liebsten, meinen Liebhaber. Wie geht es dir?, fragte er mit ehrlich besorgter Miene. Gut, erwiderte ich schroff. Schon stand sein weibischer Freund dicht neben ihm. Wer ist das?, wollte er wissen, und es klang, als wollte er sein Revier markieren. Gerard reagierte: Oh, natürlich, Albert, darf ich vorstellen … Ich fiel ihm ins Wort: Nicht nötig, lass gut sein, leb wohl. Ich machte auf dem Absatz kehrt und ging. Die ersten Schritte erschienen mir unendlich, ich hatte die Hoffnung, er würde mir nachkommen. Aber die Ewigkeit endete abrupt, als von Weitem die Stimme dieses Typen zu mir drang, der einem Comic entsprungen zu sein schien. Er fragte erneut: Wer ist das? Die Antwort hörte ich nicht mehr, ich war schon im Zug, auf der Rückfahrt nach Ripoll, und versuchte, die Flut von Tränen zurückzuhalten, die sich in mir aufstaute. Sobald ich den ersten Fuß in meine Wohnung gesetzt hatte, konnte ich nicht mehr an mich halten und heulte wie ein Schlosshund. Ich weinte die ganze Nacht, bis mir irgendwann die Tränen ausgingen und ich einen Durst bekam, dass ich hätte sterben können. In den frühen Morgenstunden schlief ich vor Erschöpfung ein. Als ich aufstand, stellte ich fest, dass es für mich keine Sonne mehr gab.

Die Sterne an der Decke sind noch alle da. Nur ein Mal habe ich sie langsam erlöschen sehen. Ich nehme mir immer vor, darauf zu achten, doch ich schlafe jedes Mal vorher ein. Immerhin wachen sie so über meinen Schlaf.

An jenem Tag war wirklich die Sonne verschwunden. Und ohne Sonne ist es unglaublich schwer aufzustehen. Plötzlich hat nichts mehr einen Sinn, nichts weckt unsere Aufmerksamkeit und ermuntert uns, einen neuen Tag zu erleben. Was haben wir schon zu erwarten? Nichts. Der Alltag wird zur Last und der Umgang mit Kollegen, Nachbarn und Kunden zum übermenschlichen Kraftakt.

Nach sieben oder acht Tagen rief Gerard an. Das Läuten des Telefons klang bedrohlich. Ich bekam jede Woche ein paar Anrufe von zu Hause, aber ich merkte gleich, dass dieses Klingeln anders war. Als ich abnahm, klang seine

Stimme weit entfernt und abgehackt. Er war schlecht zu verstehen, als riefe er aus einer Telefonzelle an. Was willst du?, fragte ich barsch, als ich erkannte, dass er es tatsächlich war. Hör zu, Albert, sagte er, ich muss fort; ich kann hier nicht bleiben, ich bin krank. Was hast du denn?, fragte ich der Form halber. Er antwortete nur: Albert, mach einen Test, bitte, mach unbedingt einen Test. Ich liebe dich. Leb wohl. Dann legte er auf.

Ich war verstört. Was war mit Gerard los, und von was für einem Test sprach er? Ich kam nicht darauf. Aus heutiger Sicht ist es nicht zu fassen, dass ich derart auf der Leitung stand, doch zur damaligen Zeit schienen gewisse Themen pure Science-Fiction, erst recht für Leute wie mich, die ein ganz normales Leben führten. Ich konnte nichts damit anfangen, dass Gerard krank sein sollte und fortmusste. Woran war er erkrankt, und wohin musste er so dringend? Anfangs war ich sogar ein bisschen sauer, weil ich das Gefühl hatte, er wollte mich loswerden. Ich sah nichts außer meiner verletzten Eigenliebe und meinem Seelenschmerz. Ich war blind.

Doch noch am selben Abend fiel es mir wie Schuppen von den Augen, als ich vor dem Fernseher saß. Urplötzlich ging mir ein Licht auf. Wie konnte ich nur so verblendet gewesen sein, wo doch immer und überall über die Seuche geredet wurde? Ich wurde kalkweiß, mir war schlecht. Die Seuche hatte einen Namen: Aids.

Aids, Aids, Aids. Ich fühlte mich, als wäre mir ein riesiger Felsblock auf den Kopf gefallen. Aids. Ich taumelte, hielt mich aber auf den Beinen, so gern ich in diesem Moment die Besinnung verloren hätte. Aids, um Gottes willen, die Strafe für die Verderbnis. Selbstverständlich hatte ich schon seit geraumer Zeit von dieser Krankheit gehört und gelesen, doch ich wäre nie auf die Idee gekommen, das Ungeheuer könne so nah sein. Ich hatte geglaubt, es wäre weit weg, eine dieser exotischen, grässlich modernen Abnormitäten, die sich in den USA oder in Afrika ereigneten. Es konnte nicht sein. Vielleicht hat er das gar nicht gemeint, sagte ich zu mir, bestimmt liege ich falsch und habe mich verhört. Ich hatte in meinem Umfeld noch nie gehört, dass sich jemand mit Aids angesteckt hätte, wie es Gerard offenbar passiert war. Nein, da stimmte etwas nicht, das konnte einfach nicht sein.

Ich sprang auf und holte das Telefon. Ach, hätte es doch bloß schon Handys gegeben. Aber die gab es noch nicht, damals waren wir noch nicht rund um die Uhr lokalisierbar. Ich rief in seiner WG in Barcelona an. Ich wusste nicht, ob die Stimme dem Bärtigen gehörte, der mir am Tag meines Besuches dort die Tür geöffnet hatte, und fragte nach Gerard. Die Stimme bekam einen gereizten Unterton, oh, der wohnt nicht mehr hier. Mein Herz stockte. Wo wohnt er denn jetzt? Das wissen wir nicht. Aber er ist doch noch in Barcelona?, hakte ich nach. Keine Ahnung, wir wissen es nicht. Aber was ist denn passiert, warum ist er weg?, fragte ich mit leichter Ungeduld. Die Stimmte klang jetzt ärgerlich: Der konnte nicht hierbleiben, klar? Also, tschüss, mach's gut. Er hängte ein.

Ich starrte den Telefonhörer an. Gerard konnte nicht mehr in der Wohnung bleiben, hatte der Typ gesagt. Er konnte nicht dortbleiben. In Verbindung mit dem Wort Aids ergab das einen schaurigen Sinn. Ich hatte gehört, dass Aidskranke ausgestoßen wurden wie zu anderen Zeiten die von Pest oder Lepra Befallenen. Meines Wissens konnte man sich nur durch Blut oder den Austausch von Körperflüssigkeiten infizieren, aber niemand konnte das mit absoluter Sicherheit sagen. Es waren Gerüchte im Umlauf, man könnte sich durch Speichel, oder schlimmer noch, durch die Luft anstecken, die die Kranken atmeten. All das hatte ich gehört, doch eines war glasklar: Wer die Krankheit bekam, war ein toter Mann.

Gerard. Ich bekam keine Luft mehr. Keuchend und mit rasendem Herzschlag griff ich nach meinem Mantel und verließ das Haus in Richtung Kloster. Es war geschlossen. Ich blieb vor der Tür stehen und betrachtete den erleuchteten Glockenturm. Heilige Jungfrau Maria, Muttergottes, verzeih mir, was ich getan habe, aber hilf mir jetzt, flehte ich in Gedanken, während mir Tränen, dick wie Perlen, die Wangen herabliefen. Ich weiß nicht, was mich mehr beunruhigte, Gerards möglicher Tod oder meine mehr als wahrscheinliche Ansteckung. Mir schwirrte der Kopf. Dachte ich an das eine, packte mich das kalte Grausen, und wenn ich den Gedanken wegschieben wollte, drängte sich der andere in den Vordergrund, und mir grauste noch mehr. Doch meine himmlische Freundin rührte nicht mal den kleinen Finger, damit es mir besser ging. Gib mir wenigstens eine Antwort, und wenn du der Meinung bist, ich sei durch und durch verdorben, dann sag es ruhig, forderte ich sie auf. Ich hob die Augen zum Glockenturm, wo ein Schwarm Fledermäuse auf der Jagd nach Mücken war, und versuchte, darin ein göttliches Zeichen zu erkennen. Aber da war nichts, kein Zeichen, nicht einmal ein Lichtstreif, rein gar nichts. Die Verbindung, die zwischen ihr und mir existiert hatte, gab es nicht mehr. Vielleicht ist die Krankheit meine Schuld, weil ich mich versündigt habe, überlegte ich schließlich, und jetzt will die Jungfrau nichts mehr von mir wissen. Mir war eiskalt, und ich war allein.

Ich blieb eine ganze Weile vor dem Kloster sitzen. Dann stand ich langsam auf. Mein Verstand funktionierte wieder, Gott sei Dank. Ich hatte zwei klare Ziele vor Augen. Erstens: Ich musste Gerard finden, koste es, was es wolle. Zweitens: Ich musste herausfinden, ob ich Aids hatte. Ich machte mich auf den Heimweg und legte mich zu Hause angekleidet aufs Bett. Ich brauchte mich nicht auszuziehen, in dieser Nacht fand ich ohnehin keinen Schlaf.

Seitdem sind viele Jahre vergangen, aber die Erinnerung daran macht mich immer noch fertig, es war die schlimmste Zeit meines Lebens. Ich muss den Test machen lassen, nahm ich mir vor. Ja, aber wo und wann? In der Notaufnahme im Krankenhaus, beim Hausarzt, in der Apotheke?

Ich wusste nicht, was ich tun sollte, und bekam Angst, alle würden sich von mir abwenden, wenn sie erführen, was los war. Eine selbstmörderische Gelassenheit überkam mich. Ich würde mich schon irgendwann untersuchen lassen; wenn ich mich angesteckt hätte, würde ich ohnehin sterben. Besser, es gar nicht zu wissen, dann würde ich wenigstens nicht behandelt wie ein Aussätziger, im Moment wusste ja niemand, dass ich schwul war. Nein, ich musste Gerard finden. Das wurde mein wichtigstes Ziel. Ich rief bei der Auskunft an und erkundigte mich nach Montses Nummer im Dorf. Dann rief ich bei ihrer Familie an und fragte nach ihr. Sie war nicht da, aber bei ihr zu Hause waren sie sehr freundlich und versprachen, sie werde mich zurückrufen.

Von einem Tag auf den anderen hatte sich ein Abgrund aufgetan. Ich ging zur Arbeit, hatte aber die ganze Zeit nur Gerard und Aids im Kopf. Und wenn ein Teil meines Verstandes Aids sagte, verbesserte ihn ein anderer Teil sofort und tadelte: Die Krankheit, es heißt die Krankheit. Ich war mir mehr als bewusst, dass man die Krankheit sagen musste, nicht Aids, weil das ein hässliches Wort war, ein verbotenes Wort.

In der Werkstatt kam das Thema gelegentlich beim Mittagessen auf, so wie halt über alles geredet wurde. Verdammte Hacke, da sind die Schwuchteln aber ganz schön in den Arsch gekniffen, meinte einer meiner Kollegen und schob sich ein Stück paniertes Schnitzel in den Mund.

Stimmt, es heißt, das ist eine Strafe Gottes, bestätigte ein anderer, der an einem Hähnchenschenkel nagte, aber ich weiß nicht, das haben die Schwuchteln nicht verdient, die tun doch nichts Böses. Holzauge sei wachsam, fiel ein Dritter misstrauisch ein, offenbar breitet sich das aus wie ein Ölfleck, und wenn das von den warmen Brüdern überspringt, sind wir alle in den Arsch gekniffen, anscheinend können das auch Frauen und normale Männer kriegen. Mir wurde schwindlig. Ich stand auf, entschuldigte mich und ging zur Toilette. Du lieber Himmel, wenn mein Chef und meine Kollegen davon erführen, würden sie mich vor die Tür setzen, ich würde meine Arbeit verlieren, und niemand würde je wieder etwas mit mir zu tun haben wollen. Ich würde allein und verlassen sterben. In infernalisches Schweigen gehüllt stand ich eine Weile im Waschraum und rang nach Luft. Als ich zurückkehrte, hatten sie bereits das Thema gewechselt und diskutierten über Fußball.

Montse rief vier Tage später an. Beklommen fragte ich sie: Hast du etwas von Gerard gehört? Sie schwieg kurz, dann sagte sie: Er hat mich angerufen und mir gesagt, dass er aus der Wohnung ausziehen musste und warum. Mich auch, sagte ich, zutiefst enttäuscht, nichts Genaueres zu erfahren. Aber er hat versprochen, sich zu melden, fügte sie hinzu, sobald er weiß, wohin. Ich habe ihm angeboten, zu uns zu kommen, wir würden uns hier um ihn kümmern, meine Eltern sind sehr liberal, aber er wollte nichts davon wissen. Seine Eltern machen sich keine Sorgen, denn ihnen gegenüber hat er behauptet, er müsse nach Afrika oder so, um für eine Reportage zu recherchieren. Montse brach in Tränen aus. Oh, Albert, ich habe solche Angst um ihn. Die hatte ich auch. Ich wusste nicht, wie ich sie trösten sollte, was ich sagen sollte, um sie zu beruhigen, ich war ja selbst viel zu beunruhigt. Wir konnten nur hoffen, dass Gerard sein Versprechen hielt und anrief.

Als ich auflegte, war mein Herz voller Kummer. Mein schlechtes Gewissen wegen meiner sexuellen Neigung war dagegen plötzlich wie weggefegt, denn ich war so in Sorge, dass in meiner Seele kein Platz für etwas anderes war. Mein Freund, mein Geliebter war verschwunden, todkrank und weit weg von allen, die er kannte. Ich war ratlos, mit der Hilfe seiner Familie oder anderer Leute rechnete ich nicht. Obendrein hatte ich mein eigenes Päckchen zu tragen, bestimmt hatte ich mich angesteckt, und wer weiß, wann die Krankheit ausbrechen würde. Ich versuchte, mir ein Buch darüber zu besorgen, fand aber keines. Ich musste mit einem Arzt sprechen, darum kam ich nicht herum. Doch ich schob es immer wieder auf. Erst, wenn ich Gerard gefunden habe, nahm ich mir vor. Ich stellte mich vor den Spiegel, war aber nicht imstande, mich selbst glücklich zu machen. Ich war bloß ein von Gott und der Welt verlassener Schwuler, der mit dem Feuer gespielt und sich gehörig verbrannt hatte. Ich schaute meinen Penis an, streichelte ihn und brachte ihn langsam dazu, größer zu werden. Als ich zum Orgasmus kam, brach ich in Tränen aus.

Zwei Monate später rief Montse an. Die vergangenen sechzig Tage waren finster gewesen. Ich hatte mich unendlich ohnmächtig gefühlt und war vollkommen erschöpft. Wenn ich Nachrichten schaute, war ich hin und her gerissen zwischen Erleichterung und Beklemmung, weil ich wohl insgeheim davon ausging, dass irgendwann irgendjemand etwas über Gerard sagen würde. Immerhin erschienen im Fernsehen regelmäßig Bilder von Aidskranken. Warum also nicht auch von ihm?

Unterdessen beobachtete ich mich selbst scharf, unternahm aber nichts, um feststellen zu lassen, ob ich infiziert war oder nicht. Zunächst war es wohl die Panik gewesen, die mich gelähmt hatte, doch letztlich entschloss ich mich ganz bewusst, nicht zum Arzt zu gehen, egal, was geschähe. Erst, wenn sich die Krankheit nicht mehr leugnen ließe, würde ich ins Krankenhaus gehen, um zu sterben. Bis dahin würde ich mein Leben ganz normal weiterleben. Man muss es nicht unbedingt genau wissen, wenn die Wahrscheinlichkeit, dass man bald stirbt, so hoch ist. Lieber wollte ich davon überrascht werden. Im Fernsehen traten in einem fort Experten auf, und eines Tages wurde berichtet, man könne den Virus lange, bis zu zwanzig Jahre, unbemerkt in sich tragen. Wie ein Verurteilter im Todestrakt, dachte ich. Wenn solche Berichte liefen, schaltete ich rasch um und wählte Filme aus, bei denen man von vorneherein wusste, dass sie gut endeten. Damals plante man gerade die Einführung eines katalanischen Fernsehsenders, TV3, woran wir zwar noch nicht recht glauben mochten, doch ein paar Monate später sollte es so weit sein, und ich fragte mich schaudernd, ob ich es wohl noch erleben würde. Die Welt entwickelte sich weiter und Aids auch. HIV, wie die Mikrobe, die die Krankheit hervorrief, getauft worden war, trat in jenen Tagen ängstlicher Anspannung ins Licht der Öffentlichkeit.

Gerard ist in Barcelona im Krankenhaus, sagte Montse. Mein Herz schlug bis zum Hals. Ich konnte es kaum erwarten, bis ich Feierabend hatte. Dann sprang ich ins Auto, denn diesmal wollte ich so schnell wie möglich dort sein. In der Stadt verfuhr ich mich auf dem Weg zum Krankenhaus, und als ich dort ankam, irrte ich wie ein Verrückter herum und suchte nach seinem Zimmer. Beim Eintreten sah ich als Erstes seine Mutter an einem Bett sitzen. Im Bett daneben lag ein ausgemergelter junger Mann, der aussah wie ein Gespenst. Gerard wurde von der Wand verdeckt, sodass ich ihn erst richtig sehen konnte, als ich vor ihm stand. Oh, mein Gott, dachte ich nur.

Es läuft mir kalt den Rücken herunter, wenn ich an diesen ersten Eindruck zurückdenke. Gerard war noch magerer als sein Zimmergenosse und sein Körper, soweit ich ihn sehen konnte, von Flecken oder, besser gesagt, rötlichen Blasen übersät. Seine Wangen waren hohl, und seine Augen, dunkler denn je, füllten sich bei meinem Anblick mit Tränen. Albert, hauchte er. Er biss sich auf die Lippen und konnte nicht weitersprechen. Ich sah, wie er schluckte.

Wer hat es dir gesagt?, fragte er schließlich, es war Montse, oder? Ich gab keine Antwort, vor Entsetzen war ich wie gelähmt. Bilder von Menschen, die man aus den Konzentrationslagern der Nazis befreit hatte, kamen mir in den Sinn. So sah auch Gerard aus.

Nachdem mein Freund eine verräterische Träne abgewischt hatte, gab er seiner Mutter ein Zeichen, das diese jedoch nicht begriff, und so sagte er: Mutter, bitte, lass uns fünf Minuten allein. Ich weiß nicht, ob unwillig oder verständnisvoll, jedenfalls erhob sie sich und verließ das Zimmer. Kaum saß ich auf ihrem Platz, konnte ich nicht mehr und fing an zu weinen. Gerard strich mir mit einer Hand, die übersät war von diesen Flecken, über den Kopf. Du brauchst nicht zu weinen, flüsterte er und kämpfte selbst mit den Tränen. Ich wollte es dir nicht sagen, ich habe mich von dir ferngehalten, damit du nicht erfährst, dass ich womöglich infiziert war, doch nachher, als ich die Bestätigung bekam, hatte ich Angst, ich hätte dich vielleicht angesteckt, und da habe ich angerufen, um dich zu warnen. Er schwieg und blickte mich fragend an. Er wollte wissen, ob ich infiziert war. Ich sah ihn an und wurde rot. Ich weiß es nicht, sagte ich. Er hob den Kopf, stumm und verwundert. Schweigend hielten wir uns an den Händen, dann beugte ich mich zu ihm und küsste ihn auf die eingefallene Wange, auf eine Stelle, die frei war von Pusteln, unterhalb seiner tiefen, dunklen Augen. Er schlang die Arme um mich. Für einen Moment gab es nur ihn und mich. Ich wollte den Test zuerst auch nicht machen lassen, sagte er, aber es ging mir immer schlechter, und schließlich bekam ich die Diagnose. Er wurde von einem furchtbaren Hustenanfall geschüttelt. Als er mein erschrockenes Gesicht sah, lächelte er. Ich habe keinerlei Abwehrkräfte, jede kleine Infektion haut mich um.

In diesem Moment kam seine Mutter wieder herein, und ich sah sie an. Sie war das lebendige Abbild des Schmerzes. Was sie beim Anblick ihres Sohnes empfand, wusste wohl nur sie allein. In den letzten Tagen, in denen Vater mit dem Tod rang, hatte ich dasselbe Gefühl wie damals bei Gerard. Die Nähe des Todes war deutlich spürbar, als verströmte die durchscheinende Haut der Kranken, wenn ihre Zeit gekommen ist, einen besonderen Duft. Vater hat mich auf eine Reise in die Vergangenheit geschickt, als er den 23. Februar erwähnt hat. Wer weiß, was in dieser Nacht mit ihm los war, er war doch hier zu Hause mit Nina und Mutter, und irgendwann waren sie alle schlafen gegangen. Er muss geträumt haben. Oder er hat in seiner letzten Stunde fantasiert und sich selbst etwas so vollkommen Irreales vorgegaukelt wie einen Mord. Denn ich kann mir das einfach nicht vorstellen; mein Vater konnte nicht mal einer Fliege etwas zuleide tun.

Ich komme am Samstag, okay?, sagte ich zu Gerard, weil wir nicht mehr reden konnten. Und dann bleibe ich den ganzen Tag. Und den Sonntag auch. Er lächelte. In seinem Blick erkannte ich den alten Gerard, meinen Gerard.

Dann kann sich meine Mutter ein bisschen ausruhen und ins Dorf fahren, nicht wahr, Mutter?, sagte er und schaute sie an. Seine Mutter blickte vom einen zum anderen und wirkte nicht sehr überzeugt. Ich weiß nicht, was sie dachte, aber ich glaube, das war uns beiden völlig egal. Das zweite Gespenst im Zimmer beobachtete die Szene mit großen Augen. Er hatte keinen Besuch, und auch an den folgenden Tagen kam nie jemand, um nach ihm zu sehen. Man hatte ihn im Stich gelassen, und er war mutterseelenallein.

Ich verbrachte das ganze Wochenende bei Gerard und schlief sogar auf dem Stuhl neben seinem Bett. Ich wollte mich nicht von ihm trennen. Bei meiner Ankunft am Samstagnachmittag war seine Mutter da, die jedoch umgehend aufbrach. Und dein Vater?, fragte ich. Ach, antwortete mein Freund, als wäre es nicht von Bedeutung, mein Vater war zweimal hier, aber er kann meinen Anblick nicht ertragen. Montse sagt, er erzählt jedem, ich sei wegen einer Lungenentzündung im Krankenhaus. Die Lungenentzündung habe ich tatsächlich, sagte er mit einem schiefen Lächeln, und noch etliches mehr.

Er sah sehr müde aus. Doch als ich am Samstag kam, seine Hand nahm und ihm einen Kuss auf den Mund drückte, wollte er sich von der Seele reden, was geschehen war. Ich hatte natürlich von der Krankheit gehört, wie jedermann, sagte er, aber ich dachte, das gebe es nur in den USA. Falsch gedacht. Ich muss einer der Ersten gewesen sein, die sich infiziert haben, aber ich weiß weder wie noch bei wem. Er schlug die Augen nieder. Na ja, ich weiß nicht, bei wem, wie natürlich schon. Schließlich bin ich seit meinem sechzehnten Lebensjahr nach Barcelona gefahren. Anfangs nahm ich den Zug und übernachtete bei meinen Cousins. Das ist fünf Jahre her, eine lange Zeit. Das viele Reden hatte ihn erschöpft. Ich streichelte ihn. Unablässig streichelte ich seinen Kopf, das Gesicht, die Arme, während mir Tränen die Wangen herabliefen, ohne dass ich ihnen Einhalt gebieten konnte.

Irgendwann wurde ich sehr krank, fuhr Gerard fort, ich bekam Fieber, Grippe, alles Mögliche. Ich fühlte mich immer schwächer. Als dann die Flecken dazukamen, brauchte ich keinen Arzt mehr, um zu wissen, was los war. Den Blick zur Decke gerichtet, sagte mein Freund: Das war mein Todesurteil, mir war nicht zu helfen. Schon vorher, als ich es noch nicht wusste, bin ich nicht zu dir gekommen, wenn ich mich nicht gut fühlte. Doch als die Flecken auftauchten, kam ich natürlich erst recht nicht mehr. Ich brauche dir nicht zu sagen, wie mir zumute war und was mir durch den Kopf ging. Ich war hilflos. Nach dem anfänglichen Schock beschloss ich, mein Leben einfach weiterzuleben, bis es nicht mehr ginge, aber in der WG kamen sie dahinter, als an meinem Hals und in meinem Gesicht Flecken zu sehen waren. Drei Tage, nachdem du bei mir warst, musste ich ausziehen. Ich hatte das schon vorausgesehen und eine andere Bleibe bei Freunden gefunden. Sie sind Stricher, aber feine Kerle und wollten mich aufnehmen. Mit einem von ihnen hast du mich gesehen. Ich hatte eigentlich gedacht, ich würde noch etwas mehr Zeit haben, bevor ich zu ihnen ziehen müsste. So scharf war ich nämlich nicht darauf, aber ich hatte keine andere Wahl. Nach Hause zurück wollte ich nicht, weil ich Angst hatte, wie meine Familie reagieren würde, und überhaupt vor dem Gerede. Es hätte nur dazu geführt, dass sich alle von ihnen abwenden, und ich wollte sie nicht in einen Skandal verwickeln. Stell dir bloß vor, was im Dorf los gewesen wäre.

Er verstummte erneut, und während ich ihn immerzu streichelte, wandte ich kurz den Kopf. Im Bett nebenan verfolgte das einsame Gespenst ganz unverhohlen unser Gespräch. Aber weder Gerard noch ich störten uns daran. Er war das stumme Publikum eines schaurigen Theaterstücks. Wer weiß, was er erlebt hatte, sicher ähnelte seine Geschichte der von Gerard. Seinerzeit klangen alle Geschichten, die auf den Tod eines jungen Menschen hinausliefen, ähnlich.

Zum Abschluss seiner Geschichte erzählte Gerard, in der WG haben sie meine Flecken entdeckt und mir gesagt, ich solle verschwinden, das sei ansteckend. Als sie mir ihren Entschluss mitteilten, hielten sie bewusst Abstand, sie wollten nicht mal mehr in meine Nähe kommen. Nachher erfuhr ich sogar, dass sie alles haben desinfizieren lassen. Ich widersprach nicht. Da ich schon alles vorbereitet hatte, zog ich einfach aus. Meiner Familie machte ich weis, ich würde ins Ausland fahren, aber dir und Montse sagte ich die Wahrheit. In meiner neuen Unterkunft gab es noch mehr Leute wie mich. An unserem elenden Aussehen und diesen Flecken waren wir aus zehn Metern Entfernung zu erkennen. Unser Leben bestand nur noch aus Essen und Schlafen. Doch wir hielten so lange wie möglich durch, denn wir wussten, wenn wir erst mal im Krankenhaus wären, kämen wir nie wieder raus. Ich habe zwei von ihnen gehen sehen. Der eine hatte seinen Abschied von der Welt da draußen so lange hinausgezögert, dass er mit dem Krankenwagen abgeholt werden musste, weil er schon nicht mehr laufen konnte. Da sagte ich mir eines Tages: Es reicht, und bin hierhergekommen. Ich konnte nicht mehr.

Gerard schwieg und schloss die Augen. Ich streichelte ihn weiter, das ganze Wochenende hindurch, auch vor seiner Mutter und vor Montse, als sie kam. Mir war alles gleichgültig, ich wollte meinen Freund nur trösten und ihm meine Liebe zeigen. Unser gespenstischer Zuschauer starrte uns weiter an.

Die Erinnerung daran raubt mir den Schlaf. Und nun liege ich wieder da und betrachte die Sterne an der Zimmerdecke. Jahrelang kostete es mich große Anstrengung, diese Bilder von Gerard aus meinem Kopf zu verbannen, von den letzten Tagen seines Lebens, in denen von Leben kaum noch die Rede sein konnte. Er hatte die ganze Zeit ein Buch neben sich liegen, in dem er immer wieder ein Stück las. Ich glaube, ich habe dir nie gesagt, wie gern ich lese, seufzte er, aber jetzt komme ich nur noch langsam voran, meine Augen ermüden so schnell. Soll ich dir etwas vorlesen?, schlug ich vor. Gerard strahlte; er war an einem Punkt angekommen, an dem er alles wundervoll fand. Er beteuerte, wie glücklich er sei, mich bei sich zu haben. Das Buch war ein Band mit Erzählungen von Pere Calders. Ich begann vorzulesen, den ganzen Samstagnachmittag und den halben Sonntag. Gerard und das Gespenst hörten zu. Irgendwann setzte ich mich kurzerhand zwischen sie, damit sie mich beide gut hören konnten. Das Gespenst sagte nichts, lächelte aber.

Ich las normalerweise nicht. In der Schule war ich dazu genötigt worden, doch ich konnte nichts daran finden, mir Buchstaben einzuverleiben, wenn ich genauso gut ins Kino gehen oder fernsehen konnte. Aber während Gerards letzter Tage im Krankenhaus begann ich gezwungenermaßen, laut zu lesen. Als ich mit der ersten Erzählung fertig war, hörte ich etwas Merkwürdiges. Das Gespenst lachte. Gerard blickte seinen Zimmergenossen an und lachte ebenfalls, und schließlich fiel auch ich ein, denn die Geschichte war so absurd, dass sie urkomisch war. Ich las eine weitere Erzählung, und wieder mussten wir lachen. In winzigen Häppchen kamen wir voran, und wenn die beiden müde wurden, setzte ich mich wieder zu Gerard und streichelte ihn stundenlang. Er schloss die Augen und lächelte; er lächelte immerzu. Sein Gesicht bestand nur noch aus tiefen, dunklen Augen, einem lächelnden Mund und Flecken, die nach und nach seinen ganzen Körper bedeckten. Am Samstag war ich mit ihm allein, am Sonntag kamen seine Mutter und Montse. Ich nutzte die Gelegenheit und ging eine Weile frische Luft schnappen. Ich hatte eine lange, albtraumhafte Nacht auf einem unbequemen Stuhl verbracht. Er hingegen hatte friedlich geschlafen. Und das Gespenst auch.

Unter der Woche fuhr ich an mehreren Nachmittagen ins Krankenhaus, und dann wieder am Wochenende. Kommst du denn nicht nach Hause?, fragte Mutter am Telefon. Doch, bald, sagte ich, aber im Moment haben wir viel Arbeit, da muss ich sogar sonntags in die Werkstatt. Was hätte ich ihr sonst sagen sollen? Dass Gerard meine ganze Aufmerksamkeit in Anspruch nahm, selbst wenn ich in Ripoll blieb, dass ich mit ihm aufstand, mit ihm zu Bett ging, jede Nacht von ihm träumte und tagsüber an nichts anderes denken konnte? Wenn ich bei ihm war, ihm und dem Gespenst Calders vorlas und wir zu dritt lachten, schien es, als wäre die Welt plötzlich wieder hell und bunt. Mir ist insbesondere die Erzählung *Das Gewissen, ein Freundschaftsbesuch* in Erinnerung geblieben, bei der sich das Gespenst vor Lachen krümmte, ohne einen Laut von sich zu geben. Gerard lachte nicht so viel, schmunzelte aber unentwegt. Calders erheiterte ihr Dasein, und er erfreute auch mich. Der unheilvolle Geruch des Zimmers löste sich in einem Bad von Düften auf, wie die, die Mutter verkaufte und von denen sie sagte, sie verschönerten das Leben der Frauen, die es sich etwas kosten ließen, gut zu riechen. Etwas Vergleichbares bedeutete Calders für uns. Ich hätte nie für möglich gehalten, dass es so spannend sein könnte zu lesen. Sobald ich mit einer Geschichte fertig war, lockte es mich schon, die nächste zu beginnen. Gleich nachdem ich Gerard begrüßt, ihn geküsst und liebkost hatte, nahm ich das Buch zur Hand. Das Gespenst hatte es sich schon bequem gemacht, um aufmerksam der Lektüre zu lauschen. Gelegentlich hörte auch Montse zu oder Gerards Mutter, die unsere Art von Humor jedoch nicht recht zu begreifen schien, weil wir uns von einem Spinner zum Lachen bringen ließen, der selbst die ernsthaftesten Dinge mit geradezu frivoler Leichtigkeit nahm. Doch für uns war Calders die beste Medizin.

Gerard starb drei Wochen später. Montse rief mich an, weil sie von seiner Familie erfahren hatte, dass man ihn nun unter starke Schmerzmittel setzte. Ich fuhr hin, sobald ich konnte. Mein Freund nahm mich nicht mehr wahr, er sprach nicht mehr mit mir. In einer Ecke saß sein Vater und weinte, der Mann, der einem Besuch während der schweren Leidenszeit ausgewichen war und sich nun damit konfrontiert sah, dass er einen Sohn verlor. Das Gespenst ließ seinen Blick von ihm zu mir wandern. In der Werkstatt erzählte ich, eine Tante liege im Sterben, und bekam zwei Tage frei. Gerard starb keine vierundzwanzig Stunden später. Seine Mutter, Montse, sein weinender Vater und ich waren bei ihm. Seine jüngeren Geschwister wussten nicht, was er hatte. Ihnen sagte man hinterher lediglich, er sei gestorben. Wir, die wir bei ihm waren, sahen, wie er ganz plötzlich aufhörte zu atmen. Gott sei Dank, dachte ich in diesem Augenblick, jetzt hat sein Leiden ein Ende.

Beim Zubettgehen fällt mein Blick jeden Tag auf das Buch von Pere Calders. Kurz bevor man angefangen hatte, ihn zu sedieren, hatte Gerard eine Widmung hineingeschrieben. Für Albert, meine große Liebe. Er wusste, er hinterließ mir ein großes Geschenk, dabei war mir das anfangs gar nicht so klar. Ich meine nicht das Buch, sondern das Lesen selbst, dem ich mich von da an immer häufiger und mit wachsendem Eifer widmen sollte. Ihm habe ich es zu verdanken, dass Bücher mir zu ständigen Begleitern wurden, die mich aus meiner Einsamkeit rissen, denn nach kurzer Zeit machte ich eine Entdeckung: Wer liest, ist nie allein.

An der Beerdigung nahm ich nicht teil, ich wollte nicht dabei sein. Zum einen wollte ich nicht noch länger bei der Arbeit fehlen, aber in Wahrheit hatte ich das Gefühl, dass diese Zeremonie nichts mit mir zu tun hatte. Gar nichts. Bevor ich jedoch hinter dem Leichnam meines Freundes für immer aus dem Zimmer ging, trat ich zu dem Gespenst und ergriff für einen Moment seine Hand. Dann sagte ich ihm Lebewohl, und er lächelte ein letztes Mal.

Obwohl es Frühling war, verdüsterten sich die Tage, als hätte ein plötzlicher Wintereinbruch die Sonne vertrieben. Ich kann nicht sagen, dass ich verzweifelt gewesen wäre, denn das war ich nicht. Von dem Augenblick an, als ich Gerard in diesem Zustand gesehen hatte, hatte ich nur den Wunsch, er möge endlich sterben können und nicht mehr diese elende Hülle sein, die so gar nicht mehr an meinen Freund erinnerte. Doch ich verspürte eine unendliche Trauer, die sich über alles legte und mir die Freude am Arbeiten, Essen, Schlafen, Lachen raubte. Eine Trauer, die mich lange nicht mehr losließ.

Keine zwei Tage nach Gerards Beisetzung rief Mutter an. Ach, Albert, ein ehemaliger Schulkamerad von dir ist gestorben, ich glaube allerdings, ihr mochtet euch nicht besonders. Mit übermenschlicher Anstrengung gelang es mir, Überraschung zu heucheln. Sag bloß, wer denn? Gerard, erwiderte sie, anscheinend hatte er eine Lungenentzündung, von der er sich nicht mehr erholt hat. Oh Mann, rief ich. Es stimmt doch, dass ihr nicht viel miteinander zu tun hattet, oder?, hakte sie nach, um sich zu vergewissern, dass mir die Nachricht wirklich nicht zu nahe ging. Nicht sonderlich, beruhigte ich sie. Was hätte ich ihr auch sonst sagen sollen? Offenbar lebte er in Barcelona, fügte sie hinzu, bestimmt hat ihm die Stadtluft nicht gutgetan, denn er hat sich vom ersten Tag an krank gefühlt; die Luft dort ist wirklich sehr schmutzig. Aha, sagte ich und wechselte das Thema, und wie geht es euch? Gut, Annabel bekommen wir nicht oft zu Gesicht, aber nicht so selten wie dich. Wann kommst du denn? Dieses Wochenende, versprach ich.

Ich fuhr ins Dorf und verbrachte einen Tag bei ihnen. Ich verließ jedoch kaum das Haus, da ich nicht auf Gerards Angehörige treffen wollte, nicht einmal auf Montse. Noch nicht. Ich wollte mit mir und meiner Trauer allein sein. Meiner Familie gegenüber setzte ich ein Lächeln auf, aber wenn ich meine Zimmertür hinter mir schloss, war mir, als hätte man mich plötzlich meiner Kräfte beraubt. Ich legte mich auf mein Bett und fühlte mich zu schwach, um je wieder aufzustehen.

Sobald ich konnte, kehrte ich nach Ripoll zurück. Dort nahm ich das Buch von Pere Calders zur Hand und las die Geschichten zu Ende, für die wir im Krankenhaus keine Zeit mehr gehabt hatten. Ich fand sie großartig. Ein paar Tage später fand ich in einer Buchhandlung einen weiteren Band mit Erzählungen von Calders und fragte die Verkäuferin, ob er dem anderen ähnelte. Aber sicher, Calders ist immer gleich gut, sagte sie. Ich kaufte es und war wieder begeistert von den Geschichten. Als Nächstes fuhr ich nach Vic, wo es ein größeres Angebot an Büchern gab, und ließ mich dort beraten, welche Lektüre mir gefallen könnte. Was hast du bisher gelesen?, wollte die Buchhändlerin wissen. Calders, antwortete ich. Sie nahm offenbar an, dies sei die jüngste Lektüre in meinem langen Leben als eifriger Leser gewesen. Jedenfalls gab sie mir ein Buch, ich erinnere mich nicht mehr, welches, aber es gefiel mir ebenfalls. Es war das erste einer langen Reihe. Ich hätte nie für möglich gehalten, dass ich je anfangen würde, mit solcher Begeisterung zu lesen. Wann immer ich Calders' *Chroniken einer okkulten Wahrheit* mit Gerards Widmung sehe, wird mir bewusst, dass er mir vor seinem Tod ein wirkungsvolles Gegengift gegen die Einsamkeit geschenkt hat.

Nach ein paar Monaten stattete ich der Jungfrau Maria wieder einen Besuch ab, allerdings war ich skeptisch und ein wenig nachtragend. Sie hatte mir nicht beigestanden, und das hatte an den Grundfesten unserer Beziehung gerüttelt. Ich war inzwischen nicht mehr am Boden zerstört. Je mehr ich las, desto mehr verblasste das Bild des dahinsiechenden Gerard mit den tiefdunklen Augen und den Flecken, und an seiner Stelle erschien wie ein Lichtstreif am Horizont wieder der Gerard, der mich so lange glücklich gemacht hatte. Ich erinnerte mich an unsere gemeinsame Zeit als die beste meines Lebens, und mir war, als spürte ich ihn jedes Mal, wenn ich ein Buch aufschlug, an meiner Seite. Er war nicht mehr tot, sondern lebte für immer neben mir und in meinen Büchern. Meine Tränen versiegten, die Buchstaben brachten mich innerlich wieder zur Ruhe. Die Bücher brachten in mir einen üppigen Garten der Gefühle zum Blühen, die meine Tage und Nächte versüßen und mir zu der Einsicht verholfen haben, dass es ohne Wissen keine Erkenntnis geben kann. Und ohne Erkenntnis keine Liebe.

Als ich in die Klosterkirche zurückkehrte, konnte ich die Jungfrau nur mit Mühe ausmachen, und mit ihr zu sprechen, war mir unangenehm. Ich beklagte mich, warum hast du mir das angetan? Ich habe nichts verbrochen, ich habe nur von ganzem Herzen einen Mann geliebt, und den hast du mir nun genommen. Ja, ich hörte endlich auf, mich schuldig zu fühlen, weil der Mensch, den ich geliebt hatte, ein Mann war. Ich hatte ihn so sehr geliebt, dass ich ganz leer war. Er fehlt mir, bekannte ich mit Tränen in den Augen und hoffte, sie würde mir als helles Licht erscheinen, wie früher, als sie alles um mich erstrahlen ließ. Es ist eigenartig, sagte ich zur Muttergottes, bevor er ins Krankenhaus kam, wusste ich nicht mal, dass er gern las. Die Jungfrau rührte sich nicht. Schließlich wischte ich mir die Tränen ab und ging. Danach war ich noch ein paarmal dort, aber irgendwann rechnete ich nicht mehr mit ihrem Erscheinen. Ich hatte meinen Glauben an sie verloren. Nina gegenüber würde ich das jedoch niemals zugeben, sie wäre schockiert, weil sie mich für so fromm hält, dabei bin ich mir nicht einmal sicher, ob ich überhaupt religiös bin. Aber das ist mir egal.

Was hast du nur mit all den Büchern vor?, fragten sie mich zu Hause. Woher kommt dieses plötzliche Faible, das passt doch gar nicht zu dir. Vor allem Mutter und Nina ließen jedes Mal solche Bemerkungen fallen, wenn sie mich mit Büchern unter dem Arm hereinkommen sahen, die ich in der Bibliothek lieh oder in den Buchhandlungen der Gegend kaufte. Nachdem ich sie gelesen hatte, überließ ich sie Montse. Denn auch sie las viel.

Als das Jahr zu Ende ging, in dem Gerard gestorben war, zog ich wieder zu Hause ein. In unserem Dorf wurde eine neue Werkstatt eröffnet, und man bot mir eine Stelle an. Da sie deutlich besser bezahlt war als die in Ripoll, sagte ich zu. Nina wohnte noch zu Hause, bis sie ihre Ausbildung zur Krankenschwester beendet hatte. Annabel ließ sich nur sporadisch blicken, sie wohnte die meiste Zeit in Barcelona. Ich kannte sie im Grunde kaum. Ich rede nicht gern, aber mit Nina wechselte ich zumindest sonntags auf dem Weg zur Kirche ein paar Worte. Mit Annabel nicht. Meine große Schwester ist mir fremd. Als sie ihr Studium beendete, blieb sie in der Stadt und lernte dort ihren Mann kennen. Ich sehe sie nur selten, genau wie meinen Neffen und meine Nichte, die nur zu Weihnachten und für ein paar Tage im Sommer oder zu Ostern herkommen. Dann nehmen sie das ganze Haus in Beschlag und quartieren Ricard in meinem Zimmer ein und rauben mir die Privatsphäre, die mir so viel bedeutet, auch wenn ich versuche, es mir nicht anmerken zu lassen.

Gerards Eltern und ich grüßen uns immer nur aus der Ferne. In der ersten Zeit habe ich manchmal seine Mutter gesehen, ganz in Schwarz und vom Schmerz gezeichnet, wenn sie mit einem ihrer anderen Kinder unterwegs war, die ihren Bruder im Krankenhaus nicht hatten besuchen dürfen und dachten, er sei an einer Lungenentzündung gestorben. Was musste wohl in ihnen vorgehen? Es tat mir weh, ihnen ins Gesicht zu sehen; der Älteste, der schon fünfzehn war, sah aus, als wüsste er, dass man ihm etwas verheimlichte. Ich erkannte die Zweifel in seinen Augen.

Gerards Bruder war bei mir und wollte mich ausfragen, erzählte Montse eines Tages, als wir zusammen am Fluss saßen. Sie zog an ihrer Zigarette. Und was hast du gesagt? Er solle zu Hause fragen, ich wüsste es auch nicht. Ob er es getan hat, weiß ich nicht, aber er ist jedenfalls nicht mehr bei mir gewesen. Montse und ich verbrachten ganze Nachmittage am Ufer, schauten aufs Wasser und sprachen über Gerard. Es tröstete uns beide, und hin und wieder konnten wir sogar ein bisschen lachen, wenn wir uns die eine oder andere Anekdote ins Gedächtnis riefen. Durch die Gespräche über Gerard wurden wir allmählich wirklich Freunde. Das Plätschern des Ters linderte unsere Trauer und umhüllte uns langsam mit einem Gefühl der Verbundenheit. Und das währte viele Jahre.

Manchmal, wenn es sehr kalt oder neblig war, gingen wir in eine Bar, aber ansonsten saßen wir lieber am Fluss. Montse lachte, jetzt denken bestimmt alle, wir haben was miteinander, du und ich. Früher haben sie das von Gerard gedacht und jetzt … Ich kicherte, jetzt denken sie vermutlich, du kannst es ohne Kerl nicht aushalten, und wenn dir einer wegstirbt, suchst du dir schleunigst einen neuen. Ja, vermutlich. Und? Hast du einen Freund, einen richtigen, meine ich, fragte ich sie. Sie blickte mir in die Augen, zog an ihrer Zigarette und biss sich auf die Lippen, bevor sie sagte: Er ist verheiratet. Oh, machte ich nur. Sie fragte:

Das findest du sicher unerhört, was? Ich grinste sie an. Ach, Montse, ich glaube, dich und mich haut so schnell nichts mehr um. Ich glaube, da hast du recht, erwiderte sie und grinste zurück. Ich habe sie nie danach gefragt, wer der verheiratete Mann war, den sie liebte. Unsere Freundschaft war jedenfalls für uns beide von Vorteil. Bei ihr zu Hause, bei mir zu Hause und in der gesamten Nachbarschaft hielt man uns für ein Paar. Das ersparte mir Erklärungen, und für Montse war es die perfekte Tarnung. Wir sorgten schon dafür, in Gegenwart anderer möglichst viel Nähe zu demonstrieren.

Unterdessen gewöhnte ich mich an den Gedanken, sterben zu müssen. Ich fühlte mich zwar gut und hatte keinerlei Symptome, doch ich wusste, die Krankheit konnte jederzeit ausbrechen, und wenn es so weit wäre, würde ich es nicht überleben. Zum Arzt ging ich dennoch nicht. Ich sprach nur mit Montse darüber, als sie mich fragte, und du, hast du dich untersuchen lassen? Wenn ich daran sterben soll, werde ich es schon zu gegebener Zeit erfahren, antwortete ich und lächelte gelassen. Nach der anfänglichen Panik schreckte mich der Gedanke an den Tod inzwischen nicht mehr so sehr. Was bedeutet es denn eigentlich zu sterben?, fragte Montse, die gierig eine Zigarette nach der anderen rauchte und auf den Filtern knallrote Lippenstiftabdrücke hinterließ. Es heißt doch nur, einen Kreis zu schließen. Kommst du mir jetzt philosophisch, Montse?, zog ich sie auf und schimpfte dann mit ihr, weil sie so viel rauchte. Geh mir nicht auf die Nerven, du hörst dich an wie mein Vater. Ich hielt den Mund, weil ich mich nicht anhören wollte wie ihr Vater, aber es war wirklich nicht gut, wie meine Freundin ihre Lungen verdreckte.

Montse war, wie so viele im Dorf, nach dem Hauptschulabschluss nicht weiter zur Schule gegangen. Aber nachdem sie sich einige Jahre lang um kleine Kinder gekümmert hatte, kam sie zu dem Schluss, dass das ein Fehler gewesen war. Ich fange nächstes Jahr wieder mit der Schule an, sagte sie, werde aber weiterarbeiten, sodass wir uns nicht mehr so oft sehen können, weil ich schwer im Stress sein werde. Der Gedanke, meine Vertraute zu verlieren, die inzwischen schon untrennbar zu mir gehörte, schmerzte. Auch wenn wir uns weiterhin an den Wochenenden sahen, war es nicht mehr das Gleiche. Montse holte ihr Abitur nach und fing an, Medizin zu studieren. Ich möchte helfen, Aids zu bekämpfen, erklärte sie, und das Lächeln verschwand von ihrem Gesicht, als sie sich plötzlich an Gerard erinnerte. Auch ich dachte oft an ihn, wenngleich die Erinnerung an ihn allmählich verblasste. Im Dorf gab es weitere Aidstote. Natürlich konnten Montse und ich uns vieles zusammenreimen, und andere mochten einen Verdacht haben, aber offiziell hieß es, sie seien an Lungenentzündung gestorben. So war das Leben damals, voller Geheimnisse und Mysterien, Halbwahrheiten und vielsagender Blicke, die man zu deuten wissen musste.

Wenn du Medizin studierst, solltest du aber aufhören

zu rauchen, stichelte ich eines Tages. Da hast du recht, erwiderte Montse und blickte auf die Zigarette in ihren Fingern. In ihren Augen lag ein Ausdruck, als würde sie sich in genau diesem Moment zu einem großen Entschluss durchringen. Sie hörte tatsächlich auf. Ich weiß nicht, wann und wie sie es geschafft hat, und sie hat mir nie erzählt, ob es ihr schwerfiel oder nicht. Jedenfalls habe ich sie schon lange nicht mehr rauchen sehen. Alles verändert sich, alles ist im Fluss. Und auch der Schmerz der schlimmsten Erinnerungen verflüchtigt sich wie Zigarettenrauch.

Ich überlegte, dass ich etwas tun müsste, wenn ich schließlich krank würde, etwas, das mich davor bewahrte, mit einem fleckenübersäten Körper im Krankenhaus zu liegen und lange zu leiden. Bei jeder Erkältung dachte ich, okay, Albert, das war's, das ist das Ende. Aber wundersamerweise erholte ich mich immer wieder, und das Leben ging weiter. Ich kehrte zu meiner Arbeit in der Werkstatt zurück, zu meiner Familie, die mir lieb, aber fern war, zu meinen stillen Momenten vor dem Spiegel, wenn ich versuchte, zum Höhepunkt zu kommen. Doch das reichte mir nicht. Ich brauchte mehr.

Im Dorf gab es niemanden, der für mich interessant gewesen wäre. Ich erkannte die Männer, die waren wie ich, ein paar davon waren mit Gerard und mir zur Schule gegangen, aber es war offensichtlich, dass sie es sich noch nicht mal selbst eingestanden hatten. Sich im Spiegel anzuschauen und zu sagen, ich bin homosexuell, ist, weiß Gott, schwer, denn es bedeutet, dich wissentlich und mit dem Kopf voran in eine Welt voller Schwierigkeiten zu stürzen, in die Welt der Homos, aber eine andere Wahl hast du nicht, die Natur fordert ihr Recht. Als Schwuler hast du einen anderen Blick auf das Leben, und daran lässt sich nichts ändern. Es ist beinahe so, als hättest du Augen am Hinterkopf oder irgendwo anders, wo Heteros keine haben. Augen, die dich durch die Fassade hindurchsehen lassen. Augen, die dir die dunkle Seite der Welt zeigen.

Die dunkle Welt im Dorf, ja in der ganzen Gegend war eine Welt voller Ängste und innerer Widersprüche, eine Welt, in der Menschen nicht sein durften, wie sie in Wahrheit waren, sondern ein Doppelleben führen mussten, eine erregende, verbotene Welt voller unbefriedigter Ehemänner, die sich in heimlichen Winkeln, von deren Existenz sonst niemand wusste, Gefälligkeiten kauften. Diese Welt gibt es heute noch; es ist eine Parallelwelt zu der Welt des Lichts, in der alle etwas zu sein vorgeben, was sie nicht sind.

Ich hatte im Dorf einen Verehrer, der sich in dieser verdorbenen Provinzwelt bewegte wie ein Fisch im Wasser. Es war der Pfarrer, den man seiner Ämter enthoben hatte. Ich spürte förmlich, wie ihn jedes Mal ein Schauder überrieselte, wenn er mich sah, und dass er sich gern an mich herangemacht hätte, was ich aber nie zuließ. Der Kerl war mir widerlich, weil ich an Gerard und die Kinder aus dem Katechismusunterricht denken musste, und sosehr ich mich nach menschlichem und sexuellem Kontakt sehnte, suchte ich schnell das Weite, wann immer ich ihm begegnete. Ich fuhr stattdessen nach Barcelona und begann, einschlägige Lokale aufzusuchen, manche, von denen Gerard mir erzählt hatte, und viele neue, die zu der Zeit wie Pilze aus dem Boden schossen. Ich bewegte mich ohne Hast und ohne Furcht und konnte mich so der stickigen Atmosphäre der Provinz entziehen, aber dennoch dort leben. Zwar regten sich gelegentlich auch unter der Woche meine sexuellen Bedürfnisse, aber ich verspürte nie diese Verzweiflung, von der Gerard gesprochen hatte oder die ich bei dem abgesetzten Pfarrer zu erkennen glaubte. Ich fuhr mit Taschen voller Präservative nach Barcelona, um ein bisschen Spaß zu haben. In diesen Bars gab es Männer jeder Art; manche davon sah ich lieber nur aus der Ferne. Bei anderen ahnte ich, dass sie krank waren. Generell war die Stimmung von der Angst vor der Krankheit geprägt, vor allem in der ersten Zeit, in der ich in die Stadt fuhr. Später entspannte sich das Klima.

Ich wurde nicht krank und bin auch nicht gestorben. Inzwischen sind mehr als zwanzig Jahre vergangen, ich bin älter geworden. Ich wunderte mich oft, dass ich nicht krank wurde, aber die Ärzte betonten in Interviews und Artikeln unablässig, zwischen der Infektion und dem Ausbruch der Krankheit könne viel Zeit vergehen. Ich hatte mich an dieses Warten gewöhnt; es führte dazu, dass ich jeden Tag lebte, als wäre es der letzte. Jede Stunde, jede

Minute, jede Sekunde war außerordentlich wertvoll für mich. Und ich wollte keinesfalls abtreten, bevor ich nicht nachgeholt hatte, was mir in all der Zeit ohne Bücher entgangen war. Wenn ich nicht in der Werkstatt oder in Barcelona war, gab es daher für mich nur eins: lesen, lesen, lesen. Damit verbrachte ich Stunden, Tage, Monate, Jahre. Und tue es noch; ohne zu lesen kann ich nicht mehr leben.

Dann geschah eines Tages das Wunder, und es wurde über die Entwicklung antiretroviraler Therapien berichtet. Als ich im Radio davon hörte, sank ich auf die Knie. Ich hatte mit der Jungfrau Maria seit Jahren nichts mehr am Hut, aber das verdiente eine besondere Würdigung. Danke, rief ich, danke, dass du auf mich achtgibst, obwohl ich mir nichts aus dir mache. Vielleicht hatte die Jungfrau ja doch all die Jahre ihre schützenden Hände über mich gehalten, ohne dass ich es bemerkt hätte. Aber vielleicht bildete ich mir das auch nur ein. Wie dem auch sei, nicht einmal die Jungfrau konnte mir das Einzige geben, was das Brennen meiner Seele gelindert hätte: die wahre Liebe. Meine einzige Chance, glücklich zu sein, war mit Gerard verschwunden.

Die Sterne an der Decke erlöschen. Vielleicht sollte ich jetzt die Augen zumachen und schlafen. Heute habe ich nicht gelesen, ich hätte mich nicht konzentrieren können, und dabei liegt auf dem Nachttisch neben Gerards Calders ein faszinierendes Buch: *Der Idiot* von Dostojewski. »Ihr seid unschuldig, und in Eurer Unschuld liegt Eure ganze Vollkommenheit«, schreibt die Frau seiner Träume dem Fürsten Myschkin.

Ob ich unschuldig bin, weiß ich noch nicht.

Endlich fallen mir die Augen zu. Mein letzter Gedanke vor dem Einschlafen sind die Worte des Arztes, der mich nach einer ganzen Reihe von Untersuchungen mit einigem Befremden fragte: Wer hat Ihnen eigentlich eingeredet, Sie hätten sich infiziert? Sie sehen aus wie das blühende Leben und sind kerngesund. Oh Mann, so viel Leid für nichts und wieder nichts.

Nina

Als Kind war ich anscheinend sehr niedlich, und alle fanden mich süß. Meine Mutter meinte immer, ich würde so sehr mit den Augen sprechen, dass ich gar nichts zu sagen bräuchte. Ich kann mich erinnern, dass ich mit vier oder fünf Jahren versucht habe, ihre Worte in die Praxis umzusetzen, das heißt mit den Großen wirklich mit Blicken zu kommunizieren. Mit Kindern wie mir natürlich nicht, Kinder in meinem Alter hatten keine Lust, anderen in die Augen zu schauen. Aber bei den Großen probierte ich es. Ich baute mich vor einem Erwachsenen auf, schaute ihn eindringlich an und versuchte, ihm ohne Worte zu verstehen zu geben, er solle mir doch bitte schön ein Schokoladeneis kaufen. Doch anstatt mir ein Eis zu kaufen, sagte derjenige dann bloß, wie hübsch du bist, Nina, machte mir ein paar Komplimente und ging.

Etwas läuft bei dieser Art der Kommunikation falsch, dachte ich, denn wenn ich damit nicht erreichte, was ich wollte, hatte das Ganze keinen Reiz. Nach ein paar weiteren vergeblichen Anläufen bei unterschiedlichen Leuten fragte ich meine Mutter: Warum sagst du, ich würde mit den Augen sprechen? Sie lächelte mich so liebevoll und strahlend an, wie nur sie lächeln konnte, und antwortete: Weil es stimmt. Das ist nicht wahr, maulte ich. Oh doch, lachte sie, jetzt, zum Beispiel, weiß ich genau, dass du zornig bist, weil dich niemand außer mir versteht. Mit offenem Mund starrte ich sie an und fragte mich, woher sie das wissen konnte. Da siehst du es, rief sie triumphierend, ich errate immer, was du sagen willst. Und warum können die anderen das nicht?, wollte ich wissen. Mutter tippte mir auf die Nasenspitze. Weil es sehr wenige Menschen gibt, die in den Augen der anderen lesen können.

Vermutlich hatte sie recht. Ich begriff nun, warum mich außer ihr keiner verstand, warum ich nur bei ihr keine langen Worte machen musste. Wenn meine Mutter mir in die Augen schaute, wusste sie immer, was los war. Mit der Zeit versuchte ich, mehr aus ihr herauszukitzeln. Und? Errätst du auch, was andere denken? Mutter lachte, wenn ich ihr solche Fragen stellte. Wenn es mich interessiert, was sie denken, und wenn ich sie gut kenne, dann ja, sonst nicht. Ich war maßlos verblüfft. Als ich jedoch ins Teenageralter kam, wurden meine Fragen heikler. Sag mal, interessiert es dich auch, was Vater, Annabel und Albert denken? Natürlich, gab sie zurück, er ist mein Mann, und sie sind meine Kinder. Aber so recht überzeugt sah sie dabei nicht aus, und es hatte irgendwie beiläufig geklungen. Dann wurde sie ernst und fügte hinzu: Wenn ich unschöne Dinge in ihren Augen lese, ist es mir allerdings lieber, nicht so genau hinzuschauen. Unschöne Dinge. Ich weiß nicht, worauf sie damit anspielte, aber ich traute mich nicht, weiterzubohren. Mutter kratzte sich an der Nase und ging. Das machte sie manchmal, wenn sie mit mir sprach, und erinnerte mich dann an die Fernsehserie *Verliebt in eine Hexe*. Sie trug auch die Haare genau wie die Frau in der Serie, oben ein bisschen toupiert und an den Spitzen mit einer Welle nach außen. Und wenn meine Mutter nun eine gute Hexe war, wie die im Fernsehen? So ein Quatsch, es gibt keine Hexen, Nina, sagte ich eines Tages laut zu mir selbst. Aber ich hörte nicht auf mich. Ich glaubte nie wirklich an die Wahrheit dieser Aussage, sosehr ich mich auch davon zu überzeugen versuchte.

Ich wurde älter. Dass ich angeblich mit den Augen sprechen konnte, fand ich so verwirrend, dass ich meist den Mund hielt. Ich sage nie viel. Ich lasse lieber die anderen reden und beobachte sie dabei. Ich beobachte und analysiere gern. Und ich höre gern meinen Patienten zu, die mir tausend Geschichten erzählen.

Heute früh scheint die Sonne. Wir werden Vater bei strahlendem Wetter beisetzen können. Das wird ein schöner Abschied. Armer Vater, er hat uns nie verstanden, weder Mutter noch mich. Auch Albert und Annabel haben uns beide nie verstanden, und mit mir tun sie sich heute noch schwer. Meine Geschwister sind so was von normal. Okay, Albert ist homosexuell, aber das ist ja heutzutage nichts Ungewöhnliches mehr. Nicht normal ist eher, dass er sich nicht mal vor seiner Familie outet. Er vertuscht es, als wäre es eine Riesensache. Dabei gibt es hier eine ganze Reihe von Schwulen, ein paar sind sogar mit ihm in die Schule gegangen. Aber bei denen ist es offensichtlicher. Bei Albert dagegen kommt man nicht so leicht darauf; er wirkt ausgesprochen männlich und verrät sich weder durch seine Kleidung noch durch seine Art, sich zu bewegen oder zu sprechen. Dennoch, wie in kleinen Dörfern üblich, weiß es jeder. Und, wie nicht minder üblich, niemand sagt es laut. Auf dem Land sind die großen Geheimnisse wie stille unterirdische Bäche. Aber ein Schwuler, der glaubt, aus seiner Homosexualität heutzutage noch ein großes Geheimnis machen zu müssen, ist wirklich mit Blindheit geschlagen. So wie mein armer Bruder.

Ich kleide mich von Kopf bis Fuß in Schwarz. Das muss hier so sein. Zum einen würde man sich wochenlang hinter vorgehaltener Hand das Maul zerreißen, wenn ich heute etwas Buntes anhätte, und Albert, der hier im Dorf wohnt, hätte darunter zu leiden. Zum anderen gehört es aber auch zu meiner Rolle im Leben, die ich selbst vor vielen Jahren gewählt habe. Ein dezentes Make-up und ein paar Tropfen *Eau de Toilette* sollten aber trotzdem sein, damit man nicht am Ende noch mich für die Leiche hält.

Die Leute, die mich für ein braves Mädchen hielten, dachten gleichzeitig, ich sei unheimlich fromm. Das war eine der ersten Lehren, die ich aus meinen stillen Beobachtungen zog. Was für ein himmlisches Geschöpf, hatte der vorige Pfarrer immer geschwärmt. Der vorige Pfarrer hat mich angefasst. Nur ein bisschen, aber er hat mich angefasst. Angeblich soll er schwul gewesen sein. Doch ich glaube, ihm war alles recht, Hauptsache, minderjährig. Es hat mich weder geprägt noch traumatisiert, als er eines Tages zu mir sagte: Komm, mein Kind, ich zeige dir, wie rein dein Körper sein muss, um Gott zu gefallen. Es hat mich auch nicht geprägt oder traumatisiert, als er mir die Hand zwischen die Beine legte – über dem Kleid, wohlgemerkt –, mir erklärte: Hier darf nichts passieren, hier darf niemand rein, und mich dabei ein bisschen rieb, die Hand dann plötzlich wegzog und schwer atmend hervorstieß: Geh, geh. Ich bin nicht traumatisiert, aber geprägt hat mich dann doch, dass dieser fiese, widerliche Kerl es anschließend fertigbrachte, unserem ganzen Jahrgang die Erstkommunion auszuteilen und in seiner Predigt warnte, uns nicht vom Teufel in Versuchung führen zu lassen. Während ich vor ihm kniete, betrachtete ich ihn verstohlen und überlegte, ob er womöglich auch die Kleider der anderen Mädchen befummelt hatte. Von Sex hatte ich noch keine Ahnung, ich war zu klein. Ich hatte mich zwar gewundert, dass er ausgerechnet diese Stelle meines Körpers anfasste, aber mir nichts weiter dabei gedacht. Wenig später wurde er erwischt. Mit den folgenden Katechismusschülern kam es zu einem Riesenskandal. Hatte er uns noch durch die Kleidung hindurch berührt, so ließ er die Kinder nach uns die Röcke hochheben und die Hosen, Unterhosen oder Schlüpfer herunterlassen. Die trugen tatsächlich ein solches Trauma davon, dass die Eltern aufmerksam wurden und es ein Höllentheater gab.

Als meine Mutter davon erfuhr, blickte sie mir mit dieser Miene in die Augen, die sie immer aufsetzte, wenn sie angeblich meine Gedanken las. Dann fragte sie: Dich hat er auch angefasst, nicht wahr? Ich schwieg. Sie schüttelte mich. Was genau hat er mit dir gemacht, was hat er gemacht? Ich beschloss, mich dieses Mal mit Worten zu verständigen. Nichts, er hat seine Hand auf mein Kleid gelegt und ein bisschen gerieben, siehst du, hier, erklärte ich und zeigte ihr die Stelle. Mehr nicht. Meine Mutter schaute mir forschend ins Gesicht und fand offenbar nichts Beunruhigendes darin. Aber sie war stinksauer. Sie schnappte ihren Mantel, verließ das Haus, und als sie eine Viertelstunde später wieder da war, flüsterte sie mir zu: Ich habe ihm eine geklebt, dass er sich sein Lebtag daran erinnern wird.

Meine Mutter hatte in Anbetracht der kirchlichen Immunität vorausgesehen, dass der pädophile Priester ungestraft davonkommen würde, und darum selbst für Gerechtigkeit gesorgt. Hätte ich bei der Sache größeren Schaden genommen, hätte sie den Pfarrer gewiss vor Gericht gezerrt, wenn auch mit geringen Erfolgsaussichten, denn damals war es noch nicht wie heute. Aber da mich das, was er mit mir gemacht hatte, nicht sonderlich zu beeindrucken schien, klärte sie die Angelegenheit mit einer saftigen Ohrfeige. Noch kurz vor seinem Tod, wenn er mit hängendem Kopf und Alkoholfahne durchs Dorf schlurfte, kam es mir so vor, als zeichneten sich auf seiner Wange deutlich alle fünf Finger meiner Mutter ab. Vielleicht war es nur ein Hirngespinst, aber wenn meine Mutter zuschlug, dann ordentlich. In der letzten Zeit schlich dieses verkommene Subjekt, das den empfindsamen Seelen so vieler Sechs- oder Siebenjähriger lebenslangen Schaden zugefügt hatte, nur noch umher wie ein geprügelter Hund. Kein Mensch sprach mehr mit ihm, alle Welt mied ihn. Ich weiß nicht, wie er es wagen konnte, nach allem, was geschehen war, in dieses Dorf zurückzukehren.

Fertig. Ich betrachte mich im Spiegel. Meine Mutter wäre sicher stolz auf mich. Solange du dich an die gängigen Konventionen hältst, kannst du tun, was du willst, hatte sie immer gesagt. Indem sie mir in die Augen sah, hatte sie ziemlich früh erkannt, dass ich ihr nicht unähnlich war.

Anfangs hatte ich allerdings gar nicht vor, irgendwelchen Konventionen zu folgen, ich ließ mich einfach treiben. Ich tat, was gerade anfiel, und das tat ich gern. Als ich zur Erstkommunion ging, fand ich alles, was uns im Katechetenunterricht beigebracht wurde, so wundervoll, dass ich beschloss, eine Heilige zu werden. Als ich jedoch hörte, welche Torturen viele Heilige hatten erleiden müssen, erschien mir die Heiligkeit nicht mehr ganz so erstrebenswert. Trotzdem fragte ich die Katechetin, die damals dem Fummelpfarrer half: Gibt es denn nicht auch Heilige, die kein Martyrium erdulden mussten? Doch, sagte sie, natürlich; die einzige Bedingung, um heiliggesprochen zu werden, sei, dass man vor oder nach dem Tod Wunder vollbringen müsse. Ich würde jederzeit beschwören, dass dies exakt die Worte der Katechetin waren, als sie mich auf die Erstkommunion vorbereitete. Sie sprach nicht etwa über den Glauben oder über gute Taten. Allein davon, dass man vor oder nach seinem Tod Wunder tun müsse. Tja, bislang habe ich es auf dem Gebiet noch nicht weit gebracht, aber ich habe ja noch Zeit. Und wenn nicht, vollbringe ich meine Wunder halt nach meinem Tod. Wenn andere Heilige das geschafft haben, sehe ich nicht ein, warum mir das nicht auch gelingen sollte.

Bei der Erstkommunion hatte ich also schon ein Ziel vor Augen: Ich wollte eine Heilige werden. Und als ich mich in diesem langen weißen Kleid sah, das über dem steifen Unterrock beim Gehen schwang wie eine Glocke, und meine Korkenzieherlocken mit den ebenfalls weißen Samtschleifen bei jeder Kopfbewegung in der Luft tanzen ließ, fand ich, ich sei bereits auf dem richtigen Weg. Sicher, die Heiligkeit würde ich mir vermutlich erst noch verdienen müssen, aber das passende Aussehen hatte ich bereits.

Ich faltete die Hände wie zum Beten, und als ich in der vollbesetzten Kirche durch den Mittelgang schritt, hörte ich, wie die Leute riefen: Wie goldig, Nina ist von allen die Hübscheste, und schau dir nur ihr Kleid an, sie sieht aus wie ein Engelchen, und ich weiß nicht, was sonst noch alles. Und so begann ich mein bewusstes Leben mit der klaren Erkenntnis, dass meine Mutter, was Konventionen anging, wahrscheinlich recht hatte.

Ich lege die Kette mit dem Kreuzanhänger um. Das ist wichtig, wenn man auf den Friedhof geht. Wenn ich dann noch ein bisschen lächele, werden die Dorfbewohner mit meinem Auftritt ebenso zufrieden sein wie meine Geschwister, die mich immer vor sämtlichen Familiendramen zu schützen versuchen, weil sie denken, ich würde sie nicht aushalten.

Mein Glaube an himmlische Gestalten kam mir abhanden, als ich vierzehn war. Die Vorstellung von der sich um Gott und die Jungfrau Maria tummelnden Engelschar und des geschwänzten Teufels, der von der Hölle aus zusah, erschien mir mit einem Mal abwegig. Meine Mutter schaute mich an. Du glaubst an gar nichts mehr, nicht wahr?, bemerkte sie, noch bevor ich ein Wort hätte sagen können, wie immer. Ich schüttelte den Kopf. Macht nichts, erwiderte sie, tu halt so, es wird dir das Leben ungemein erleichtern; es ist kein großes Opfer, sonntags in die Kirche zu gehen, wenn du hier bist, und möglichst auch zum

Rosenkranzgebet. Damit kannst du das Bild der Heiligen aufrechterhalten, das sich die Leute im Dorf und deine Geschwister von dir gemacht haben, auf Dauer wird dir das nützlich sein. Da schaute ich ihr ebenfalls in die Augen und brauchte nicht zu fragen, weil ich sah, dass auch sie an nichts glaubte. Meine Mutter war bloß eine Hexe, die in den Augen der Leute las. Wie kam es, dass du Nonne werden wolltest?, fragte ich. Sie seufzte. Ich wollte unbedingt weg von zu Hause, von deinen Großeltern fühlte ich mich gefesselt und geknebelt, und ich dachte, wenn ich ins Kloster ginge, wäre ich freier. Sie blickte mich an. Ja, mein Kind, das habe ich wirklich geglaubt, und tatsächlich ließen mir die Nonnen mehr Freiraum als meine Eltern. Nun ja … Sie hielt kurz inne und wandte den Blick ab, weil sie fürchtete, ich könnte darin lesen. Schließlich gab sie sich einen Ruck. Nun, als junges Mädchen parfümierte ich mich gern und fuhr mit meinen Freunden nach Vic, wo es junge Männer gab. Und das behagte meinen Eltern nicht, sie ließen mich nicht aus den Augen, und am Ende durfte ich nicht mehr aus dem Haus. Da kam ich auf den Gedanken, es sei bestimmt viel einfacher, aus einem Kloster zu verduften als aus meinem Elternhaus. Und so war es auch. Ich schwieg weiter, es war offensichtlich, dass ich nichts zu fragen brauchte, meine Mutter war in Plauderlaune. Lachend erzählte sie: Dein Vater kam sogar einmal mitten in der Nacht, um mich im Hof des Konvents zu treffen. Er ist einfach über die Mauer geklettert, stell dir das mal vor. Als ich sah, wozu er fähig war, wusste ich, das war der richtige Mann für mich, mein Tor ins wahre Leben. Ich brauchte nicht mehr im Konvent zu bleiben, denn ich hatte den perfekten Mann gefunden.

Für meine Mutter war der perfekte Mann also der, der über die Mauer gekommen war. Nun ja, über Geschmack lässt sich nicht streiten, dachte ich. Und du bist dann ebenfalls über die Mauer geklettert, um abzuhauen? Aber nein, erwiderte sie mit einem schelmischen Kichern. Im Hof gab es einen Säulengang, und dort war nachts keine Menschenseele. Du warst doch Novizin?, setzte ich mein Verhör fort. Ja, sagte sie, ganz in Weiß, du weißt schon. Wie Doña Inés, dachte ich bei der Erinnerung an den Roman von Azorín, den wir in der Schule gelesen hatten. Ich stellte mir meine Mutter vor, wie sie sich aus der Zelle stahl, auf Zehenspitzen durchs Mondlicht lief, auf den perfekten Mann wartete, der über die Mauer kam, sich dann mit ihm in eine Ecke drückte und das Habit ausziehen ließ. Während unserer Unterhaltung sortierte meine Mutter Parfüms, wie immer. Sie musterte mich aus dem Augenwinkel und steckte eins für mich in eine Schachtel. Nach einer kurzen Pause sagte sie: Bis wir in Windeseile heiraten mussten. Wegen Annabel?, fragte ich ungerührt. Genau, wegen Annabel.

Annabel hat keine Ahnung, dass sie im Säulengang eines Klosters gezeugt wurde. Mir würde das gefallen. Es wäre eine großartige Ausgangsbasis gewesen, um nach allen Regeln der Kunst eine Heilige zu werden.

»Wollen wir los, Nina?«

»Ja, ich komme …«

Meine Geschwister erwarten mich an der Tür. Ich ziehe flache Schuhe an, die diskreten Schuhe einer Heiligen, und greife nach meinem Mantel. Ich bedenke Annabel und Albert mit einem besonders herzerwärmenden Lächeln, und wir machen uns auf den Weg zur Kirche. Der Trauergottesdienst ist um elf, wir sind eine Viertelstunde zu früh. Annabels Familie erwartet uns bereits. Mein Neffe und meine Nichte lächeln Albert und mich an. Wir küssen uns und tauschen die bei solchen Gelegenheiten üblichen Floskeln aus.

»Wie geht's, Cèlia?«

»Gut … muss viel lernen.«

»Und du, Ricard?«

»Ich auch.«

»Oh, das behauptet er, aber in Wahrheit …«

»Ach, halt den Mund, Cèlia, es stimmt wirklich, ich lerne die ganze Zeit …«

Ich strahle die beiden an, und Cèlia schmatzt mir ein Küsschen auf die Wange.

»Du bist die netteste Tante, die ich habe.«

Das sagt sie ständig, und ich zwicke sie dann leicht in die Wange, denn ich weiß, wie sehr sie das mag.

Mein Schwager, der andere Ricard, kommt dazu, und wir wechseln der Form halber ein paar Worte; ein bisschen Konversation in einer Situation, die für uns alle befremdlich ist. Vater war immer ein stummer Zuschauer, der so gut wie nie den Mund aufmachte, wenn wir uns unterhielten. Er war genauso wortkarg wie Albert. Nun, ein stummer Zuschauer ist er immer noch, aber einer, der nicht mehr lebt, und das verändert alles.

Heute herrscht kein Nebel, nur ein bisschen Nordwind, der die Luft gereinigt und abgekühlt hat. Zumindest hat er diesen lästigen, dicken Dunst weggeblasen, der uns den ganzen Winter über einhüllt. Ich wende mich um und sehe die Leute auf uns zukommen.

»Es tut mir so leid …«

»Mein Beileid …«

»Nina, meine Liebe, wir haben ihn alle so gerngehabt …«

Plötzlich höre ich hinter mir ein »Hallo«. Als ich mich umdrehe, sehe ich Joanet. Ich ziehe ihn ein Stück zur Seite, und er stammelt: »Bitte verzeih wegen gestern, ich … Ich wusste nicht, wie ich damit umgehen sollte und …«

»Schon gut, Junge!«

Seine Worte machen mich froh. Ich hauche ihm einen Kuss auf die Wange und kehre zurück zu den Beileidsbekundungen, Küssen und Fragen, als hätten wir nicht schon gestern alles haarklein erzählt. Ich bin die Ruhe selbst, nun drückt mich nicht mehr die Last auf dem Gewissen, die Joanet hinterlassen hatte.

Apropos Last, da kommt der Sarg, in dem der Leichnam meines Vaters liegt. Unwillkürlich fällt mir der perfekte Mann wieder ein, der über Mauern kletterte, um Novizinnen zu retten. Früher hätte ich ihm so etwas niemals zugetraut. Doch später sollte sich das ändern. Seit dem Tag, an dem Vater aus der Haut fuhr, sah ich alles in einem neuen Licht.

Es wird still, als der unglückselige Protagonist der Veranstaltung erscheint. Obwohl es ihm schon seit Tagen sehr schlecht ging, obwohl ich wusste, dass er sich nicht mehr erholen würde, läuft mir jetzt, da mein Blick auf die glänzende Holzkiste mit dem Kreuz auf dem Deckel fällt, eine Träne über die Wange, und ich frage mich, was wir hier eigentlich verloren haben, wo Vater doch nie einen Fuß in die Kirche gesetzt hat. Die Konventionen, würde meine Mutter sagen. Ja, das wird es wohl sein. Gemeinsam mit meinen Geschwistern gehe ich hinter dem Sarg her, dumpfes Gemurmel im Rücken. Alle folgen uns. Das ganze Dorf ist gekommen. Wenn einer der Nachbarn beerdigt wird, hat bekanntlich aus jeder Familie einer dabei zu sein.

Es verursacht mir heute ein beklemmendes Gefühl, mich in die erste Bank zu setzen. Dabei sitzen Albert und ich bei jeder Messe hier. Aber heute ist es anders, heute ist kein normaler Gottesdienst, sondern der Abschied von einem geliebten Menschen. Einem Menschen, den wir kaum beachtet haben, der aber immer da war und der uns eines Tages eine Überraschung bereiten sollte, so wie gestern.

Meine Eltern waren für mich immer der perfekte Mann und die gute Hexe. Manchmal kam Mutter vom Einkaufen zurück und erzählte mir, was dieser oder jener vorhabe. Wenn ich nachfragte, ob derjenige ihr das erzählt habe, sagte sie, nein, sie habe es seinem Blick angesehen. Und jedes Mal behielt sie recht. Ich konnte es nicht fassen. Meine Mutter erzählte nur mir diese Geheimnisse, bei meinen Geschwistern war sie einfach nur die Mutter. Und angefangen hatte das Ganze mit der Fummelei des Pfarrers.

Als ich fünfzehn war, bat mich meine Mutter, hin und wieder in der Parfümerie auszuhelfen. Du bist im ganzen Dorf beliebt, und du kannst dir ein kleines Taschengeld verdienen, was hältst du davon? Ich fand es natürlich prima. Das war die Gelegenheit, ein bisschen was anzusparen. Mutter wollte, dass ich jeden Mittwochnachmittag ein Weilchen im Laden bediente. Dann kann ich in der Zeit andere Dinge erledigen, erklärte sie mir. Sie hielt mir ein paar Vorträge über Duftwässer und Parfüms, und als gelehrige Schülerin merkte ich mir alles im Handumdrehen. Ich lernte die richtigen Bezeichnungen und den Unterschied zwischen *Eau de Toilette* und *Eau de Parfum*. Meine Mutter zeigte mir die diversen Marken und Serien, erläuterte, welche Düfte schwer waren und welche leicht, welche sich eher für ältere Damen eigneten und welche für junge Mädchen. Sie sagte: Paco Rabanne *pour homme*, Nina Ricci mit langgezogenem I und Chanel No. 5, wobei sie mit spitzbübischem Lächeln und einem Augenzwinkern hinzufügte: das von Marilyn. Und die Kundin lächelte verständnisinnig, und oft genug kaufte sie das Parfüm. Eigenartig, wie verkaufsfördernd es ist, sich die Tropfen auf dem nackten Körper der Monroe vorzustellen. Du sollst mich hier vertreten, fuhr Mutter fort, daher ist es nicht nötig, dass du von Anfang an genau über die Produktpalette Bescheid weißt, du wirst es mit der Zeit schon lernen. Wenn die Kundinnen Beratung wünschen, sagst du ihnen einfach, sie sollen am nächsten Tag wiederkommen oder mich zu Hause anrufen. Solange du nett und freundlich bist, reicht das. Und wenn du nach einem Parfüm oder einem *Eau de Cologne* gefragt wirst, das wir nicht führen, notierst du dir den Namen und sagst, wir hätten es im nächsten Monat vorrätig und würden es selbstverständlich in unser Sortiment aufnehmen. So bestimmt war Mutter nur mir gegenüber. Mit meinen Geschwistern ging sie nie so um, da war sie immer lieb und sanft. Dafür waren alle anderen lieb zu mir. Ach, wenn doch jeder so wäre wie du, das hatte ich mehr als einmal zu hören bekommen. Und ich schwieg und lächelte, wie immer.

Der Laden hatte sich sehr verändert. Ich erinnere mich, dass er, als ich klein war und er von meiner Oma geführt wurde, nur ein schmaler, dunkler Raum mit ein paar Tiegeln und Kämmen war. Er wurde zwar von allen Parfümerie genannt, doch in Wahrheit war das arg übertrieben. Als Mutter das Geschäft übernahm, kaufte sie das Nachbarlokal dazu, riss die Zwischenwand heraus und vergrößerte den Laden. Kämme verkaufte sie schon auch noch, doch zur Spezialität des Hauses wurden vor allem französische Parfüms. Mit der Zeit kamen nicht nur Frauen aus dem Dorf, sondern auch von weiter her, selbst Sommergäste aus Barcelona, die zu meiner Mutter sagten: Weißt du, Isabel, ich kaufe lieber bei dir, du hast einfach die besseren Preise, wie machst du das nur? Ach, es darf doch unmöglich alles so teuer sein, erwiderte meine Mutter dann, und da ich nicht meinen Lebensunterhalt damit verdienen muss, kann ich euch einen größeren Rabatt geben. Sie strahlte sie mit ihrem Hexenlächeln an, und schon waren alle verzaubert. Ich lernte nach und nach, und auch wenn es anfangs ein wenig holperte, kam ich doch immer besser zurecht. Bald darauf ließ mich meine Mutter auch während der Sommerferien arbeiten oder wenn ich nicht lernen musste. Dann konnte sie nach Vic fahren und Besorgungen machen, was sie leidenschaftlich gern tat. Bis zu dem Tag, an dem sie sich ein Bein brach.

Ich sehe sie noch heute in diesem Krankenhaus, das Bein in der Luft, fertig für den Operationssaal. Sie hatte sich einen hochkomplizierten Bruch zugezogen, als sie auf die denkbar dümmste Weise eine Treppe hinunterfiel. Abgesehen von den Schmerzen, die ihr der verlagerte Knochen bereitete, war meine Mutter sehr aufgeregt. Nina, ich muss mit dir reden, rief sie, sobald sie mich sah. Sie packte mich am Arm und blickte mir tief in die Augen. Hör mir gut zu, Nina, häng ein Schild ins Fenster, dass der Laden diese Woche aus Krankheitsgründen geschlossen ist. Und morgen Nachmittag musst du mir einen Gefallen tun. Sie presste meinen Arm, bis es weh tat, und ich begriff, dass ihr das, was jetzt kam, sehr wichtig war. Morgen um vier musst du in Vic sein, in der Bahnhofsgaststätte wird ein junger Mann von etwa sieben- oder achtzwanzig an der Theke stehen und auf mich warten. Er ist Franzose, sein Name ist Dominique. Ich riss die Augen auf. Mutter drückte meinen Arm noch fester und fuhr fort: Zieh nicht so ein Gesicht, Kind, du wirst ihn schon finden, er ist groß, dunkelhaarig, sieht sehr gut aus und trinkt Orangenlimonade. Sag ihm, was passiert ist, und dass ich dich geschickt hätte, um ihn zu bitten, die Ware ins Dorf zu bringen, weil du noch keinen Führerschein hast. Du würdest ihm auch mehr bezahlen, und dann gibst du ihm das hier. Mit ihrer freien Hand öffnete sie eine Nachttischschublade und reichte mir einen dicken Umschlag, der, soweit ich verstand, voller Scheine war. Mutter ermahnte mich: Pass gut darauf auf, es ist viel Geld. Aber das brauchte sie mir nicht zu sagen, das sah man gleich. Sobald du im Dorf bist, bringst du die Waren ins Hinterzimmer, fuhr sie fort. Und kein Sterbenswörtchen zu niemandem, ist das klar? Ich nickte. Hinterher rufst du mich an und erstattest mir Bericht, einverstanden? Ich nickte erneut.

Mein Blick ruht auf dem Sarg, in dem mein toter Vater liegt. Er hat nie erfahren, dass Mutter mit geschmuggeltem Parfüm handelte, ebenso wenig wie Annabel oder Albert.

Doch ich, die ich zwar sehr bieder tun konnte, aber nicht blöd war, hatte sofort eins und eins zusammengezählt, als meine Mutter die Wörter »Franzose« und »Ware« in einem Atemzug sagte. Da verstand ich auf einmal, warum sie die Preise so niedrig ansetzte, warum bei ihr die *Eaux de Toilette* und *Eaux de Parfum* so viel billiger waren als in anderen Parfümerien. Die Erklärung war in der Lieferung zu finden, die ihr ein Mann einmal im Monat aus Frankreich mitbrachte. Ein Mann namens Dominique.

Ich lernte ihn am folgenden Tag kennen. Zitternd vor Aufregung, denn so etwas Spannendes hatte ich schließlich nicht alle Tage zu erledigen, fand ich mich in der Bahnhofsgaststätte von Vic ein. Ich erwartete, einem Mann zu begegnen, der mir Zeichen machen oder flüstern würde, stets darauf bedacht, ja von niemandem gesehen zu werden, doch stattdessen traf ich auf einen Mann, der mich umarmte, als er hörte, ich sei die Tochter seiner Kundin, der mir zwei Küsschen gab und sagte, *tu es très jeune et très jolie*, was er mir rasch übersetzte, als ich ihm erklärte, außer *eau de toilette* hätte ich keinen Schimmer von Französisch. Er könne ein bisschen Spanisch und auch ein bisschen Italienisch und Portugiesisch, das bringe das Geschäftsleben so mit sich, erklärte er mir. Und er fand nichts dabei, mich mit der Ware ins Dorf zu bringen.

Dominique sah fantastisch aus. Allein ihm zuzusehen, wie er seine Orangenlimonade trank, weckte in mir eine Leidenschaft, die niemand aus dem Dorf hatte wachrufen können, weil alle um mich herum langweilige Milchbubis waren. Er dagegen besaß ein gewisses Etwas, das ihn auf den ersten Blick begehrenswert machte. Mit meinen knapp sechzehn Jahren war ich noch Jungfrau, doch so allmählich gedachte ich, das zu ändern. Was natürlich nur schwer vereinbar war mit meinem Image einer Heiligen, doch mit der Bekanntschaft dieses Mannes gewann das Thema neue Brisanz.

Er allerdings schien im Moment keine weiteren Absichten zu haben, als mir die Waren ins Hinterzimmer zu tragen. Aha, das also ist der Laden, sagte er bewundernd, als ich ihn herumführte. Ich wusste nicht, ob ich das durfte oder nicht, aber da meine Mutter mir in der Hinsicht kein Verbot erteilt hatte, dachte ich mir nichts dabei, einem Schmuggler das Geschäft zu zeigen; schließlich waren die Rollläden heruntergelassen, und niemand konnte ihn sehen. *Très bien, très bien*, murmelte er vor sich hin, während er sich eingehend umschaute. Dann verließen wir den Laden. Ich hing das »Wegen Krankheit geschlossen«-Schild auf, und er fuhr nach Barcelona, wo er, wie er mir erzählte, vor seiner Rückkehr nach Frankreich noch zu tun hatte. Bevor er losfuhr, blickte er mir tief in die Augen und sagte: Richte deiner Mutter aus, sie soll dich ruhig wieder schicken, ich bringe dich auch heim, keine Sorge. Er schnupperte an mir und seufzte: Du riechst so gut. Als er mich anlächelte, war es um mich geschehen. Es brauchte nicht viel, dass ich mich Hals über Kopf verliebte. Ich sah ihn davonfahren und ging mit Schmetterlingen im Bauch nach Hause, um meine Mutter im Krankenhaus anzurufen. Alles erledigt, sagte ich. Und sie war beruhigt.

Von diesem Tag an achtete ich stets darauf, ein paar Tropfen von dem Duftwasser aufzulegen, das Dominique so gut gefallen hatte. Mutter drängte Annabel und mich ohnehin ständig, dieses leichte *Eau de Toilette* zu verwenden, das sie extra für uns mit nach Hause brachte und von dem sie behauptete, es habe auf die Leute eine angenehme Wirkung. Im Scherz meinte sie sogar, es würde den Männern den Kopf verdrehen. Und damit hatte sie wohl recht.

Im nächsten Monat ging es Mutter wieder gut, aber sie konnte noch nicht Auto fahren. Macht nichts, dann fahre ich, erklärte ich, du musst dich erholen. Und ich nahm ein weiteres Mal den Zug nach Vic. Diesmal hatte ich mich hübsch gemacht, so gut ich konnte. Das heißt, als ich das Haus verließ, sah ich noch genauso aus wie immer, als könnte ich kein Wässerchen trüben, wie jetzt. Doch sobald ich in Vic angekommen war, wechselte ich die Schuhe und schminkte mir Augen und Mund. Dann setzte ich ein verführerisches Lächeln auf und begab mich zur Verabredung mit Dominique. Er wartete mit seiner Orangenlimonade in der Bahnhofsgaststätte. Soll ich ihn anrufen?, hatte ich meine Mutter Mitte des Monats gefragt. Er hat kein Telefon, hatte sie mir erklärt, wenn etwas dazwischenkommt, muss man ihm ein Telegramm an ein Postfach in Lyon schicken, es ist also nicht nötig. Du fährst einfach nächsten Monat hin und triffst ihn, er ist immer da.

Er saß auf demselben Barhocker wie beim letzten Mal. Als er mich erkannte, schenkte mir dieser attraktive Mann ein Lächeln, das mich verzauberte. Reiß dich zusammen, Nina, rief ich mich zur Ordnung. Es konnte nicht angehen, dass ich wegen einer sentimentalen Anwandlung die Kontrolle über mich selbst und alles andere verlor. Ich schwenkte ein wenig die Hüften, während ich mich auf ihn zubewegte, und küsste ihn rechts und links auf die Wangen. Er fragte nach meiner Mutter. Es geht ihr schon besser, entgegnete ich, aber noch nicht richtig gut, und sie kann nicht Auto fahren; du wirst mich also zurückbringen müssen, wenn es geht. Natürlich geht das, sagte er. Dann warf er mir einen Blick zu, der mir durch und durch ging, und setzte leise hinzu: Wenn es nach mir geht, kannst immer du kommen. Ich lachte mit einer Koketterie, von der ich selbst nicht wusste, woher ich sie nahm, und die ich zwar schon ab und zu bei den Jungs aus Vic erprobt hatte, doch noch nie mit derartiger Entschlossenheit. Komm, sagte er. Und wir gingen zu seinem Wagen, ich auf meinen hohen Absätzen und er in diesem wallenden, langen dunklen Trenchcoat mit hochgeschlagenem Kragen. Ein perfektes Paar, dachte ich.

Er brachte mich ins Dorf, wo wir die Ware wieder durchs Hinterzimmer in den Laden trugen. Warte, bis nicht mehr so viele Leute auf der Straße sind, bat ich im

Auto. Warum?, fragte er, es sind doch nur Kartons, darin könnte alles Mögliche sein. Man weiß nie, sagte ich mit geheimnisvoller Miene. Was mir Sorgen bereitete, waren in Wahrheit nicht die Kartons mit Schmuggelware, sondern dass mich womöglich jemand in diesem Aufzug sehen könnte. Ich hatte überhaupt nicht bedacht, dass ich nicht derart aufgedonnert auf hohen Absätzen durch meine Nachbarschaft stöckeln konnte, wo man mich nur als Heilige verkleidet kannte. Okay, gehen wir, sagte ich, und als niemand in Sicht war, griff ich nach einer Schachtel und rannte hinein. Er kam mit den beiden anderen hinterher. Im Laden war es dunkel. Es war halb fünf, wir würden erst in einer halben Stunde öffnen. Er trat auf mich zu, und bevor ich etwas sagen konnte, küsste er mich. Dieser erste Kuss war, als wäre plötzlich ein Flakon *Eau de Parfum* geöffnet worden, ich spürte, wie mir die Luft wegblieb. Nach dem Kuss umarmten wir uns, dann sagte er: Ich muss nach Barcelona, *ma petite*, komm im nächsten Monat, ja? Und dann verschwand er ohne ein weiteres Wort.

Da schau her, Montse ist auch da. Sie hat Albert einen Kuss gegeben und sich direkt hinter ihn gesetzt. Das ganze Dorf denkt, sie seien ein Liebespaar, und das passt den beiden gut in den Kram. Während Albert an Frauen nichts finden kann, steht Montse auf Männer, und zwar auf verheiratete Männer mit einem gewissen Prestige. Als Erstes hatte sie ein Techtelmechtel mit dem Lehrer aus der

Grundschule, dann mit dem Gemeindesekretär, und jetzt hat sie etwas mit dem Bürgermeister höchstpersönlich, soviel ich weiß. Sie arbeitet sich hoch. Und das bilde ich mir nicht etwa ein, nein, ich habe genau gesehen, wie sie das macht, denn sie steigt mit den Männern für gewöhnlich in den Glockenturm. Und zwar samstags während des Rosenkranzgebetes, weil sie dann sicher sein kann, dass der Pfarrer beschäftigt ist. Und wer ist in der Kirche, wenn sie ihre Kerle dorthin bringt? Ich. Na gut, die alten Mütterchen und ich. Aber die Omas sind tatsächlich in den Rosenkranz vertieft, während ich es viel interessanter finde, was hinten passiert.

Ich war sechzehn, als ich in Dominiques Armen meine Jungfräulichkeit verlor. Es geschah bei seinem nächsten Besuch, im dunklen Hinterzimmer. Sonderlich aufregend fand ich es, offen gestanden, nicht, es tat eher weh. Später sollte sich das ändern, doch beim ersten Mal gefiel es mir nicht. Obendrein erwartete mich zu Hause meine Mutter, die noch immer humpelte. Sie schaute mich an und sagte: Na, der junge Mann hat es dir wohl angetan, was? Ich wurde rot und schwieg. Sie fasste mich beim Kinn und drehte mein Gesicht zu sich. Was hast du gemacht? Ich wich ihrem Blick aus. Nichts. Aber ich war clever genug, um mich rasch zu verbessern, na ja, ein paar Küsse, denn meine Mutter hätte nie im Leben geschluckt, dass zwischen Dominique und mir nichts vorgefallen war. Ich war schon in der Tür, als sie mich mahnte: Aber weiter gehst du nicht,

Nina, hörst du? Ohne mich umzuwenden, damit sie mir nicht in die Augen sehen konnte, sagte ich sehr selbstsicher: Natürlich nicht, dazu bin ich noch zu jung. Um sie von diesem Thema abzubringen, fragte ich: Sag mal, was ist das eigentlich für ein *Eau de Cologne*, das du Annabel und mir immer mitbringst? Das Lächeln meiner Mutter war hexenhafter denn je. Es hat weder Namen noch Marke, sagte sie, ich mache es selbst, es ist eine besondere Mischung. Oh ja, allerdings, dachte ich.

Von da an ließ sie jedes Mal mich zu dem Treffen mit Dominique fahren. Ich glaube, Mutter freute sich, dass ihre Tochter, trotz ihrer Jugend, ein so cleveres Mädchen war. Sie dachte bestimmt, es würde schon nichts passieren, wir würden nur ein bisschen miteinander flirten. Doch Dominique und ich machten immer dasselbe, wir stellten die Schachteln ins Hinterzimmer und liebten uns genau eine halbe Stunde lang inmitten von Nina Ricci, Chanel und Christian Dior. Dann fuhr er nach Barcelona, wo er bereits erwartet wurde, weil er auch dort ausgewählte Läden mit Parfüm belieferte, wie er mir erzählt hatte.

In der ersten Zeit kam ich mir vor wie in einem Spionagefilm. Ich fühlte mich wie ein Bond-Girl beim Date mit James, wenn ich Dominique einmal im Monat in der Bahnhofsgaststätte traf und, aufgetakelt wie Montse, in sein Auto stieg, unbeobachtet ins Hinterzimmer huschte, dort in einer Ecke, die wir für diese Schäferstündchen hergerichtet hatten, mit ihm schlief und mich anschließend wieder ankleidete, um nach Hause zurückzukehren. Mehr erwartete ich nicht von ihm. Ich meine, es wäre mir nicht recht gewesen, wenn er mir etwa vorgeschlagen hätte, mit ihm zusammenzuziehen oder uns öfter zu treffen oder etwas Ähnliches. Eine gewisse Distanz war mir lieber. Und die starke Anziehungskraft, die er anfangs auf mich ausgeübt hatte, ließ bald nach und wurde immer schwächer. Und am Ende hatte das Bond-Girl keine Lust mehr zu spielen. Ich fragte also meine Mutter, ob sie die Schachteln nicht wieder selbst holen könnte, weil ich den französischen Parfümverkäufer loswerden wollte. Du bist mir vielleicht ein Früchtchen, schimpfte sie mit mir, sicher hast du dem armen Kerl weh getan. Ich weiß nicht, er gefällt mir bloß nicht mehr, erwiderte ich achselzuckend. Was sollte ich sagen? Die Geschichte hatte sich überlebt. Und warum erklärst du ihm das nicht selbst?, fragte Mutter. Ich weiß nicht, ich kann nicht, denn dann würde ich ihm bestimmt weh tun. Meine Mutter schaute mich missbilligend an und sagte: Nina, du musst lernen, dein Ungestüm zu beherrschen. Mit hängendem Kopf versprach ich: Ich werde es versuchen, Mama.

Meine Mutter erzählte Dominique, ich sei unpässlich, und er war besorgt. Um das Thema nicht zu vertiefen, erkundigte sie sich nach seinen Plänen. Er wollte nach Barcelona und fragte sie, ob sie dort ein vornehmes Café kenne, in das er neue Kunden für eine Geschäftsbesprechung ausführen könne. Da empfahl Mutter ihm das Mauri, denn Annabel sagte immer, das Café sei sehr exquisit, damit würde er bestimmt einen guten Eindruck machen, zumal in dem Teesalon die gesamte High Society Barcelonas verkehrte. Als meine Mutter ihm beim nächsten Mal erklärte, ich sei verreist, ahnte er vermutlich schon, dass etwas faul war. Und beim dritten Mal flehte er sie an, mir auszurichten, er wolle mich nur noch einmal sehen, er wolle mit mir reden. Als sie mir seine dringende Bitte mitteilte, seufzte ich und antwortete gleichmütig: Das kannst du vergessen, ich bin schwanger, schau her, man sieht es schon. Meine Mutter hätte fast der Schlag getroffen.

Aber Kind, sagte sie, hast du nicht gesagt, er hätte dich nicht angefasst? Ich ließ den Kopf hängen. Du hast mich angelogen, zeterte sie. Ich sagte kein Wort, sie hatte ja recht. Sie verpasste mir eine Ohrfeige, und deshalb weiß ich: Wenn meine Mutter zuschlug, dann richtig. Das war übrigens nicht wegen der Schwangerschaft, sondern wegen der Lüge, stellte sie klar. Und ich dachte in diesem Moment, dass es wohl vor allem wegen ihrer Wut auf sich selbst war, weil ihr, die doch sonst alles erriet, ausgerechnet das entgangen war; allerdings hatte ich mich auch immer gehütet, ihr direkt in die Augen zu schauen, wenn wir über Dominique sprachen.

Wie dem auch sei, nach der Ohrfeige schlug sie jedenfalls die Hände vors Gesicht und lief aus dem Wohnzimmer, kam aber gleich wieder zurück und sagte: Das Kind braucht einen Vater. Ich sagte wieder, das könne sie vergessen, ich könne niemanden gebrauchen, weil ich mein Leben weiterleben und außerdem studieren wolle. Und wie stellst du dir das vor?, fragte sie. Ich kann es ja zur Adoption freigeben, sagte ich. Mutter schaute mir tief in die Augen. Bist du dir sicher, Nina? Absolut, antwortete ich. In Wahrheit fragte ich mich jedoch noch immer, wie mir das überhaupt hatte passieren können, wo ich doch alles so gut im Griff hatte. Diese Erfahrung lehrte mich, dass man nie alles bis ins Letzte unter Kontrolle hat, und einen Mann schon mal gar nicht, denn der Blödian hatte ihn wahrscheinlich einfach nicht rechtzeitig rausgezogen.

Ich gebe zu, die Idee stammte von ihr. Du tust so, als wolltest du Nonne werden, und ziehst dich für eine Weile in mein altes Kloster zurück, sagte meine Mutter. Dort bekommst du das Kind, und die Nonnen vermitteln die Adoption. Danach kommst du zurück nach Hause und nimmst dein normales Leben wieder auf, wie findest du das? Gut, antwortete ich, ohne es mir zweimal zu überlegen. Was blieb mir sonst? Der Gedanke an eine Abtreibung behagte mir nicht, ich hätte dafür irgendwohin fahren und es heimlich machen lassen müssen, und hatte Angst, dass es weh tun würde. Und meine Mutter war eine strikte Abtreibungsgegnerin, ich hätte dabei also nicht auf ihre Unterstützung zählen können. Bekäme ich das Kind andererseits vor aller Augen, wäre es vorbei mit meinem Heiligenschein, der mir so viele Vorteile brachte, es sei denn, ich würde so tun, als wäre ich vergewaltigt worden.

Aber auch das wäre schwierig, und ich war nicht dazu geschaffen, derart weitreichende Lügengeschichten zu erfinden. Es gibt ja Leute, die hervorragend lügen können. Ich dagegen bin auf dem Gebiet eine komplette Null. Ich kann mit Gesten und Blicken lügen, nicht mit Worten. Man dichtet mir Verhaltensweisen und Wesenszüge an, die im Grunde nichts mit mir zu tun haben. Ich leugne sie bloß nicht. Ich habe nur ein einziges Mal bewusst eine Lüge ausgesprochen, und zwar, als ich meiner Mutter weisgemacht hatte, Dominique und ich würden uns nur küssen.

Bei den Nonnen musste ich mich allerdings mit Geduld wappnen, denn ich durfte mein engelhaftes Gebaren Tag und Nacht nicht aufgeben. Ich hatte nicht einen Moment für mich, ständig musste ich zur Messe, zum Rosenkranzgebet, zu Vigilien, Laudes und Vespern, um glaubhaft zu wirken, denn Mutter hatte ihnen erzählt, wie fromm ich sei, und ich täuschte Schwangerschaftsbeschwerden vor, damit sie mich in Ruhe ließen. Zumindest konnte ich zeitweise lesen oder Musik hören. Pünktlich einmal in der Woche kam meine Mutter mich besuchen. Wenn die anderen kamen, verbargen Klausurgitter zwischen uns meinen Bauch. Allerdings kamen sie, im Gegensatz zu meiner Mutter, nur selten. Mutter erzählte, Dominique habe mich anscheinend vergessen, er fühle sich in Barcelona sehr wohl, und ich bedeutete ihm wohl nicht mehr so viel, obwohl er immer noch so bald wie möglich mit mir reden wolle. Ihm versprach sie, es mir auszurichten, und bei mir beschwerte sie sich: Ach, Kind, es ging uns doch so gut, die Geschäfte mit diesem Mann liefen ausgezeichnet, bis du dich mit ihm eingelassen hast, und jetzt jammert er mir die Ohren voll. Es tut mir leid, entgegnete ich, aber wie du siehst, habe ich meine Strafe bereits.

Eine Strafe war es, bis ich ihn sah. Joanet meine ich. In diesem Moment erwachte mein Mutterinstinkt, der seither immer stärker geworden ist. Gegen Urinstinkte ist man machtlos, das habe ich im Laufe meines Lebens gelernt. Als das Kind zur Welt kam, wollte die Nonne, die als Hebamme fungierte, es sofort mitnehmen. Doch ich bat sie, es mir zu zeigen. Sie sagte, nein, das macht es nur schlimmer, und trug es hinaus. Ich brüllte wie ein Tier, ich brüllte, wie ich nie wieder gebrüllt habe. Gebt mir mein Kind! Die Nonnen waren vor Schreck wie versteinert. Die Hebamme blickte die Mutter Oberin an, und die wiederum blickte mich an. Als sie meinen Gesichtsausdruck sah, gab sie der Hebamme mit einem Wink ihre Zustimmung, und die kam mit dem Kind zu mir.

Joanet war klein und verschrumpelt. Er wedelte mit seinen Händchen vor dem Gesicht, als wollte er Fliegen verscheuchen, und weinte laut. Ich fing ebenfalls an zu weinen. Beim Anblick dieses Babys war ich nicht länger in der Lage, die Rolle der Heiligen zu spielen. Es ging einfach nicht. Mein Kind hatte mich entwaffnet. Gib ihn mir, bat ich und streckte die Arme aus. Die Hebamme wandte sich zur Mutter Oberin um. Ich habe gesagt, du sollst ihn mir geben, drängte ich, ohne die Antwort der klösterlichen Oberbefehlshaberin abzuwarten. Ich weiß nicht, wie meine Stimme geklungen haben mag; aus mir sprach eine ungeahnte Leidenschaft für dieses neugeborene Kind, mein Kind. Als ich den Kleinen in den Armen hielt, überschüttete ich ihn mit Küssen. Noch nie hatte ich einem menschlichen Wesen gegenüber solche Zärtlichkeit gefühlt. Ich schaute die Mutter Oberin an und sagte: Ich behalte ihn.

Lächelnd drehe ich mich zu Joanet um. Gestern habe ich ihm erzählt, dass er mein Sohn ist. Jetzt, da sowohl mein Vater als auch meine Mutter nicht mehr da sind, die Einzigen, die genau wussten, wessen Kind er ist und was damals geschah, war der Moment gekommen, es ihm zu sagen. Demnächst erzähle ich es auch meinen Geschwistern. Sie werden Bauklötze staunen. So wie der Junge gestern, bevor er eine Grimasse zog, die ich nicht recht zu deuten wusste, und fragte: Und warum hast du mich bei den Nonnen gelassen? Ich hatte die Frage bereits erwartet und sagte die Wahrheit. Joanet, meine Mutter hat mich dazu überredet, da es ansonsten für mich und für die ganze Familie eine Katastrophe geworden wäre. Sie überzeugte mich, so zu tun, als wäre ich für dich nur eine Schwester unter vielen gewesen; aber besuchen durfte ich dich, wann immer ich wollte. Wir haben dich ein halbes Jahr älter gemacht, damit niemand Verdacht schöpfte. Aber ich verstehe es nicht, entgegnete er, unfähig zu begreifen, dass er plötzlich aus heiterem Himmel eine Mutter haben sollte. Gestern Abend wollte er zum ersten Mal nicht, dass ich ihm nahe kam. Ich sah, wie verletzt er war, und das tat mir weh. Ich habe versucht, ihm das Ganze zu erklären, aber ich glaube, es ist mir nicht gelungen.

Doch heute macht er auf mich den Eindruck, als hätte er es ein bisschen verstanden. Zumindest erwidert er mein Lächeln. Vielleicht hat er über das nachgedacht, was ich ihm gesagt habe: Du hast doch sicher von den geraubten Kindern gehört, oder? Damals hat man Babys manchmal gleich nach der Geburt aus der Klinik geholt und der Mutter weisgemacht, ihr Kind sei tot. Sie bekam es nicht mehr zu sehen, und das Kind wurde von einer anderen Familie adoptiert. Es klingt unglaublich, aber früher gab es so etwas, und das sage nicht nur ich, du brauchst nur den Fernseher anzuschalten oder die Zeitung aufzuschlagen. Ich war sechzehn Jahre alt, Joanet. Solange ich schwanger war, hatte ich kein Problem damit, zu sagen, ich würde das Kind zur Adoption freigeben; die Nonnen sahen also keine Notwendigkeit, dich für tot zu erklären, wenn sie das je vorgehabt hatten. Offenbar standen sie bei einer Familie wegen der Adoption schon halb im Wort. Doch als ich dich gesehen habe, war auf einmal alles anders, mein Junge. Ich konnte dich nicht hergeben, du gehörtest mir. Meine Mutter, also deine Oma, bekniete mich, zu meinem Versprechen zu stehen. Einen ganzen Tag lang ließ sie nicht locker. Doch ich wollte mich auf keinen Fall von dir trennen. Ich wollte dich bei mir haben. Für meine Mutter und die Nonnen war es eine Katastrophe, und vermutlich auch für die Adoptivfamilie, die schon fest mit dir gerechnet hatte. Als sie einsahen, dass sie mich nicht umstimmen konnten, begannen wir zu verhandeln. Wir einigten uns darauf, dass du im Kloster bleiben würdest, wir für deinen Unterhalt aufkämen und ich dich besuchen dürfte, sooft ich wollte. Deshalb bin ich ständig um dich herumgeschwirrt. Ich war immer bei dir. Joanets bis dahin abweisende Miene entspannte sich. Und dein Vater, mein Opa, meine ich, hat der es gewusst? Er hat es später erfahren, antwortete ich, das war der Grund, weshalb du ihm auf dem Hof helfen solltest. Er wollte dir alles beibringen und war sehr stolz auf dich. Eine entscheidende Frage fehlte noch. Und wer ist mein Vater? Widerstrebend antwortete ich: Dein Vater war ein Madrilene, der hier auf der Durchreise war. Ich habe ihn nie wiedergesehen.

Was für ein herrlicher Tag. Wir treten aus der Kirche, und die Sonne blendet uns. Als wir uns auf die Autos verteilen, um zum Friedhof zu fahren, ziehe ich den Jungen an meine Seite.

»Wie geht es dir?«, frage ich, bevor ich einsteige.

»Gut, ich habe darüber nachgedacht …«

Er hebt den Kopf und sieht mich an. Er ist so harmlos und unschuldig wie eins der Kälber, die er auf dem Hof hütet. Dabei ist er schon erwachsen. Aber diese Augen können nicht lügen, sie sagen, was sie denken, und kennen keine Bosheit. Ich beruhige mich, denn ich sehe in ihnen keinen Groll. Im Auto nehme ich seine Hand.

»Deinetwegen bin ich nach Vic gezogen. So konnte ich dich jederzeit besuchen.«

Ich weiß, es ist eine dürftige Rechtfertigung. Im Ernst, ich weiß nicht, wie ich reagieren würde, wenn ich eines Tages erführe, dass meine Mutter mir so etwas angetan hätte. Doch so unmenschlich es mir jetzt auch erscheint, damals dachte ich, es sei der einzige vernünftige Weg.

Vater weihten wir ein, als ich aus dem Konvent zurückkehrte. Mit Mutter hatte ich vereinbart, dass wir ihm dasselbe sagen würden, was ich gestern Joanet erklärt habe: Der Vater des Kindes sei ein Mann aus Madrid, der für ein paar Tage in Vic gewesen sei und in den ich dumme Gans mich Hals über Kopf verliebt hätte. Wir dachten uns die Geschichte mit dem Madrilenen aus, damit kein Verdacht auf den Parfümlieferanten fiel, denn es wäre ein Jammer gewesen, wenn Mutter ihre Geschäfte nicht hätte weiterführen können, zumal sie versicherte, mein Vater sei, so wortkarg er auch war, durchaus in der Lage, loszuziehen und demjenigen, der die Ehre seiner Tochter besudelt hatte, den Schädel einzuschlagen. Deshalb sei es besser, wenn er nicht wüsste, um wen es sich handelte. Aber ich habe es doch gewollt, wandte ich ein. Das tut nichts zur Sache, mein Kind, in solchen Fällen haben Männer wie dein Vater ein eigenes Verständnis von Ehrlosigkeit. Sobald er davon erfährt, bekommst du ein paar hinter die Ohren, und dann wird er versuchen, den Vater des Kindes aufzuspüren, um ihm die Hölle heißzumachen. Du solltest dich also wappnen. Ich bin überzeugt, dass dein Vater es wissen muss, aber es wird kein Pappenstiel, richte dich darauf ein.

Vater verpasste mir genau zwei Ohrfeigen, eine links, eine rechts, doch dank meiner Mutter war ich darauf vorbereitet. Und, nebenbei bemerkt, sie schlug fester zu. Trotzdem schien sie sich an ihre eigene Reaktion nicht mehr zu erinnern. Wie kommst du dazu, das Kind zu schlagen?, empörte sie sich, weißt du nicht mehr, was du mit der Novizin gemacht hast, oder was? Das war Mutters Ass, das sie aus dem Ärmel zauberte und das ich ganz ausgezeichnet fand, auch wenn mir in diesem Augenblick die Wangen brannten. Das ist etwas anderes, brüllte mein Vater. Also, in meinen Augen ist es dasselbe, hielt meine Mutter tapfer dagegen. Und was jetzt?, fragte er. Nichts, antwortete sie, der Junge bleibt im Kloster, und Nina wird ihn dort oft besuchen, das ist doch kein Problem? Was soll das heißen, das ist kein Problem?, tobte Vater. Pst, schrei nicht so, das ganze Dorf kann dich hören, warnte sie. Das ist mir schnurzegal, schimpfte er, meine Tochter hat den guten Namen der Familie entehrt, und noch dazu mit einem aus Madrid. Ich schaute Vater an, der ausschließlich mit meiner Mutter redete, als sei ich gar nicht da; er meinte wohl, mit den Ohrfeigen sei es getan, der Rest sei eine Sache zwischen ihnen beiden. Was hast du an Madrilenen auszusetzen?, entgegnete meine Mutter, du sagst doch immer, du wolltest gern mal nach Madrid. Verdammt, Isabel, ein Madrilene ist nun mal ein Madrilene. Vater hatte einen feuerroten Kopf bekommen, er rang nach Luft. Ich hatte ihn noch nie so viele Worte hintereinander sagen hören. Und was das mit den Madrilenen sollte, verstand ich nicht; vielleicht hatte er aus einem bestimmten Grund eine Abneigung gegen sie, vielleicht ging es dabei aber auch nur um Politik. Wie dem auch sei, ich hatte das Gefühl, ich sollte mich in diesen Ehestreit über die entehrte Tochter, also mich, besser nicht einmischen. Ich musste mich vorsehen, mir selbst und meinem Sohn zuliebe. Dann brachte Vater das aufs Tapet, worauf ich schon gewartet hatte: Das kommt nur davon, dass du ihr zu viel durchgehen lässt, das habe ich dir schon mal gesagt. Schön, räumte Mutter ein, mag sein, dass sie verzogen ist, aber bedenke, du hast einen Enkel, und der lebt bei den Nonnen. Du kannst ihn besuchen, wann du willst, aber es ist besser, du sagst ihm nie, dass er dein Enkel ist. Vater verschlug es die Sprache. Den Jungen hatte er vor lauter Ärger ganz vergessen, und nun wurde ihm plötzlich bewusst, dass dieser Junge sein Enkel war. Er hörte auf zu schreien, drehte sich kopfschüttelnd um und ging. Er verlor nie wieder ein Wort über seinen Enkel, aber ich weiß von den Nonnen, dass er Joanet ein paarmal besuchte. Und als der Junge mit der Schule fertig war, nahm Vater ihn zu sich auf den Hof.

Mutter trieb weiterhin ihren Handel mit Dominique,

doch ihr Verhältnis kühlte ab. Dominique fragte nicht mehr nach mir. Vielleicht ahnte er, dass man ihm etwas vorenthielt. Vielleicht hatte er sich aber auch, wie ich nach dem Drama mit Annabel folgerte, längst mit meiner Schwester eingelassen und dafür gesorgt, dass auch sie für eine Weile außer Gefecht gesetzt wurde, denn darin war Dominique offenbar Experte. Die Zeit verstrich, ich ging wieder zur Schule und bereitete mich aufs Abitur vor.

Meine Geschwister und die Leute im Dorf haben immer geglaubt, ich hätte wirklich Nonne werden wollen, wie meine Mutter, und es mir dann noch einmal überlegt. Da niemand wusste, was geschehen war, konnte ich meine Rolle als fromme Betschwester weiterspielen, die so vorteilhaft für mich war. Joanet besuchte ich mindestens zweimal in der Woche. Die Zeit, die ich mit ihm verbrachte, war wunderbar, ich sah ihn heranwachsen, und die Schwestern, die sich um ihn kümmerten, freuten sich über seine Fortschritte und liebten ihn, als wäre er ihr eigenes Kind. Auf eine, die ihn ganz besonders umsorgte, war ich manchmal richtig eifersüchtig und hätte sie am liebsten angeschrien, ich sei seine Mutter und nicht sie, und den Kleinen mit nach Hause genommen. Aber das ging nicht. Nicht solange meine Eltern für meine Ausbildung und meinen Lebensunterhalt aufkamen. Sobald ich dazu selbst in der Lage wäre, würde ich es tun. Dann würde ich den Jungen zu mir nehmen und ihm die Wahrheit sagen. Wir würden nach Vic ziehen, wo niemand ständig die Nase in die Angelegenheiten anderer stecken musste. Das war von Anfang an mein Plan.

Und dann kam, was kommen musste. Wir verlebten ein recht ruhiges Weihnachten, das erste, seit ich aus dem Kloster zurück war. Alle schienen einigermaßen glücklich zu sein, wir wirkten wie eine richtige Familie. Ich sehnte mich danach, meinen Sohn zu sehen und ihn zum Essen mit nach Hause zu bringen, aber Vater wollte nichts davon hören. Auf Weihnachten folgten einige bitterkalte Tage, an denen der Nebel so dicht war, dass man nachts nicht die Hand vor Augen sehen konnte. Ich lernte eifrig und schrieb gute Noten, als eines Abends – heute weiß ich nur zu gut, dass es der 23. Februar 1981 war – unsere Nachbarin Filo hereinstürzte und aufgeregt rief, wir sollten das Radio anschalten, es sei etwas Schlimmes im Gange. Das Militär ist wieder da, das Militär ist wieder da, jammerte sie und vergrub den Kopf in den Händen. Beruhige dich, Filo, sagte Vater, was soll das heißen, das Militär ist wieder da? Das muss ein Irrtum sein, die Diktatur sind wir doch schon seit Jahren los. Nein, nein, widersprach sie, die sind wieder da, schaltet das Radio ein. Während sie völlig verstört nach Hause rannte, machten wir natürlich schleunigst das Radio an. Meine Mutter war noch im Laden. Zuerst ertönte nur Marschmusik, doch in einem anderen Sender wurde haarklein berichtet, was vor sich ging. Wir schalteten auch den Fernseher ein, aber da schien man noch nicht auf dem Laufenden zu sein, und so machten wir ihn wieder aus. Im

Radio dagegen sagten sie, es habe einen Militärputsch gegeben und die Fernsehstudios in Prado del Rey in Madrid seien besetzt worden.

Und ausgerechnet diesen Abend suchte sich Dominique aus, um wieder aufzutauchen. Der Vater meines Kindes hatte ein sicheres Gespür für den falschen Moment. Mutter war gerade nach Hause gekommen und ganz außer sich, weil im ganzen Dorf über die Madrider Ereignisse geredet wurde. Kaum zwei Minuten später klingelte es, sie öffnete die Tür, und dort stand er. Ich hörte sie flüstern: Was machst du denn hier, wo kommst du her, wer hat dir gesagt, wo ich wohne? Dominique flüsterte nicht. Laut und deutlich sagte er: Ich bin nicht deinetwegen hier, sondern wegen Nina, ich will mit ihr sprechen. Natürlich hörte das auch mein Vater. Wer ist das?, fragte er mich leise. Ich täuschte eine Gelassenheit vor, die ich nicht empfand. Ach, niemand, ein Freund aus Vic. Dafür, dass er aus Vic ist, redet er aber mit einem komischen Akzent, sagte er. Ja, sagte ich achselzuckend. Ich zitterte am ganzen Körper. Woher weißt du, wo ich wohne?, wollte meine Mutter von Dominique wissen. Ich hörte, wie er spöttisch antwortete: Ich bin dir gefolgt. Lass mich bitte mit Nina sprechen. Nein, wehrte meine Mutter ab, du hast sie schon genug verletzt. Umgekehrt: Sie hat mich verletzt, protestierte Dominique und wurde lauter. Vater hörte jedes Wort, und ich spürte, wie er auf meine linke Brust starrte. Meine Mutter bemühte sich flüsternd, den Besucher zum

Schweigen zu bringen, doch vergeblich, er bestand darauf, mit mir zu sprechen, und, was das Schlimmste war, mein Vater bekam jedes Wort mit.

Im Hintergrund lief noch immer das Radio, aber wir achteten nicht mehr darauf. Als ich merkte, dass es kritisch wurde, sprang ich auf und lief zur Tür. Hallo, Dominique, was willst du?, fragte ich, als wäre er nur eine oberflächliche Bekanntschaft und mir völlig gleichgültig. Mit dir reden, erwiderte er. Ich wandte mich an meine Mutter: Kannst du uns bitte allein lassen? Wortlos verschwand sie und schloss die Tür hinter sich. Und?, fragte ich ihn beherzt. Er war noch genauso attraktiv, wie ich ihn in Erinnerung hatte, ein interessanter Mann, aber er reizte mich nicht mehr. Er redete nicht lange um den heißen Brei. Warum bist du einfach so gegangen, warum wolltest du nicht einmal mehr mit mir sprechen? Ich seufzte, ach, Dominique, ich bin in deinen Armen schwach geworden, aber irgendwann hast du mir halt nicht mehr gefallen, das ist alles, sonst gibt es dazu nichts zu sagen. Ach, das ist alles?, fragte er, als von mir nichts weiter kam. Ja, sagte ich und verschränkte mit einer entschiedenen Geste die Arme.

Ich trug einen Jogginganzug, den ich nur zu Hause anhatte, und sah bestimmt nicht aus wie die *Femme fatale*, mit der er sich in Vic in der Bahnhofsgaststätte getroffen hatte. Aber zu meiner Überraschung schloss er für einen kurzen Moment die Augen, schlug sie wieder auf und murmelte: Ich bin verrückt nach deinem Duft. Ich sah die Begierde in seinen Augen und sagte: Na, hör mal, es ist lange her, wieso bist du nicht früher gekommen? Diese Fangfrage brachte ihn ins Stottern, und er versuchte, sich herauszureden: Bis jetzt habe ich mich getröstet. Dann geh doch zurück zu deiner Trösterin, sagte ich so schroff ich konnte, als wäre ich tief getroffen. Das geht nicht, entgegnete er, ich habe sie verlassen. Tja, und ich habe kein Interesse mehr an dir, erklärte ich in demselben abweisenden Ton wie zuvor. Als ich ihn gerade auffordern wollte, zu gehen, geschah, was geschehen musste. Die Tür ging auf, und mein Vater trat heraus. Er war rot, so rot wie an dem Tag, als er erfuhr, dass er einen Enkel hatte.

Ich schaue auf den Sarg und muss an meinen Vater am Abend des 23. Februar denken. Während im Hintergrund das Radio berichtete, wie Oberstleutnant Tejero im Abgeordnetenhaus ein Riesenspektakel veranstaltete und Generalleutnant Milans del Bosch mit Panzern in Valencia einrückte, wandte sich mein geliebter Vater direkt an Dominique und sagte: Du bist der Madrilene, der meine Tochter entehrt hat, nicht wahr?

Der, der das gesagt hat, oder was von ihm noch übrig ist, wurde soeben in die Grabnische geschoben, und die wird jetzt zugemauert. Wir alle stehen schweigend davor; es herrscht feierliche Stille, nur das Zwitschern einiger Vögel ist zu hören. Es ist friedlich. Der Junge neben mir bebt. Wenn es mir schon nahegeht, zusehen zu müssen, wie der Körper meines Vaters für immer hinter einer Mörtelschicht verschwindet, wie muss Joanet sich dann fühlen, nachdem er erst vor wenigen Stunden erfahren hat, dass der Mann, der ihn den Hof lieben gelehrt hat, die Tiere und alles, was sein derzeitiges Leben ausmacht, sein Großvater war. Ich lege meinen Arm um seine Taille und frage mich, wie ich meinen Geschwistern beibringen soll, dass sie einen Neffen haben. Vielleicht finde ich nachher einen passenden Moment dafür.

Es gibt Dinge, die nicht leicht zu verstehen sind. Madrilene? Ich?, fragte Dominique befremdet, ich bin nicht aus Madrid. Lüg mich nicht an, ich habe dich reden hören, herrschte mein Vater ihn an. Inzwischen war auch meine Mutter dazugekommen, und erschrocken stellten wir fest, dass Vater Dominiques französischen Akzent mit dem aus Madrid verwechselt hatte. Für ihn klang jeder Akzent fremd. In der Rückschau betrachtet entbehrt das Ganze nicht einer gewissen Tragikomik. Senyor, ich bin Franzose, erklärte Dominique würdevoll. Ja, klar, blaffte Vater, außer sich vor Zorn, und ich komme vom Mond. Wie können Sie mich nur mit einem Madrilenen verwechseln?, begehrte Dominique auf, der nun ebenfalls wütend wurde. Du brauchst dich nicht zu verstellen, das bringt dir gar nichts, knurrte Vater. Du bist doch der, der meine Tochter entehrt hat, stimmt's? Welche?, fragte Dominique. In dem Moment dachte ich natürlich, er wolle Vater aufziehen, aber als ich später erfuhr, was geschehen war, wurde mir klar, dass Dominique tatsächlich wissen wollte, ob Vater mich meinte oder Annabel, die er kurz zuvor verlassen hatte.

Vater trat gefährlich nahe an Dominique heran. Er schnaufte. Ich habe gesagt, du sollst das Theater lassen. Ich versuchte, dazwischenzugehen: Vater, Schluss jetzt, es reicht, lass ihn gehen, er hat nichts getan. Ich wusste nicht, wie ich die Situation entschärfen sollte, ohne dass Dominique von der Existenz seines Sohnes erfuhr. Doch mein Vater sagte es ihm. Mein Vater, der nun in seiner Grabnische liegt und für immer schweigt.

Dass man warten muss, bis die Nische ganz verschlossen ist, ist unheimlich beklemmend. Das sollte man anders machen. Als die Leute früher richtig beerdigt wurden, war es romantischer. Wir hätten Vater gern einäschern lassen, aber als er spürte, dass es mit ihm zu Ende ging, bat er uns ausdrücklich, es nicht zu tun, er habe Angst, nicht ganz tot zu sein, und bei lebendigem Leib verbrannt zu werden, sei sehr schmerzhaft. Wir wussten nicht, was wir sagen sollten, und haben ihm seinen letzten Wunsch einfach erfüllt.

Wo will denn Albert hin? Das Grab ist jetzt fertig verschlossen. Es ist Zeit, den Toten Lebewohl zu sagen. Da sehe ich, wie mein Bruder ein Stück weiter zu einer anderen Grabnische geht. Annabel, der Junge und ich warten, bis die Leute weg sind, dann folgen wir ihm. Es ist das Grab von Gerard, seinem ehemaligen Klassenkameraden, der an einer Lungenentzündung gestorben war. Ich glaube, mein Bruder hat sich nicht allzu gut mit ihm verstanden. Albert stochert geistesabwesend in der Erde, die vor Ameisen wimmelt, und nimmt uns gar nicht wahr.

»Komm, Albert, gehen wir«, sage ich leise und berühre ihn sanft an der Schulter.

Da bemerkt er uns. Ohne aufzusehen, sagt er: »Er ist an Aids gestorben.«

Annabel und ich wechseln einen stummen Blick, und nach einer kurzen Pause fragt sie: »Und woher weißt du das?«

Albert schaut ihr in die Augen, dann mir, dann dem Jungen und sagt: »Ich habe ihn sterben sehen. Ich habe ihn geliebt. Sehr geliebt.«

Seine Worte überraschen mich. Ich habe wirklich gedacht, sie hätten sich nicht leiden können. Und es überrascht mich auch, dass Gerard an Aids gestorben sein soll. Zwar hätte ich es mir eigentlich denken können, denn auch die anderen jungen Männer, die zu der Zeit an Lungenentzündung starben, waren in der Regel HIV-infiziert. Aber ich habe es, ehrlich gesagt, nicht mal in Betracht gezogen; offenbar ist die Geschichte völlig an mir vorbeigegangen, und das verstimmt mich ein wenig. Annabels Überraschung allerdings gilt nicht so sehr den Aidstoten, sondern diesem Outing unseres Bruders hier am Grab seiner großen Liebe. Ich sehe ihr an, wie konsterniert sie ist. Und auch, dass sie sich eine Frage nicht verkneifen kann.

»Und Montse?«

Albert blickt sie verständnislos an und wiederholt: »Montse?«

Annabel winkt ab und wird ein bisschen rot. »Ach, schon gut …«

Ich mische mich nicht ein. Meine Schwester ist gerade aus allen Wolken gefallen und muss nun ihr Weltbild neu ordnen. So etwas kann passieren.

Albert steht auf und klopft sich die Hände ab. »Irgendwann musste ich es euch ja sagen.«

Keiner von uns sagt ein Wort. Armer Albert. Ich hake ihn mit meinem freien Arm unter, denn mit dem anderen halte ich mich noch immer an dem Jungen fest, und wir gehen langsam auf den Ausgang des Friedhofs zu.

Damals an der Haustür hielten wir auch Vater und Dominique fest, so gut wir konnten. Lasst die Streiterei, rief meine Mutter, es kann euch jeder hören. Als wir einsehen mussten, dass weder sie noch ich die beiden trennen konnten, schoben wir sie kurzerhand ins Haus und schlossen die Tür. Das Radio dröhnte in voller Lautstärke, aber niemand beachtete es oder machte sich die Mühe, es auszuschalten. Der Staatsstreich hatte neben den häuslichen Ereignissen alle Bedeutung verloren. Du hast meiner Tochter ein Kind gemacht. Was reden Sie denn da?, brauste Dominique auf. Dann schaute er mir in die Augen. Und ich wandte unwillkürlich den Blick ab. Ach, herrje, murmelte ich, als mein Vater Dominique am Revers packte und ihn hochhob. Was hast du ihr angetan, he? Sie war sechzehn. Diesmal fragte der Franzose nicht nach, damit war klar, um welche Schwester es ging. Während mein Vater ihn immer noch am Kragen gepackt hielt, fragte mich Dominique mit kaum verhohlener Freude: Ich habe ein Kind? Ohne ihn anzusehen, sagte ich schließlich: Ja, einen Sohn. Und wo ist er?, wollte er wissen. Nirgendwo, er geht dich nichts an, schnauzte Vater, du brauchst gar nicht erst auf die Idee zu kommen, ihn mit nach Madrid zu nehmen. Ich bin nicht aus Madrid, widersprach Dominique wütend. Er blickte mich an und sagte: Ich will meinen Sohn sehen, ich habe ein Recht dazu, es ist mein Sohn.

Und dann geschah es. Vater ließ ihn los, sagte: Niemand besudelt die Ehre meiner Familie!, und schlug zu. Der Fausthieb kam so unvermittelt und mit solcher Wucht, dass Dominique ihm nicht ausweichen konnte, rücklings zu Boden ging und so unglücklich stürzte, dass er mit dem Kopf auf die Türschwelle krachte und reglos liegen blieb.

Auch Montse hat den Friedhof noch nicht verlassen. Sie ist zwar mit Albert hergekommen, aber schon seit einer ganzen Weile verschwunden. Jetzt sehe ich sie mit dem Bürgermeister in einer Ecke stehen. Sie hält Abstand, wechselt nur ein paar Worte mit ihm, vermutlich verabreden sie sich für ein Schäferstündchen im Treppenhaus des Glockenturms. Mit einem bisschen Glück wird es am Samstag sein, wenn es Zeit ist für den Rosenkranz. Ich werde darauf achten.

Wir gehen jetzt. Ich klammere mich an Alberts Arm, und er lächelt mir zu. Der Tod des Liebsten ist hart, und nun weiß ich, dass mein Bruder diese Last all die Jahre ganz allein hat tragen müssen. Ich würde gern etwas für ihn tun, weiß aber nicht, was.

Für Dominique konnte man definitiv nichts mehr tun. Wir waren fassungslos, als wir sahen, dass er auf der Stelle tot war. Vor allem mein Vater. Er beugte sich hinab, schüttelte ihn und sagte dann: Oh, mein Gott, das wollte ich nicht. Hektisch tasteten wir ihn überall nach einem Pulsschlag ab. Von Medizin hatte ich natürlich noch keine Ahnung, aber ich erkannte sofort, dass Dominique tot war. Als Vater begriff, was er getan hatte, schlug er die Hände über dem Kopf zusammen, rannte im Zimmer auf und ab und rief ein ums andere Mal: Oh, mein Gott, oh, mein Gott, verzeih mir, verzeih mir. Der perfekte Mann, der über Mauern geklettert war, um Novizinnen zu verführen, war völlig aus der Bahn geraten, weil er, ohne es zu wollen, einen Mann getötet hatte.

Meine Mutter dagegen bewies eine beispiellose Kaltblütigkeit. Sie drückte dem Toten die Augen zu und legte ihn gerade hin. Dann sah sie mich an und fragte, was sollen wir jetzt tun?, als hätte ich eine Antwort auf diese alles entscheidende Frage. Ratlos schwieg ich. Vater, der am anderen Ende des Zimmers stehen geblieben war, sagte: Wir rufen die Polizei. Aber sicher doch, entgegnete meine Mutter, und dann gehst du für zwanzig Jahre ins Gefängnis. Sie befand, es müsste eine andere Lösung her. Aber was soll man machen, wenn im Wohnzimmer eine Leiche liegt? Das ist nicht so einfach. In diesem Moment wurde meiner Mutter klar, dass sie das Kommando übernehmen musste. Mein Vater war wie gelähmt, und ich ahnte, dass ich schon aus Altersgründen nicht das Sagen haben durfte. Also durchwühlte meine Mutter, notgedrungen Chefin der Aktion, Dominiques Taschen, bis sie einen in Lyon ausgestellten Pass fand, dem zufolge sein Name Jacques war. So was, brummte sie erbost, obendrein hat er auch noch verschiedene Namen. Sie drückte Vater, der immer noch wie gelähmt war, auf einen Stuhl.

In dem entstandenen Schweigen bemerkten wir mit einem Mal, dass das Radio noch immer über einen Staatsstreich berichtete, der drohte, das ganze Land auf den Kopf zu stellen. Ich streckte die Hand aus, um es auszuschalten. Nein, sagte meine Mutter, lass es laufen, so hört uns keiner reden. Da Vater in seinem katatonischen Zustand verharrte, überließen wir in dieser improvisierten, von Dominiques Leichnam präsidierten Krisensitzung meiner Mutter das Wort, da sie als Einzige kaltes Blut bewahrte: Passt mal auf, niemand weiß, wer dieser Mann ist, denn auch mir hat er nie eine Telefonnummer oder eine Adresse gegeben, sondern ist immer wieder komplett abgetaucht. Er nennt sich Dominique, heißt aber in Wahrheit anders. Wir können die Leiche in aller Ruhe verschwinden lassen, ich glaube nicht, dass ihn irgendjemand vermissen wird.

Sie sagte das in ganz selbstverständlichem Ton, und Vater fuhr sie an, aber was redest du denn da, Isabel? Was redest du da, ich habe ihn umgebracht, das ist Mord. Pst, halt den Mund, zischten meine Mutter und ich gleichzeitig. Ich stand auf und legte ihm beschwichtigend den Arm um die Schultern. Es war eigenartig. Vor genau einem Jahr hatte er mir links und rechts eine verpasst, weil ich schwanger war, und nun musste ausgerechnet ich ihn trösten. Das hast du doch nicht absichtlich getan, Vater, ist schon gut, sagte ich und streichelte ihm besänftigend über den Rücken. Aber ihn zur Besinnung zu bringen war nicht so einfach, zumal aus dem Radio ununterbrochen die Übertragung aus dem Abgeordnetenhaus schallte und mitten im Zimmer ein toter Mann lag.

Unerschütterlich drängte meine Mutter: Wir müssen die Leiche wegschaffen, und das dürfte heute nicht so schwer sein, weil kein Mensch auf der Straße ist; alle sitzen zu Hause und kleben mit dem Ohr am Radio. Ich stimmte ihr zu und versuchte, mich auf das Problem zu konzentrieren. Vater schwieg, ich spürte, wie er bebte. Also, was machen wir mit ihm? Begraben wäre vermutlich das Beste, schlug ich vor. Ja, aber wo?, fragte meine Mutter, wir können ihn ja nicht einfach auf den Friedhof bringen, und ihn in den Fluss werfen, geht auch nicht, denn dann käme er bald wieder an die Oberfläche. Während wir noch angestrengt nachdachten, schien wieder Leben in meinen Vater zu kommen, denn mit einem Mal sagte er: Ich weiß, wo, beim Hof. Mutter und ich starrten ihn fragend an. Vater erklärte: Es gibt da eine Stelle in den Bergen, an die bringe nur ich die Kühe, da ist sonst nie jemand, und ich kann ein Auge darauf haben. Gute Idee, sagte Mutter, kommt ihr?

»Kommt ihr?«, ruft Annabel ihrem Mann und ihren Kindern zu, die immer noch vor der Grabnische stehen.

Die drei folgen uns mit einigem Abstand. Cèlia weint, wie schon die ganze Zeit. Von uns allen hat sie den engsten Kontakt zum Großvater gehabt. Die beiden kamen gut miteinander aus.

»Sollen wir im Gasthaus etwas essen? Wir könnten fragen, ob sie einen Tisch für uns alle haben«, schlägt Albert vor.

»Einverstanden«, sagt Annabel.

»Kommst du mit, Junge?«, fragt Albert.

»Selbstverständlich kommt er mit«, sage ich lächelnd. »Stimmt doch, Junge, oder?«

»Klar doch.«

Unter unseren Füßen wirbelt Staub auf, als wir über den Weg vom Friedhof zur Landstraße gehen. Dann steigen alle in ihre Autos, und wir verabreden, uns am Gasthaus zu treffen.

Es macht einen gewaltigen Unterschied, ob man einen Toten in einem Sarg trägt oder auf den Armen. Ein Toter ist im wahrsten Sinne des Wortes eine tote Last. Es war wahnsinnig anstrengend, und damit hatte keiner von uns gerechnet. Die Befürchtung, jemand könnte uns sehen, war jedenfalls unbegründet, denn tatsächlich saß das ganze Dorf am Radio. Wir traten auf die Straße und blickten uns um. Alles war still. Wir schlossen die Haustür ab, damit nicht Filo oder ein anderer Nachbar auf die Idee kam, noch einmal hereinzuschneien. Dann gingen wir ins Wohnzimmer und versuchten, Dominique hochzuheben. Sofort wurde uns klar, dass die Sache schwierig werden dürfte. Seine Arme und Beine baumelten herab. Also holten wir eine Decke und wickelten ihn hinein. Damit war es einfacher. Während das Radio in voller Lautstärke schallte, schleppten wir ihn leise zur Haustür. Schön, sagte Mutter, ich hole jetzt den Wagen, und wenn ich zurück bin und die Luft rein ist, legen wir ihn in den Kofferraum. Bis dahin macht ihr niemandem die Tür auf.

Die ganze Prozedur bis zur Ankunft am Hof war relativ problemlos. Weder im Dorf noch unterwegs begegneten wir einer Menschenseele. Oben angelangt, drängte Vater, höher rauf, höher rauf, zu den Weiden. Er wirkte ganz gefasst und war wieder die Ruhe selbst. Wir ließen den Kuhstall und das Haus der Pächter hinter uns. Vor einer kleinen Anhöhe mit frischem, jungem Gras befand Vater: Hier ist es. Wir fuhren den Wagen in einen baumbestandenen Weg, wo er nicht zu sehen war, und stiegen aus. Die Nacht dort oben war kalt, aber sternenklar. Der mit leuchtenden Pünktchen übersäte Himmel schien sich nicht im Geringsten daran zu stören, dass wir einen Toten verscharren wollten oder dass im Parlament in Madrid jemand vorhatte, eine schwer erkämpfte Demokratie aus den Angeln zu heben. Ein Dichter hätte wohl die Sterne besungen, die in jener Nacht über diesem Fleckchen Erde funkelten, und nichts als ihre Schönheit und den nächtlichen Frieden wahrgenommen. Was war das ganze Chaos mit seinen Gewaltakten und Toten letztlich im Vergleich zur Unendlichkeit des Universums? Nichts. Gar nichts.

Vater ging schweigend zum Hof. Die Hunde schlugen nicht an, sondern sprangen an ihm hoch und leckten ihn ab. Wir hatten Angst, die Besitzer könnten ihn erwischen, doch wir hörten, dass auch sie am Radio hingen. Es war die ideale Nacht für Untaten. Wie die unsere. Vater kehrte mit zwei Schaufeln zurück, die er zu der Stelle brachte, an der wir Dominique seiner Ansicht nach begraben sollten. Wir öffneten den Kofferraum und zerrten den Toten heraus. Im Schutz der Bäume schleiften wir ihn bis zur höchsten Stelle des Hügels. Ein Auto fuhr vorüber. Nachher, während wir ihn begruben, noch weitere.

Was für eine Nacht, und was für eine Plackerei. Ich hätte nie gedacht, dass es so mühsam ist, ein Grab zu schaufeln. Die Totengräber heutzutage können wirklich froh sein, dass sie nur noch Nischen zumauern müssen. Erst im Morgengrauen war die Grube tief genug, damit Dominique, der inzwischen steif geworden war, der Länge nach hineinpasste. Keiner von uns hatte an die Totenstarre gedacht, es war pures Glück, dass wir ihn ausgestreckt auf den Boden gelegt hatten. Als wir ihn hochhoben und merkten, dass er kein Mensch mehr war, sondern ein Stock, hielten wir einen Moment entsetzt inne. Es war grausig, und ich sah meiner Mutter an, dass sie kurz davor war, in Ohnmacht zu fallen. Reißt euch zusammen, es ist gleich geschafft, sagte Vater und gab sich wacker. Zu dritt legten wir Dominique in das Loch und begannen, so viel Erde auf ihn zu schaufeln, wie wir konnten. Als wir fertig waren, kam gerade die Sonne heraus. Na ja, ganz fertig waren wir nicht, aber Vater meinte, er würde sich später darum kümmern. Er blieb auf dem Hof. Ich habe keine Ahnung, wie er sich den ganzen Tag auf den Beinen halten konnte. Mutter und ich kehrten heim, und während Mutter den Laden öffnete, legte ich mich ins Bett, nachdem wir mich in der Schule krankgemeldet hatten. Über Tejero und die anderen Militärs wussten wir natürlich so gut wie nichts. Aber mittags kam meine Mutter mit einem Stapel Zeitungen nach Hause, und ich verbrachte den ganzen Nachmittag vor dem Fernseher. Ich hätte ja schlecht am nächsten Tag vor meine Klassenkameraden treten können, ohne zu wissen, was bei diesem Putschversuch eigentlich passiert war. Ich prägte mir sämtliche Fakten ein und konnte am nächsten Tag in die Schule gehen, ohne einen gänzlich weltfremden Eindruck zu machen. Allerdings wollte sowieso niemand meine Meinung wissen, ich redete nie viel, sondern war eher so etwas wie das schweigsame Maskottchen der Klasse. Hast du Angst gehabt?, fragten sie mich nur. Sie bedauerten mich, weil ich als die Schwächste von allen galt, für die bestimmte Dinge einfach zu viel waren. Arme Nina, riefen sie, und ich antwortete: Es war Gottes Wille, dass nichts passiert ist. Und so ging das Theater weiter. Und das Leben auch.

In den Tagen, die auf Dominiques Tod und Beerdigung folgten, bewegten sich meine Eltern wie Schlafwandler. Nur ich war wie immer und bemühte mich, mittags und abends bei Tisch über alles Mögliche zu plaudern, um sie auf andere Gedanken zu bringen. Ihr braucht keine Angst zu haben, hatte Vater gesagt, als er an jenem Tag fix und fertig vom Hof heimkehrte, da, wo wir ihn begraben haben, ist nie einer außer mir und den Kühen. Ich habe sie ein paarmal darübergetrieben, der Boden ist jetzt ganz platt getrampelt. Ich werde Gras säen und die Stelle im Auge behalten. Ohne ein weiteres Wort war er schlafen gegangen. Er hatte es wahrhaftig nötig.

Wie vermutet, fragte nie jemand nach Dominique. Kein Mensch erwähnte je einen vermissten Franzosen, sofern er denn überhaupt Franzose und sein Ausweis nicht auch gefälscht war. Immerhin war er Schmuggler und durfte keinerlei Aufmerksamkeit erregen. Ob er in seinem Land gesucht wurde, entzieht sich meiner Kenntnis, keiner von uns hat je etwas darüber gehört. Wir mussten nur noch eins tun: sein Auto finden und es verschwinden lassen. Wir brauchten nicht lange zu suchen, es war ganz in der Nähe unseres Hauses geparkt. Die Schlüssel hatten wir Dominique aus der Tasche genommen. Wenn ein Wagen mit französischem Kennzeichen längere Zeit am selben Platz stand, würde er den Leuten früher oder später auffallen, wenn sie ihn nicht bereits bemerkt hatten. Doch zum Glück waren nach wie vor alle mit Madrid beschäftigt. Mutter, die über einige zwielichtige Kontakte verfügte, hatte somit Zeit, einen ähnlich dubiosen Geschäftspartner wie Dominique zu finden, der das Auto abholte und kurzerhand verschwinden ließ. Dieser wurde von da an Mutters »offizieller« Parfümlieferant, bis wir der Europäischen Gemeinschaft beitraten und die Zeiten der Grenzen und Schmuggler vorbei waren.

Ein paar Monate später, kurz vor den Sommerferien, tauchte Annabel mit ihrem Liebeskummer auf. Mutter und ich waren fassungslos, denn alles deutete darauf hin, dass ihr Jean-Paul niemand anderer war als unser Dominique. Er war verschwunden, Franzose und lebte in Lyon, auch wenn er dort nicht erreichbar war. Außerdem hatte Mutter mir erzählt, dass sie Dominique das Café Mauri genau zu dem Zeitpunkt empfohlen hatte, zu dem auch Annabels unglückliche Affäre begann. Mutter kochte vor Zorn. Als wir später unter uns waren, sagte sie: Wer weiß, ob er es nicht getan hat, um sich zu rächen. Nein, Annabel hat ihn nur getröstet, sagte ich. Aber wenn er sich mit ihr unterhalten hat, wandte Mutter ein, muss er geahnt haben, wer sie ist; möglicherweise hat er mit ihr angebändelt, weil er hoffte, sie würde zu Hause erzählen, dass sie einen französischen Freund hat. Diese Überlegung klang vernünftig, darauf wäre ich nicht gekommen. Arme Annabel, meinetwegen hatte sie einen mächtigen Schlag einstecken müssen. Zumal sie mir unter vier Augen auch noch gestanden hatte, sie hätte abtreiben müssen. Ich bekam Gewissensbisse, weil meine Schwester so viel durchgemacht hatte, auch wenn ich im Grunde nichts dafür konnte. Du verlässt jemanden, und der verlässt wieder jemanden, und derjenige den Nächsten, und so geht es immer weiter. Wir Menschen sind wirklich kompliziert.

Ich bat meine Mutter, für Annabel und mich nicht länger dieses Parfüm herzustellen, ganz gleich, wie groß ihre Hexenkünste auch sein mochten, und uns stattdessen etwas Schlichteres zu geben, das nicht eine derartige Anziehungskraft auf Männer mit unlauteren Absichten ausübte. Mutter war schon auf denselben Gedanken gekommen. Sie war aufrichtig betroffen von den Vorfällen zwischen ihren beiden Töchtern und dem Schmuggler, der sie mit Parfüm beliefert hatte und nun tot und begraben war. Sie hörte auf, im Hinterzimmer diese Mixturen herzustellen, an denen sie so viel Gefallen gefunden hatte, und schenkte uns echte Markenparfüms. Jeder ein anderes. Erst heute früh habe ich meins aufgelegt, denn ich benutze es auch nach Mutters Tod weiter. Es erinnert mich so sehr an sie …

Im Gasthaus nehmen wir alle an einem Tisch Platz. Es gibt das eine oder andere verdruckste Lächeln und ein paar lockere Bemerkungen, auch wenn wir uns nicht trauen, offen zu lachen, denn immerhin ist gerade unser Vater und Großvater gestorben. Der Junge sitzt neben mir. Albert erkundigt sich bei Annabel, wie es in der Partei läuft.

»Gut, es gibt viel zu tun«, antwortet sie. »Seit die beiden hier groß sind und mich nicht mehr so brauchen wie früher, widme ich meine freie Zeit der Organisation unseres Landes, das hat es nämlich bitter nötig.«

»Eigentlich ist sie nie zu Hause«, spottet mein Schwager.

»Ach komm, übertreib nicht.«

Mit der Politik hat Annabel ihre Lebensaufgabe gefunden. Doch während sie ihren Salat mit Pilzen isst, den auch ich bestellt habe, sagt sie mit einem Mal seltsam berührt: »Jetzt haben wir doch nicht mehr erfahren, ob Vater wirklich jemanden umgebracht hat …«

Rasch falle ich ihr ins Wort. »Ich glaube, er hat deliriert. Wenn ihr wüsstet, was man im Krankenhaus so alles zu hören bekommt … Patienten, die im Sterben liegen, bekennen sich zu allem Möglichen, ob begründet oder nicht. Es ist unglaublich …«

Seit gestern früh leugne ich die Tatsachen mit größter Selbstverständlichkeit. Ich höre Joanet neben mir husten und denke betrübt an die einzige einschneidende Folge, die Dominiques Tod hatte: Ich durfte dem Jungen nicht die Wahrheit sagen und ihn zu mir nehmen. Es wäre zu gefährlich gewesen, denn irgendwann hätte er nach seinem Vater gefragt und ihn womöglich ausfindig machen wollen. Und das hätte uns alle schwer in die Bredouille und am Ende gar ins Gefängnis bringen können, Vater wegen Mord und Mutter und mich wegen Beihilfe. Ich wog ab, ob es sich wirklich lohnte, unser aller Freiheit aufs Spiel zu setzen, immerhin liebte er mich wie eine große Schwester, und das war mir schon genug.

Unvermittelt nimmt Annabel Albert ins Visier. »Und, Albert, hast du einen Freund oder nicht?«

Keinen wundert die Frage; vermutlich hat Annabel es ihrer Familie unterwegs erzählt. Albert wird rot.

»Nein … Ich mag nichts Festes. Ich habe den einen oder anderen Bekannten, aber keine Beziehung.«

Dabei sieht er uns an, als würde er sagen, dass er keine Ofenkartoffeln mag, aber Chips aus der Tüte. Ich weiß genau, was er meint. Meine Schwester hat anscheinend Stabilität gefunden, aber Albert und ich sind anders. In Vic habe auch ich immer wieder wechselnde Freunde. Für mich sind Männer nur ein netter Zeitvertreib; ich sehe überhaupt keinen Grund, mit einem von ihnen für immer zusammenzubleiben. Ich bin wohl gar nicht so anders als Montse, nur dass ich für diese Zwecke eine Wohnung habe, während sie offenbar das Risiko reizt, auf der Treppe des Glockenturms erwischt zu werden. Nun ja, es soll halt jeder nach seiner Fasson selig werden. Apropos: Es denken immer noch alle, ich hätte die Seele einer Nonne, dabei kleide ich mich längst nicht mehr so trist wie in meiner Jugend, weil ich es nicht mehr ertragen konnte, so auf die Straße zu gehen.

Vater hielt uns über Dominiques improvisiertes Grab auf dem Laufenden. Er sagte immer »der Madrilene«, wenn er von ihm sprach; es ging einfach nicht in seinen Kopf, dass Dominique Franzose gewesen war. Für Vater war es einerlei, ob einer aus Madrid kam oder aus Lyon. Das Gras ist gewachsen, und den Kühen schmeckt's, berichtete er, es ist nichts mehr zu sehen. Mit der Zeit verschwand jede Spur von dem Grab. Und niemand hat je etwas über Dominique verlauten lassen, nicmand hat nach ihm gesucht, zumindest nicht hier in Katalonien. Der Madrilene aus Lyon war Vergangenheit.

Nun ist Vater tot, heute haben wir ihn beigesetzt. Und in den letzten Minuten seines Lebens musste er tatsächlich noch damit herausrücken, dass er einen Mann getötet hatte. Es hätte mir fast die Füße weggezogen, aber ich habe mir nichts anmerken lassen und dem verständlichen Befremden und der offensichtlichen Verwirrung meiner Geschwister standgehalten. Ich habe sogar kaltblütig behauptet, wir drei hätten an dem Abend zusammen Radio gehört, im Land hätte schon genug Chaos geherrscht, aber zu Hause wäre alles so ruhig gewesen wie immer.

Das Radio hatten wir tatsächlich an. Es lief die ganze Nacht. Aber dass es ruhig gewesen wäre, stimmt natürlich nicht. Während ich mir einen Löffel voll Eis in den Mund schiebe, überlege ich, welch ein Glück es war, mein Leben lang die Rolle der Heiligen in spe gespielt zu haben. Denn so hat mich niemand im Verdacht, jeder hält mich für einen guten Menschen, und ein paar beiläufigen Bemerkungen zufolge sind selbst meine Geschwister noch immer von meiner Nonnenseele überzeugt.

Als Mutter starb, verlor ich meine Gefährtin, meine Freundin, meine Verbündete. Sie stürzte eines Tages im Hinterzimmer des Ladens. Sie kam nicht zum Bedienen heraus, und niemand wusste, was los war. Eine Kundin ging schließlich nach hinten, und als sie meine Mutter auf dem Boden liegen sah, fing sie so gellend an zu schreien, dass sofort das ganze Dorf alarmiert war. Die Polizei kam und ein Krankenwagen und alle Nachbarn, aber man konnte nichts mehr tun, sie war schon tot.

Ich war in Vic, und als ich es hörte, spürte ich, wie mir das Herz aus dem Leib gerissen wurde. Der Himmel stürzte herab, die Sonne verdunkelte sich, die Erde trug keine Früchte mehr. Lange Zeit war ich nicht mehr ich selbst, mir war nur noch übel, ich schwankte, und die Trauer fraß mich auf. Damals wollte ich tatsächlich Nonne werden und hinter Klostermauern sterben. Ohne meine Mutter hatte ich das Gefühl, ein Niemand zu sein, zu nichts nutze, nie wieder fähig, den Kopf zu heben. Es fiel mir unsagbar schwer, aus diesem Loch herauszukommen und zu verstehen, dass ich allein würde weiterleben müssen. Wenn ich den Jungen besuchte, sagte er keinen Ton; er saß still neben mir und strich mir bisweilen sacht über den Arm. Und ich dachte nur, wenn du wüsstest, dass die Frau, die gerade gestorben ist, deine Oma war. Mein Verstand ertrank in einem Meer von Tränen, ich konnte nicht mehr, es kostete mich so viel Kraft, einen Fuß vor den anderen zu setzen und den Rucksack des Lebens zu tragen, der ohne meine Mutter eine tonnenschwere Last war.

Aber ich hatte meinen Sohn. Seinetwegen habe ich den Blick nach vorne gerichtet, seinetwegen bin ich da, wo ich heute bin.

Und nun ist auch noch sein Opa tot, und diesmal weiß Joanet Bescheid. Wenn er sich zu sehr aufregt, gibst du ihm das hier zur Beruhigung, hat mir der Arzt letzte Woche gesagt. So wie meine Mutter mir eines Tages ein verführerisches Duftwasser in die Hand drückte, reichte er mir eine Schachtel mit mehreren Ampullen, die einen magischen Trank enthielten, um schwatzhafte Väter einschlafen zu lassen. Gut, eigentlich sollten sie seine Schmerzen lindern, aber ich brachte ihn damit zum Schweigen, als ich sah, dass er den Mund nicht halten konnte. So war er still und nahm unser Geheimnis mit ins Grab.

Ich hatte in den letzten Tagen einen solchen Anfall von Wahrheitsliebe oder Religiosität bereits befürchtet, wie ich ihn auch im Krankenhaus bei vielen Patienten vor ihrem Tod erlebe. Seit Albert mich informiert hat, Vater würde im Sterben liegen, bin ich nicht mehr von seiner Seite gewichen. Ich habe meinen Vater sehr geliebt, und es wird schwer werden, mich daran zu gewöhnen, dass er nicht mehr da ist. Mein Vater war mein Vater; er erwartete mich jedes Wochenende, wenn ich ihn besuchte, um mich mit ihm über Nichtigkeiten zu unterhalten. Doch ich durfte nicht zulassen, dass er sich von dem Priester, der ihm die Letzte Ölung spendete, von allen Sünden lossprechen ließ, während ich als Komplizin bei einem hinterhältigen Mord im Gefängnis landete. Nein, das kam nicht infrage. Das durfte nicht sein.

Außerdem konnte ich dem Jungen nun, wo Vater nicht mehr da ist, zumindest die halbe Wahrheit sagen. Ich konnte ihm sagen, sein Vater sei ein Madrilene, der in meinem Leben nur ein kurzes Gastspiel gegeben, mir aber ein Geschenk dagelassen habe, nämlich ihn. Jetzt kann ihm niemand mehr etwas anderes erzählen, denn niemand weiß davon, niemand hat Dominique mausetot auf dem Boden liegen sehen, nachdem sein Kopf auf die Küchenstufe gekracht war. Niemand hat gesehen, wie wir ihn weggebracht haben, wie wir eine lange Nacht damit zugebracht haben, ihn zu begraben, wie wir das Auto weggeschafft und versucht haben, die ganze Geschichte zu vergessen. Denn da war ein Radio, das ununterbrochen lief und über schlimme politische Ereignisse berichtete, ein Radio, das alle ablenkte. So wie der Rosenkranz den Pfarrer ablenkt, wenn Montse ihre Eroberungen in den Glockenturm mitnimmt. Es gibt Momente im Leben, die man nutzen muss. Und

Rollen, die man spielen muss, so wie ich die meine spiele. Ich werde weiterhin eine Heilige sein, so wie meine Mutter es mir beigebracht hat.

»Gehen wir.«

Ein bisschen beschwipst vom Wein verlassen wir das Gasthaus. Der Junge geht voraus. Sobald wir auf der Straße sind, will ich ihnen sagen, dass er mein Sohn ist. Doch draußen kann ich ihn nirgends entdecken.

»Habt ihr den Jungen gesehen?«, frage ich verwundert. »Wo steckt er bloß?«

Annabel sieht mich gleichgültig an und sagt: »Er hat gesagt, er müsse weg, er hätte es eilig …«

Okay, dann muss ich es ihnen halt ein andermal erzählen, da kann man nichts machen. Vielleicht an Weihnachten, wenn wir alle zusammen sind. Bis dahin ist es allerdings noch eine Weile hin. Oder im Sommer. Ich weiß nicht, vielleicht ist es ja besser, wenn sie weiterhin denken, ich hätte nie einen Mann gehabt. Das überlege ich mir noch.

Joanet

Wer hätte gedacht, dass du es bist, Vater, mögest du in Frieden ruhen. Und noch dazu, dass mein Großvater dich getötet hat. Heilige Jungfrau im Himmel! Als ich eins und eins zusammengezählt habe, hat es mich geschüttelt. Die heilige Margarethe möge sich meiner Seele erbarmen, wenn ich nicht die Wahrheit sage: Erst hat es mich geschüttelt, und jetzt ist mir so eisig kalt, als hätte man mich mitten im tiefsten Winter in den Fluss getaucht.

Margarethe war die Lieblingsheilige von Schwester Elisenda, die für mich wie eine Mutter war, auch wenn ich das meiner echten Mutter nie gesagt habe, weil ich immer das Gefühl hatte, sie wäre eifersüchtig auf sie, ich weiß nicht, warum, denn ich hatte ja nicht die leiseste Ahnung, dass sie meine Mutter ist, zumal mir alle immer eingeredet haben, ich sei nicht an dem Tag geboren, der in meiner Geburtsurkunde steht, sondern früher. Gott begeht keine Irrtümer, aber Menschen sind fehlbar, erklärten mir die Schwestern, und hier haben Menschen gefehlt, es war menschliches Versagen. Und ich glaubte es. Ich glaubte immer, ich sei im August geboren, wo ich in Wahrheit wohl im Dezember zur Welt kam, am zwölften, laut meinem Ausweis. Warum kann ich denn das Datum nicht ändern lassen, warum sagen wir denen, die dafür zuständig sind, nicht Bescheid?, fragte ich Schwester Elisenda. Sie schaute mich mit großen Augen an und antwortete: Bei der heiligen Margarethe, ich weiß es nicht. Und dann schickte sie mich zur Mutter Oberin.

Die Augen der Mutter Oberin bohrten sich in deine Pupillen wie Nadeln, und wenn sie dich ansah, verschlug es dir den Atem, und wenn sie etwas zu dir sagte, hattest du sofort zu springen. Alle Schwestern hielten sich daran, und ich auch. Das war das Gefühl, mit dem du ihr Arbeitszimmer betratst, diesen stillen Raum, der von einem Kruzifix beherrscht wurde und in dem eine Unmenge von Büchern in endlosen Regalen standen. Setz dich, Joan, setz dich, sagte sie und wies mir einen Stuhl. Sie war die Einzige, die mich Joan nannte, für alle anderen war ich Joanet oder einfach nur der Junge; vor allem zu Hause bei Nina, ich meine, bei meiner Mutter, meinem Onkel, meiner Tante und meinen Großeltern. Heilige Muttergottes, Herr im Himmel, was für eine Überraschung, ich hatte ja keine Ahnung! Nun, sagte die Mutter Oberin, und ihr Blick hypnotisierte mich, du bist doch intelligent, mein Junge, du verstehst sicher, dass es schwierig ist, eine Behörde von der Änderung eines Geburtsdatums zu überzeugen, nicht wahr? Ich verstand es nicht, aber ich nickte. Sie haben dieses Datum aufgeschrieben, und damit ist das eben dein Geburtstag, fuhr die Mutter Oberin fort, außer für amtliche Angelegenheiten brauchst es ja niemandem zu sagen, sonst gibt es nur Durcheinander. Sie durchbohrte mich mit dem Blick und sagte: Wir haben den 21. August als deinen Geburtstag festgelegt, wir belassen es dabei. Es gibt viele fehlerhafte Dokumente und viele Leute wie dich, die nicht wissen, wann sie geboren sind, also lass die Sache auf sich beruhen und bete, damit deine Seele rein bleibt.

Immer sagte mir die Mutter Oberin, ich solle um eine reine Seele beten. Wenn ich einen Fleck auf ihr bemerkte, vertraute ich mich meinem Lieblingsheiligen an, dem heiligen Rochus, und ging rasch zur Beichte, und schon war ich geläutert und konnte von Neuem beginnen. Ich frage mich nur, wie das mit den Schwestern ist. Sie haben mich nach Strich und Faden belogen, solange ich denken kann; wie ich gestern erfahren habe, waren sie alle bei der Geburt dabei. Sie haben nicht den Arzt gerufen, zum Glück war eine von ihnen Hebamme. Heiliger Rochus, heilige Margarethe, ich hoffe, Schwester Elisenda und die anderen haben die ungeheuerliche Lüge gebeichtet, die sie mir bis heute aufgetischt haben. Und Nina, also meine Mutter, auch. Natürlich hatte meine Mutter einen triftigen Grund, mir nicht zu sagen, dass sie meine Mutter ist. Gestern hat es bei mir klick gemacht, das heißt, als ich wieder klar denken konnte, denn im ersten Moment traute ich meinen Ohren nicht.

Gestern spürte ich, wie die Erde bebte. Nicht sämtliche Heiligen der Welt hätten mich vor diesem Aufruhr in meiner Seele bewahren können. Joanet, ich muss dir etwas sagen, hat Nina zu mir gesagt. Und wie immer, wenn ich mit ihr rede, nahm ich ihr gegenüber eine Haltung absoluter Ergebenheit ein; ich habe Nina, also meine Mutter, stets bewundert, denn sie war immer für mich da, sie besuchte mich, herzte mich, umarmte mich, machte mir Geschenke und sagte mir ständig, wie sehr sie mich liebte. Wenn sie ins Kloster kam, verschwand Schwester Elisenda mit mürrischer Miene, und wenn Nina wieder weg war, herzte und umarmte mich auch Schwester Elisenda, und ich dachte mir gleich, möge Gott mir meine Gedanken verzeihen, aber meines Erachtens können sich diese beiden nicht ausstehen. Ich schwieg und ließ die eine wie die andere machen.

Gestern spitzte ich also sehr aufmerksam die Ohren. Und da hat sie es mir gesagt. Ich war sprachlos, ich konnte nichts denken. Hast du es nicht geahnt?, fragte sie mich, als sie geendet hatte. Ich schüttelte den Kopf; nicht mal bei der Sache mit dem Geburtsdatum war mir ein Verdacht gekommen, denn sämtliche Schwestern, diese verlogenen Weibsbilder, hatten mir erzählt, wie niedlich ich gewesen sei, als ich da vor der Tür des Klosters in meinem Körbchen gelegen hätte, wie Moses, als er auf den Wassern des Nils schaukelte. Manch einer kamen bei dieser Lüge sogar vor Rührung die Tränen.

Auf die erste Frage, warum hast du mir bis heute nichts gesagt, antwortete Nina, also meine Mutter, sie sei sehr jung gewesen, gerade mal sechzehn Jahre alt, und ihre Familie habe ihr keine Wahl gelassen. Sie erzählte, dass ich eigentlich zur Adoption freigegeben werden sollte, daraus dann aber nichts wurde, weil sie mich nicht mehr hergeben wollte, und schließlich seien sie übereingekommen, mich im Kloster zu lassen. Und so blieb ich dort. Und warum hast du es mir bis heute nicht gesagt?, hakte ich nach. Da schien sie ein bisschen nachdenklich zu werden. Weil ich nicht wusste, wie du es aufnehmen würdest und ob es vielleicht besser sei, es dir nicht zu sagen, weil du ja immerhin schon dein eigenes Leben hattest. Eine Zeit lang sagte ich keinen Ton. Ich verstand das alles nicht und wusste nicht, ob ich meine neue Mutter lieben oder hassen sollte. In Gedanken rief ich die heilige Margarethe an, von der Schwester Elisenda immer gesagt hat, sie stehe einem in jeder Bedrängnis bei, aber die heilige Margarethe machte keine Anstalten, mir zu Hilfe zu eilen, sondern überließ mich ganz und gar mir selbst. Wir schwiegen eine ganze Weile. In meinem Kopf herrschte ein wildes Durcheinander, und Nina, also meine Mutter, versuchte, mir über den Arm zu streichen. Unwillkürlich zog ich ihn weg, denn plötzlich erfasste mich ein bitterer Zorn, ein gewaltiger Zorn, weil ich so lange Zeit eine Mutter gehabt hatte, ohne es zu wissen.

Die zweite Frage lautete: Und wer war mein Vater? Was Nina, also meine Mutter, mir darauf antwortete, brachte meine Gedanken derart zum Kreisen, dass mein Zorn auf der Stelle verflog. Ach, er war ein Madrilene, in den ich mal eine Weile verliebt war, aber nachher ist er fortgegangen und nicht mehr wiedergekommen. Ich habe nie nach ihm gesucht, weil ich nichts mehr von ihm wissen wollte. Ein Madrilene?, wiederholte ich.

Ein Madrilene. Mein Chef, der immer sagte, ich solle ihn nicht so nennen, weil er nicht der Chef, sondern lediglich der Vorarbeiter des Hofs sei, also mein Chef stieg immer auf den Hügel, auf dem ich jetzt gerade bin, um mit seinem Madrilenen zu sprechen, Madrilene hier, Madrilene da, was hältst du hiervon, Madrilene, und was davon. Ich dachte, was tut er da bloß, ist er verrückt geworden, denn während er sprach, starrte er immer zu Boden, genau hier zu meinen Füßen. Wenn er mich sah, scheuchte er mich weg. Geh, sagte er, ich komme gleich, und dann schien es, als kehrte er für einen Moment in die Realität zurück. Sobald er vom Hügel herabstieg, war er wieder ganz er selbst und gab mir Anweisungen. Ich hatte immer das dumpfe Gefühl, hier müsse ein Madrilene begraben sein, denn mein Chef, also mein Opa, legte vor ihm die größten Bekenntnisse ab.

Lange Zeit wusste ich nicht, was ich von meinem Chef und seinen Gesprächen mit dem Madrilenen halten sollte. Anfangs redete er nur hin und wieder mit ihm, aber als er später zusehends den Verstand verlor, häufte es sich. In den letzten Wochen bat er den Madrilenen pausenlos um Verzeihung und weinte sogar. Und ich fragte mich, Verzeihung wofür? Er regte sich derart auf, dass ich schon daran dachte, die Familie zu benachrichtigen. Ach, heilige Muttergottes, zum Schluss musste ich auf den Hügel steigen, um ihn langsam hinunterzuführen, er hinkte stark und bekam schlecht Luft, es fiel ihm schwer, einen Fuß vor den anderen zu setzen, und die Kühe hörten schon längst nicht mehr auf ihn, denen musste ich sagen, wo es langging. In der vergangenen Woche bat ich ihn, sich auf einen Stein zu setzen, wo er warten sollte, bis ich mit der ganzen Arbeit fertig war. Ich hatte ja zwei Aufgaben zu erledigen, denn bisweilen missbraucht der Herr unsere Geduld, und ich musste gleichzeitig auf den Chef aufpassen und die Kühe hüten und meine Augen ständig überall haben, denn der Chef nutzte jede Gelegenheit, um sich davonzustehlen und seinen Madrilenen zu besuchen, den er untröstlich weinend um Verzeihung bat. Was soll er Ihnen denn verzeihen?, fragte ich schließlich bei einem der letzten Male. Er sah mich aus verquollenen Augen an und wurde sich mit einem Mal bewusst, dass er nicht allein war. Gar nichts, antwortete er, wer denn, hier ist doch niemand, weit und breit kein Madrilene. Dann wollte er unbedingt wieder hinunter, und unterwegs fiel er hin, und ich brachte ihn halb bewusstlos nach Hause, und er stand nicht wieder auf.

Niemand würde auf die Idee kommen, dass hier jemand begraben liegen soll; ich kenne diese Stelle nur ganz grün. Die Kühe haben immer gern hier geweidet. Und es würde auch niemand auf die Idee kommen, dass der Begrabene mein Vater ist. Ich bin nicht lange zur Schule gegangen, aber denken kann ich, und das, was ich mir in diesen zwei Tagen zusammengereimt habe, hat sich vorher noch nie einer zusammengereimt, denn es ist wirklich ein starkes Stück.

Als ich mit der Schule im Kloster fertig war, bestürmten mich sowohl die Schwestern als auch Nina, also meine Mutter, ich solle einen Beruf erlernen. Und so besuchte ich einen Kurs in Viehhaltung, denn mein Chef, also mein Opa, machte mir den Vorschlag, ihm zu helfen, und da sagte ich natürlich ja, denn das war etwas, woran ich Spaß hatte. Aber es tat mir leid, das Kloster zu verlassen, obwohl ich manchmal denke, einem Jungen wie mir sollte das nicht leidtun, immerhin war ich dort wie eingesperrt. In der letzten Zeit war ich allerdings ziemlich oft abgehauen und hatte mir das ein oder andere Mädchen gesucht, mit dem ich mir ein paar schöne Stunden machte. Danach kehrte ich nach Hause zurück, als wäre nichts gewesen. Eines Tages sagte mein Chef, also mein Großvater: Komm, zieh doch ins Dorf; und er und Nina, also meine Mutter, mieteten mir die Wohnung, in der ich jetzt bin. Also nicht jetzt in diesem Moment, denn jetzt bin ich ja hier auf dem Hügel, bei dir, Vater.

Als Nina, also meine Mutter, gestern Abend nach Hause ging, war sie sehr bedrückt. Kein Wunder, denn ich hatte jede zärtliche Geste von ihr abgewehrt. Ich war sehr durcheinander, in meinem Inneren prallten Wellen von Glückseligkeit und Hass aufeinander, und ich wusste nicht, wie ich sie vereinen sollte, denn es gibt Wellen, die überrollen und durchfluten dich, dass du keine Luft mehr kriegst. Und als ich beinahe am Ersticken war, flehte ich in Gedanken, Heilige Jungfrau Maria, was soll ich tun, bring mich von hier weg, doch auch die Jungfrau wollte nichts damit zu schaffen haben. Ich versuchte es beim heiligen Rochus, aber nicht mal der. Da saß ich nun, verlassen von Gott und der Welt und allen Heiligen. Und nach einer Weile drückte mir meine Mutter einen heißen Kuss auf die Wange, wünschte mir eine gute Nacht und sagte noch, bevor sie ging: Du weißt nicht, wie sehr ich gelitten habe, weil ich dich nicht bei mir haben konnte, du weißt nicht, wie sehr ich dich liebe.

Ich hätte sie für immer gehasst, wenn sie das nicht gesagt hätte. Aber danach ging das natürlich nicht mehr. Ich musste nachdenken. Ganz verstand ich es noch nicht, aber anscheinend hatte sie mich tatsächlich nicht zu sich nehmen können. Und dass sie mit allen Streit bekommen und mich nicht zur Adoption freigegeben hatte, sprach für sie. Andererseits wäre ich, wenn mich eine normale Familie adoptiert hätte, wie ein normaler Junge aufgewachsen und hätte ein normales Leben gehabt und kein Nonnenleben. Nichts gegen die Nonnen, die sind mir sehr lieb, und Schwester Elisenda heulte Rotz und Wasser, als ich auszog, und die anderen auch, und die Mutter Oberin, die schon steinalt war, schenkte mir einen Rosenkranz, damit ich immer ein gottesfürchtiger Mensch bleibe, wie sie mit zitternder Stimme sagte. Und da musste ich auch weinen. Natürlich liebe ich sie, und ich liebe auch Nina, also meine Mutter, und ich kann ja nicht sagen, dass sie mich verlassen hätte, aber sie hat mich eben auch nicht bei sich gehabt wie ein normales Kind, und das tut weh.

Die ganze Nacht lang habe ich die Kirchturmglocke jede Stunde schlagen hören. Immer wieder bin ich aufgestanden und habe die Sterne betrachtet oder bin zum Kühlschrank gegangen, um eine Kleinigkeit zu essen, denn sie sorgt nicht nur bei sich selbst für einen vollen Kühlschrank, sondern auch bei mir, und ich halte sie nicht davon ab. Jedes Mal, wenn ich in der vergangenen Nacht die Kühlschranktür öffnete, dachte ich, dass sie zwar für mich da gewesen ist, ich aber kein normales Kind gewesen bin. Ich hätte wieder heulen können, wenn ich an die Kinder in der Schule zurückdachte, die abends zum Schlafen in ihr normales Zuhause gingen und kichernd zu mir sagten, ich solle alle meine Mütter grüßen, und wie ich dann mies gelaunt abzog, den Schwestern aber kein Wort darüber sagte, um ihnen keinen Kummer zu bereiten. Und jetzt stellt sich heraus, dass ich der Einzige war, der Kummer hatte.

Heute haben wir den Chef, also meinen Opa, beerdigt. Ich hatte mich schon wieder etwas beruhigt, aber natürlich war ich todmüde. Es hätte nicht viel gefehlt, und ich wäre in der Kirche eingeschlafen, aber das geht nicht, es gehört sich nicht, bei der Beerdigung von seinem eigenen Großvater einzuschlafen, wie sieht denn das aus, und was würde der Herrgott dazu sagen, der dort oben über unsere Taten wacht. Ich habe mich neben Nina gesetzt, ich meine neben meine Mutter, und sie hat mich nicht einen Moment von ihrer Seite gelassen. Ich hatte den Eindruck, als wollte sie allen erzählen, dass ich ihr Sohn bin, denn offenbar wissen ihre Geschwister, also mein Onkel und meine Tante, nichts davon.

Dann sind wir ins Gasthaus gegangen. Und beim Essen hat irgendwer gesagt, der Chef, also mein Opa, hätte kurz vor seinem letzten Atemzug behauptet, er hätte einen Mann getötet, das Geheimnis aber mit ins Grab genommen.

Da habe ich eins und eins zusammengezählt, Vater. Ich weiß nicht, warum der Mann, der dein Schwiegervater hätte sein können, dich um die Ecke gebracht hat, aber wenn ich darüber nachdenke, scheint mir das der Grund zu sein, warum Nina, also meine Mutter, mich nie bei sich haben durfte. Wenn es herausgekommen wäre, hätte man ihren Vater ins Gefängnis gesperrt und, wer weiß, sie womöglich auch, als seine Komplizin. Vielleicht spricht sie deshalb mit niemandem darüber, nicht einmal mit mir.

Als ich das kapiert habe, Vater, hat es mir einen noch größeren Schock versetzt als gestern Abend. Auf einen Schlag waren die Wellen von Hass und Glück weg, weil eine Woge der Überraschung über mir zusammenschlug. Ich fühlte mich wie eine Kuh, wenn es ans Kalben geht, die über den Schmerz aus heiterem Himmel erschrickt und nachher ein Kälbchen neben sich findet. Die Kuh denkt bestimmt auch, den lieben Herrgott verstehe, wer will. So jedenfalls habe ich mich heute Mittag gefühlt. Mir ist der Appetit vergangen, und ich war stumm, blind und taub. Zum Glück hat keiner mit mir geredet, weil mit mir ja nie einer redet. Ich dachte nur an eins: Ich wollte raus, mich ins Auto setzen und herfahren. Und das habe ich getan.

Und jetzt, madrilenischer Vater, weiß ich nicht, ob es nicht meine Pflicht als guter Christenmensch wäre, dich auszugraben und zum Friedhof zu bringen, aber du müsstest mal sehen, was für schönes, saftiges Gras über dir gewachsen ist. Die Kühe mögen es so sehr, dass ich glaube, ich lasse es, wie es ist. Ich gehe heute zur Beichte und erzähle dem Pfarrer, dass ich eine Mutter habe und einen Vater, der aus Madrid stammte und jetzt da, wo die Kühe weiden, tot unter weichem Gras liegt, und dass man am besten alles lässt, wie es ist. Mehr ist nicht nötig, wenn Gott und der Pfarrer Bescheid wissen, dann reicht das, erst neulich hat irgendein Politiker im Fernsehen gesagt, die Toten sollte man ruhen lassen. Ich weiß zwar nicht, ob über den Fall, auf den er sich bezog, auch so prächtiges Gras gewachsen ist wie dieses hier, aber ich finde, ich darf ihn ruhig beim Wort nehmen.

Und dir, Vater, werde ich hier, an deinem Grab auf dem Hügel, immer mein Herz ausschütten können, während im Hintergrund die Glocken der Kühe bimmeln und ich aufpasse, dass keine davonläuft. Letzten Endes hat der Chef, also mein Opa, seine Probleme ja mit gutem Grund jemandem erzählt, der sie nirgends herumtratschen konnte. Ich sehe nicht ein, warum ich das nicht fortsetzen sollte.

Und weißt du was? Ich pfeif auf die Wellen, die über mir zusammenschlagen, und lasse mich lieben. Jetzt habe ich eine Mutter, und zwar eine quicklebendige. Beim heiligen Rochus und der heiligen Margarethe, das sollte ich auskosten, denn so, wie die Dinge liegen, weiß man nie, wann es zu Ende sein kann.

Cantonigròs,
März 2013

Ein Roman über die Macht der Musik mit den Schauplätzen Berlin und Barcelona

Blanca Busquets
DIE PARTITUR
DES GLÜCKS
Roman
Aus dem Katalanischen
von Ursula Bachhausen
304 Seiten
ISBN 978-3-431-03918-4

Zehn Jahre nach dem Tod des berühmten Dirigenten Karl findet in Berlin ein Konzert zu seinen Ehren statt. Mit dabei sind die drei Frauen, die Karl am nächsten standen: die Violinistinnen Anna und Teresa sowie seine Haushälterin Maria. Für alle drei ist die Reise nach Berlin zugleich eine Reise in die Vergangenheit. Nach und nach wird klar, wie eng ihre Lebensgeschichten miteinander verknüpft sind und welche Rolle dabei eine wertvolle Geige spielt, die Teresa als kleines Mädchen auf dem Müll gefunden hat.

Blanca Busquets schreibt nicht nur über Musik, sie bringt den Leser dazu, sie zu spüren.

Bastei Lübbe

Es braucht tausend kleine Lügen, um den Schein zu wahren

Liane Moriarty
TAUSEND KLEINE LÜGEN
Roman
Aus dem australischen
Englisch von
Sylvia Strasser
496 Seiten
ISBN 978-3-404-17293-1

Jane flieht vor ihrer Vergangenheit. Sie hat es seit der Geburt ihres Sohnes vor fünf Jahren nirgendwo länger ausgehalten. Nun ist sie im idyllischen australischen Küstenstädtchen Pirriwee gestrandet und hat das Gefühl, endlich angekommen zu sein. Schnell schließt sie Freundschaft mit der lebhaften Madeline und der wunderschönen Celeste. Doch plötzlich geraten die drei Frauen in den Strudel von dunklen Geheimnissen, Lügen und Intrigen. Als dann bei einem Elternschulfest ein Mann tödlich verunglückt, stellt sich die Frage: War es ein wirklich nur ein Unfall?

Ein Roman wie eine erlesene Praline.
Mal süß und mal bitter wartet er darauf, verschlungen zu werden.

Care Santos
DER DUFT DER TRÄUME
Roman
Aus dem Spanischen
von Stefanie Karg
480 Seiten
ISBN 978-3-404-17288-7

Mariana, Aurora und Sara.
Drei Frauen aus drei Jahrhunderten.
Und eine große Liebe: die Schokolade.
Für die Erste eine Lebensaufgabe.
Für die Zweite ein unerschwinglicher Luxus.
Für die Dritte eine wahre Kunst.
Und für alle der Stoff, aus dem Träume sind.

Ein Roman voller Schokoladenseiten.
Ausgezeichnet mit dem Premio Ramon Llull 2014.

Bastei Lübbe